अकल्पित कहानियां

अकल्पित कहानियां

रश्मी राऊल

अनुवादक :

सोनम मिश्रा

BLACK EAGLE BOOKS

2025

 BLACK EAGLE BOOKS

USA address:
7464 Wisdom Lane
Dublin, OH 43016

India address:
E/312, Trident Galaxy, Kalinga Nagar,
Bhubaneswar-751003, Odisha, India

E-mail: info@blackeaglebooks.org
Website: www.blackeaglebooks.org

International Edition Published by
BLACK EAGLE BOOKS, 2025

AKALPITA KAHANIYANA
by **Rashmi Roul**
Translated by **Sonam Mishra**

Cover & Interior Design: Ezy's Publication

ISBN- 978-1-64560-772-4 (Paperback)

Printed in the United States of America

उत्सर्ग

नव भाई को समर्पित

सूचीपत्र

एकाम्र से रत्नवेदी

आज जिंदगी उम्र के जिस पड़ाव पर खड़ी है वहां मुझे यह बात स्वीकार करने में किंचीत मात्र भी कुंठा अथवा ग्लानि की भावना नहीं है। वरन उस बात को सोचकर आज मुझे हंसी आती है कि कैसे मैं बचपन में भगवान को चढ़ाने के लिए रखे गए भोग हमेशा चुरा कर खा जाती थी। भगवान के स्थान के पास ही कांच के डिब्बे में मां भगवान जी के लिये भोग रखा करती थी। कभी खुरमा, तो कभी किशमिश, नहीं तो कभी अपने हाथों से बने नारियल के लड्डू। भगवान के प्रसाद हेतु रखे होने के कारण घर का कोई भी अन्य सदस्य उसे हाथ नहीं लगाता था। किंतु मेरा मन हमेशा उसी पर अटका रहता था। उधर देखने पर मुझे ऐसा प्रतित होता, जैसे वह प्रसाद के लिए रखी गई चीजें मुझे बुला रही हो - आओ मुझे खा जाओ। मैं दोपहर को जब सभी सोए होते या अपने - अपने कामों पर लगे होते, तब सभी की नजरें चुरा कर चुपचाप जाकर भोग के लिए रखी सामग्री खा जाती थी। पहले सोचती केवल एक ही खाऊंगी फिर एक और, एक और, करते-करते मैं सारा डब्बा ही खत्म कर जाती। जब पूरा डब्बा खाली हो जाता तो मन बड़ा खराब होता। फिर अपने मन को समझाती- क्या होता है ? ऐसे भी कौन जो भगवान इसे खाते हैं ? प्रसाद चढ़ने के बाद हम ही तो खाते है ना ? प्रसाद चढ़ाने के बाद खाती तो पहले खा लिया। इसमें कौन सी बड़ी बात हो गई। और निर्विकार भाव से हाथ मुंह पोंछ कर भगवान कमरे से बाहर निकल आती।

स्कूल में पढ़ाई करते समय गणेश और सरस्वती पूजा में मां थाली में प्रसाद सजा कर देती थी। पुष्पांजलि होने तक उपवास रहना पड़ता था। लेकिन मुझे तो प्रसाद सामग्री देखते ही भीषण भूख लगती और बिना भोग लगाए ही मैं सारा खा जाती। घर लौटने पर मां के पूछने पर मैं कह देती मित्रो ने मांग कर सारा प्रसाद खा लिया।

घर का कोई सदस्य बीमार होता तो मेरी दादी मां बड़ी चिंतित होकर देवी -

देवताओं को बुलाती और रोगी के सिर पर एक सिक्का छुआ कर उसे लाल कपड़े में बांधकर रख देती। मैं मौका देखकर उस कपड़े से सिक्का चुरा लेती और उससे बिस्कुट, चना जोर गरम, गुपचुप, इत्यादि खरीद कर खा लेती। जब रोगी ठीक हो जाता तब उस लाल कपड़े को खोलकर सिक्के को दान करने की विधि थी। मगर जब दादी मां उसे खोल कर देखती तो सिक्का गायब। घर में तूफान मच जाता। दादी मां गीता - रामायण रख घर के एक-एक सदस्य से कसमे खिलाती। मैं बिना किसी अपराध भाव के कसम उठा लेती।

कुछ उम्र बढी, मैंने जवानी की दहलीज पर पांव रखा। मेरे मन में ईश्वर, मंदिर, पूजा, वार, व्रत, उपवास इत्यादि के प्रति एक विद्रोही भावना ने जन्म लिया। हो सकता है मेरे आस-पास का परिवेश इसके लिए उत्तरदाई हो। मेरे जीवन में कुछ ऐसी घटनाएं हुई, जिसके लिए मैंने तीन लोगों के ऊपर अपना क्रोध रखा। मेरे पिता, मेरी मां और तीसरे थे भगवान। कालचक्र के साथ पिता परलोक सिधार गए। पिता के चले जाने के बाद मां एकदम अकेली पड़ गई। धीरे-धीरे मां के प्रति जो गुस्सा था वह जाता रहा। अब बाकी रह गए भगवान। क्रमश: उनसे दूरी बढ़ती गई। उनके प्रति मन उदासीन हो गया। मेरे अंदर का गुस्सा जम कर बर्फ में परिवर्तित हो गया। उनसे मेरी दूरी बढ़ती ही गई। मैं कभी भी पूजा - अर्चना नहीं करती। वार, व्रत, उपवास इन सबका भी पालन नहीं करती। प्रवचन सुनने का मेरे मन में कोई भी आग्रह नहीं था। शास्त्र आलोचना मैं कर नहीं पाती थी। सच कहा जाए तो मैंने शास्त्र कभी पढ़े भी नहीं थे। और न ही उनके बारे में मुझे कोई विशेष ध्यान ही था। न ही उनको पढ़ने में ही मेरी कोई रुचि थी। ईश्वर को देखने की मेरे अंदर कोई भी व्याकुलता नहीं थी। मैंने उनके प्रति कभी अगाध भक्ति और विश्वास का अनुभव नहीं किया। उनसे मैंने कभी भी कुछ मांगा नहीं और मांगने की इच्छा भी नहीं है। मैंने कभी भी निर्माल्य का एक कण अपने मुंह में नहीं दिया। मैंने कभी भी कोई एकांतिक भक्ति अथवा समर्पण की भावना का अनुभव भी नहीं किया।

जिनके दर्शन की मन के अंदर साधारण सी भी व्याकुलता ना हो। जिनके संपर्क में मुझे कोई विशेष ज्ञान नहीं अथवा दया अनुकंपा करुणा मांगने की मानसिकता नहीं। उनके संपर्क में मैं क्या अनुभव अथवा अंतरंग अनुभूति बांटू?

मेरे असंख्य अविश्वास, मुढ़ता, अज्ञानता के बाद भी भूतकाल में मेरे साथ अनेक प्रकार के असंभव अलौकिक घटनाएं घटित हुई और अभी भी घटित हो रही

है। इनमें से कुछ घटनाओं को मैंने सहज भाव से, साधारण भाव से पार कर लिया।सोचती थी, यह सब घटनाएं दैनिक जीवन के हिस्से है। अत्यधिक अद्भुत भाव से मेरी कुछ इच्छाओं की पूर्ति हुई तथापि मैंने ईश्वर के प्रति कृतज्ञता ज्ञापित नहीं किया।

मैं जिस महाविद्यालय में पढ़ती थी उसकी अध्यक्षा थी डॉक्टर शैल बाला सेनापति। अध्यक्षता का पदभार स्वीकार करने के कुछ महीने बाद ही उनके गणितज्ञ पति डॉक्टर हट्टनाथ कवि सेनापति को अचानक हृदय घात हुआ। शाम को मेरे घर टेलीफोन की घंटी बज उठी।मैंने जैसे ही हेलो कहा दूसरी तरफ से शैल मैडम की चिंतित स्वर सुनाई दी - रश्मी ! सर को लेकर मैं सी. डि. आर. हॉस्पिटल जा रही हूं। (उस समय ८ नंबर कल्याण मंडप के पीछे स्थित ऑयल उड़ीसा बिल्डिंग में सी.डी.आर हॉस्पिटल था।) उन्होंने कहा - तुम मेरी मां और छोटे भाई आशु को फोन कर यह खबर दे देना। मेरे पास बिल्कुल भी पैसे नहीं है। बस इतना कह कर मैडम ने फोन रख दिया।

अचानक सर चिकित्सालय क्यों गए ? क्या हुआ ? किसको क्या खबर दूं ? मैं कुछ समझ नहीं पा रही थी।सोचा पहले चिकित्सालय जाऊं। सभी बातों की खोज खबर लेने के बाद फोन करूंगी। बेटी के एडमिशन के लिए कुछ पैसे रखे हुए थे। उसमें से १०००० और कुछ आवश्यक सामग्री जैसे सूखे खाद्य पदार्थ, पानी बोतल, थरमस फ्लास्क में चाय इत्यादि लेकर मैं तुरंत डॉक्टर खान पहुंची। शाम हो चुकी थी।

चिकित्सा आरंभ हो चुकी थी। मैडम साधारण सी सुती साड़ी पहनकर वहां पर पड़े हुए एक कुर्सी पर बैठी थी। मुझे देखते ही गले लग कर खूब रोयी। कहा - जानती हो तुम्हारे सर रात भर खूब छटपट हो रहे थे।मेरी बुद्धि काम नहीं कर रही थी कि किसे बुलाया जाए और क्या किया जाय। टेलीफोन की डायरेक्टरी नहीं मिली नहीं। न ही किसी का फोन नंबर ही मुझे याद था। उसी समय जैसे मुझे किसी ने कहा - इस नंबर पर फोन करो और शीघ्र चिकित्सालय ले जाओ। मैंने वह नंबर लगाया जब तुमने फोन उठाया, तब मैंने जाना यह तुम्हारा नंबर था।

सर के स्वास्थ्य के विषय में सभी जानकारियां मैंने ली। हार्ट अटैक हुआ था।दवाइयां और इंजेक्शन दी जा चुकी थी।अभी उनका स्वास्थ्य पहले की अपेक्षा थोड़ा ठीक था। डॉक्टर ने कहा - चिकित्सालय लाने में और थोड़ी देर होने से परेशानी आई होती। डॉक्टर ने २४ घंटे ऑब्जरवेशन की हिदायत दी।

मैंने मैडम को चाय बिस्कुट खिलाकर शांत किया। उनके हाथों में पैसे देते हुए कहा - आप चिंता ना करें। सब कुछ ठीक होगा और सर जल्दी ही स्वस्थ होकर घर को लौटेंगे। उसके बाद पास ही स्थित एक टेलीफोन बूथ पर जाकर उनकी मां और भाई को आने के लिए खबर कर दिया।

कुछ दिन हॉस्पिटल में रहकर स्वस्थ हो डॉक्टर कवि सतपथी घर को लौट गए। स्थिति धीरे-धीरे सामान्य होती गई। मात्र कुछ दिन ही गुजरे थे कि डॉक्टर कवि सतपति को फिर से हृदय घात हुआ। इस समय भी वही घटनाएं घटी। मेरे घर फोन की घंटी बजी और मैं सबसे पहले चिकित्सालय में उपस्थित हुई। तुरंत चिकित्सा की व्यवस्था की गई। परीक्षण से पता चला की किडनी में कुछ खराबी आई है।और डॉक्टरों की सलाह पर उन्हें मद्रास विजया हॉस्पिटल ले जाया गया। उनकी दोनों किडनियाँ खराब हो चुकी थी। प्रत्यारोपण की भी संभावना नहीं थी, ऐसा डॉक्टर ने कहा और वे निराश हो उड़ीसा लौट आए।

डॉ कवि सतपथी मुझसे खूब स्नेह करते थे। ऐसे देखा जाए तो पति-पत्नी दोनो ही अत्यंत स्नेही और परोपकारी स्वभाव के थे। दो-दो बार हुए हृदय घात ने उन्हें मेरे प्रति और स्नेही बना दिया था। वह मुझे "मां" कह कर बुलाते थे और चाहते थे कि मैं हमेशा उनके पास पास उपस्थित रहूं। वे अपनी सभी अच्छी बुरी बातें बिना संकोच कह दिया करते थे। कभी-कभी तो वह सेल मैडम की भी बुराई करते तब मैं उन्हें डांट लगाती और वह भी यही चाहते थे। ऐसा लगता था जैसे वह एक छोटे बच्चे हैं, और मैं उनकी सुदृढ़ मां हूं।

हम सभी जानते थे कि इस दुनिया से उनके जाने का समय आ गया है। तभी भी कभी-कभी ऐसा लगता था कि उनकी बीमारी मिथ्या है। उनको देखने से लगता था कि कुछ असंभव घटना घटित हो जाएगी और अलौकिक रूप से वे स्वस्थ हो जाएंगे। असहनिय कष्ट और अत्यधिक पीड़ा के बावजूद वह हमेशा हंसते रहते। इतने भले मानस थे वे। मात्र ५७ वर्ष की आयु में कोई क्या ऐसे चला जाता है।

मृत्यु पथ के इस यात्री को देखकर अनेक वर्ष पूर्व पाकस्थली के कर्कट रोग से मृत्यु वरण करने वाले मेरे पिता की बातें याद आ गई। शारीरिक कष्ट की अपेक्षा अपने प्रिय - परिजनों की उपेक्षा ने उन्हे अंदर से तोड़ कर रख दिया था। तथापि इस सुंदर पृथ्वी में अपने प्रिय लोगों के भीड के बिच रहने की चाहत उनके आंखों में अंत तक दिखाई देती थी। शारीरिक पीड़ा भोगते हुए पिता की मात्र ५१ वर्ष

की आयु में मृत्यु हो गई।आत्मा को चीर देने वाली उनकी यंत्रणा भरी चीत्कार सुन - सुनकर मैंने मेरे पिता के पास जाना ही कम कर दिया था। आज इतने वर्षों बाद वह बात याद आने पर मैं अपने आप को क्षमा नहीं कर पाती। ऐसा लगता है इसीलिए डॉक्टर कवि सतपथी को देखने मात्र से ही मैं विचलित हो उठती हूं। और मेरे मन मस्तिष्क में पिता की जीवंत तस्वीर खींच जाती है।

मद्रास स्थित विजय हॉस्पिटल से लौट आने के बाद वे अपने शैल श्री बिहार स्थित घर में रहे। घर लगभग एक चिकित्सालय में परिवर्तित हो चुका था। पेट में लगी नली के द्वारा उन्हें पेय पदार्थ दिया जा रहा था। दिन में दो बार नियमित रूप से डायलिसिस चल रहा था। खाने पीने में बहुत सावधानी रखी जा रही थी। बारंबार नाना प्रकार के परीक्षण - निरीक्षण, अनेक प्रकार के रूटिंग से बंधे औषध, चलने फिरने में सावधानी। उनका जीवन एक कठिन नियमों में बंध कर रह गया था। थोड़ा सा भी इधर-उधर जाने की संभावना नहीं थी। हमेशा से शांत नम्र और मधुर मनुष्य धीरे-धीरे अशांत, चिड़चिड़े और अत्यधिक जिद्दी हो गये थे।

मैं बीच-बीच में उनसे मिलने जाती रहती थी। मुझे देखते ही उनके यंत्रणा भाव से भरे चेहरे पर हंसी फूट पड़ती। रोज क्यों नहीं आते ऐसा कह कर वे गुस्सा होते। तब मैं थोड़ा हंस देती और छोटे बच्चे की तरह उनकी ठुड्डी पड़कर थोड़ा स्नेह कर देती।अपने जीवन की अनेक घटनाएं वह मुझे सुनाते। अत्यधिक सरल और सहज भाव से वह मेरे सामने अपना दिल खोलकर रख देते।

एक दिन।

मेरे पहुंचने पर मैंने देखा खाट के किनारे झुक कर वे चुपचाप बैठे हुए हैं। उनके चेहरे पर एक अलग ही भाव था। दोनों आंखें गहरे लाल रंग की हो चुकी थी।चेहरा पत्थर जैसा दिखाई देता था। ओंठ सफेद हो चुके थे। नीचे झुके - झुके ही उन्होंने अपना मुंह उठाकर मुझे देखा। उनको देखने मात्र से ही भय लगता था।शरीर सिहर उठता था। गला बैठ गया था। उन्होंने अपनी दोनों हथेलियों से अपने चेहरे को ढक लिया और बैठे रहे। मैं चिंतित होकर उनके पास गई और उन्हें अपने दोनों बाहों से जकड़ लिया। उन्होंने लंबी श्वास लेते हुए कहा -"मां ! मुझे एक बार कालिया के दर्शन करा लाओ। जाने से पहले एक बार उनके दर्शन करने की खूब इच्छा है।"

उनकी बातें खत्म होने से पहले ही शैल मैडम ने कहा -अब तक तुम्हारा मन नहीं भरा। उनको याद करने में, पूजा - अर्चना करने में कभी भी तुमने कोई कमी

की ? फिर तुमको इतना दंड क्यों ? अच्छे से खड़े नहीं हो पा रहे हो, दो कदम चलने में असमर्थ हो, दिन में दो बार डायलिसिस हो रहा है। बाहर जाने से धूल मिट्टी से इंफेक्शन हो सकता है। उसके बाद कौन कालिया तुम्हें संभालेगा मैं भी सुनूं जरा। केवल पुरी जाऊंगा की रट लगा रखे हो। धन्य हो तुम। शैल मैडम की आवाज गुस्से से भरी मालूम होती थी। थोड़ी देर शांत रहकर उन्होंने फिर कहा - बाबा, मैं तुमको मना करती हूं। मेरे धैर्य ने जवाब दे दिया है। अब मैं इन सब का सामना नहीं कर सकती।

बात भी सही थी बेचारी एकदम अकेले पड़ गई थी। नाते-रिश्तेदार सभी अपना मुंह फेर गए थे। दीर्घकाल तक एक रोगी की सेवा करना कोई सहज बात नहीं। रात - दिन एक कर बिना निंद कोई कितनी ही सेवा कर सकता है ?

पलंग के किनारे को पड़कर बैठे हुए डॉक्टर कवि सतपथी के चेहरे को मैं देख रही थी। उनके उस रोग ग्रस्त मलिन चेहरे के भीतर किसको देख रही थी ? मेरे पिता की तरह ही दिख रहा था डॉक्टर कवि का चेहरा। मेरे कानों में मेरे पिता की वह व्याकुल पुकार "मां" सुनाई देने लगी। वही स्वर, वही यंत्रणा से व्याकुल, दुख से कातर, अविकल वही चेहरा।

बचपन की एक घटना याद पड़ी। धान की कटाई पूरी हो चुकी थी। शीत ऋतु अपने अवसान पर था। सबरी के घर धन की देवी लक्ष्मी प्रवेश कर चुकी थी। घर में धान भर्ती था और मन में प्रसन्नता। प्रतिवर्ष उस समय हमारे घर लाल कपड़े से ढका खूब मोटा खाता, महाप्रसाद, सुखा भोग, दौना, तुलसी इत्यादि ले कर पूरी से एक पंडा पधारते थे। जगन्नाथ धाम से स्वयं जगन्नाथ के सेवक पंडा जी हमारे गांव आए हैं ऐसी खबर आसपास के पूरे अंचल में फैल जाती थी।लोग दर्शन करने दौड़े चले आते। उन्हें कुछ दक्षिणा देकर थोड़ी तुलसी और महाप्रसाद के कुछ दाने लेकर धन्य -धन्य हो जाते। बार-बार जगन्नाथ जी के सेवक महोदय के चरण स्पर्श करते। उन्हें ऐसा प्रतीत होता जैसे उन्होंने साक्षात जगन्नाथ जी के दर्शन कर लिए हो।

एक बार पंडा महाशय ने मेरे पिता से कहा - "भाई अब की बार रथ यात्रा में खूब अच्छे योग बन रहे हैं। चलो जगन्नाथ जी के दर्शन कर आना। पिता जी ने कहा - "मेरे जाने का समय क्या खत्म हुआ जा रहा है। २ वर्ष हो गए मेरे चाचा-चाची पैर उठाए बैठे हैं जगन्नाथ धाम जाने के लिए। पके फल हैं, किस समय क्या हो जाए क्या पता ? उनको तीर्थ ना भेज स्वयं जाने पर मुझे पाप लगेगा। अभी तो बहुत काम बाकी

है पंडित जी। अगले वर्ष देखा जाएगा। बिना उसके बुलावे के क्या मैं पूरी जा सकता हूं भला ?”

जाऊंगा - जाऊंगा होते - होते पिताजी और कभी पूरी ना जा पाए। उनकी जिम्मेदारियां भी खत्म न हुई थी और उनका स्वर्ग से बुलावा आ गया। पत्ते पके भी नहीं थे और अकाल ही बिना किसी सेवा - टहल और उचित उपचार के पिताजी ने इस मर्त्यलोक से विदा ले लिया। आज डॉक्टर कवि के व्याकुल चेहरे को देख साक्षात मेरे पिता मेरे सामने आ खड़े हुए। मेरे दाहिने हाथ को अपने दुर्बल पतले हाथों से जोरो से पकड़ लिया।

वो क्या जिद कर रहे थे ?

मुझसे कुछ मांगना चाहते थे ?

छोटे बच्चों की तरह मेरे चेहरे की ओर देखते हुए, जिद्दी बालक की तरह कहते - मां, मुझे एक बार पूरी ले चलो। आंख भर कर केवल एक बार कालिया के दर्शन को मन व्याकुल हो रहा है।

मेरी आंखें भी भर आयीं। मैंने उनके हाथ के ऊपर अपना दूसरा हाथ रखा और उनके हाथों को धीरे से दबा दिया।

अस्पष्ट भाव से उन्होंने कहा - “मेरे मन के अंदर पता नहीं क्यों ऐसे विचार आ रहे हैं कि तू ही मुझे जगन्नाथ दर्शन करवाएगी।अगले जन्म में मैं तेरा पुत्र बनकर जन्म लूंगा।”

ऐसा कह कर वह रोने लगे। अपनी साड़ी के आंचल से मैंने उनके आंसू पोंछे और मैं स्वयं भी रोने लगी। हम दोनों परस्पर एक दूसरे के हाथों को पकड़े वैसे ही देर तक चुपचाप बैठे रहे और रोते रहे।

हमें वैस बैठा देख शैल मैडम ने कहा - मां बेटे ने पुरी जाने का निश्चय कर लिया ? मेरी ओर इशारा कर कहा - “यदि कोई अघटित घटना हुई तो मैं कुछ भी जिम्मेदारी नहीं लूंगी। पूरी जिम्मेदारी तेरी। इन सब बातों के बावजूद भी अगर ले जाना चाहे तो ले जा। बेटा तेरा, दायित्व भी तेरी।”

इतनी आसानी से वे मान जाएगी, ऐसा मेरा विश्वास नहीं था।मैं आस्वस्त हुई। सोचा और अघटित होने के लिए क्या रह गया है। निश्चय किया कि ठीक सुबह ६:०० बजे उन्हें फ्लड देने के बाद हम पूरी के लिए निकलेंगे। ठीक ६:३० बजे उनके घर गाड़ी लेकर जब मैं पहुंची तब वह पूरी तरह से तैयार थे। उनके चेहरे पर

१६ वर्ष के युवा की चमक और सहजता दिखाई दे रही थी। मुझे देखकर उन्होंने थोड़ा हंस दिया। सभी दिन की तरह आज भी मैंने उनके चिबुक को पकड़ कर थोड़ा हिला दिया और धीरे-धीरे हाथ पकड़ कर कार के पीछे सीट पर बैठा दिया। उन्हें आराम मिले और धक्का न लगे करके पिछे तकिया लगा दिया। मैं जैसे ही सामने के सीट पर बैठने गई, शैल मैडम ने कहा - मैं आगे बैठूंगी। तुम मां -बेटे पीछे बैठो। गाड़ी गतिमान हुई। मन ही मन मैंने कहा - जीवन में कभी भी मैंने तेरी बातें नहीं सोची। कभी सोचने की इच्छा भी नहीं की। जानते बूझते हुए हमेशा तुझसे दूरी बनाए रखा। मैं तुझसे अपने लिए कुछ भी नहीं मांगती, लेकिन आज तेरे इस भक्त की अंतिम इच्छा तू पूरी कर दे कालिया। अगर ऐसा ना हुआ तो मैं मरते तक कभी भी तेरे मंदिर के द्वार पर पैर नहीं रखूंगी, यह बात याद रखना।

गाड़ी भुवनेश्वर से ठीक धवली चौक पर पहुंची ही थी कि अचानक आकाश बादलों से आच्छादित हो गया। सुबह का झलमल आकाश मलिन पड़ गया। मार्च का महिना। देखते ही देखते चारों ओर से बादल घिर आए। तेज हवाओं के साथ बिजली कड़कने लगी और बादल गरजने लगे। ऐसा लगा जैसे आकाश फट पड़ा हो। मूसलाधार बारिश होने लगी। सामने रास्ता दिखाई ना देता था। रास्ते पर पानी की धाराएं बहने लगी। मैं निःशब्द हो बैठी रही। मेरे पास ही छोटे बच्चों की तरह बैठे हुए थे डॉक्टर कवि सतपथी। शैल मैडम गुस्सा हो रही थी –"मना कर रही थी ना, अब क्या होगा ? एक रोगी व्यक्ति को पड़कर मैं अब क्या करूं ? चलो घर को लौट जाते हैं। ऐसी बरसात में दर्शन तो दूर मंदिर के अंदर जाना भी मुश्किल होगा। यही समाप्त करो कालिया दर्शन। ड्राइवर गाड़ी मोड़ो।"

अपमान से, गुस्से से, अभिमान से मेरी छाती रुंध सी गई थी।

मृत्यु की प्रतिक्षा में बैठे अपने इस भक्त की अंतिम इच्छा भी तूने पूर्ण नहीं की। तुझे एक बार मन भर कर देखने की इच्छा की तो तूने बादल - बिजली का भय दिखा कर उसके रास्ते में अड़चने पैदा कर दिया। कैसा भगवान है तू ? जगत का नाथ, पतित पावन, तारणहार या दुखी को मारने वाला है। मैं जितनी भी गालियां जानती थी सब कुछ कालिया पर बरसा दिया। इधर मैं स्वयं शैल मैडम से गालियां सुन रही थी। बाहर बारिश और पवन की गति लगातार बढ़ रही थी।

ड्राइवर खूब सावधानी से गाड़ी चला रहा था। बादल गरज रहे थे। मूसलाधार बारिश हो रही थी और तेज हवाएं चल रही थी। साक्षी गोपाल पहुंचे उसके बाद

चंदनपुर, बाट मंगला, अठर नला पिछे छूट गये। पुरी बड़ दांड (श्री मंदिर के सामने का चौड़ा रास्ता) में घुटने - घुटने तक पानी भरा हुआ था। मूसलाधार बारिश के कारण पूरा बड़ दांड जन शून्य था। कोई ट्रैफिक नहीं। कोई गाड़ी रोकने वाला नहीं। उस मूसलाधार बारिश में गाड़ी जाकर सीधे श्री मंदिर के सामने रुकी।

मैं दुख से भरी हुई थी। अब क्या करूं ? सामने मंदिर है। गाड़ी के अंदर बंद हम बैठे हुए हैं। बाहर जोरों की बारिश हो रही है। इतनी दूर बिना भीगे मंदिर के अंदर इस रोगी मनुष्य को कैसे ले जाऊँ ? ये विकट समस्या मुँह बाये खड़ी थी। हे भगवान ! अब जो तुझे करना है कर। मेरा जो काम था मैंने किया, अब आगे तेरी जिम्मेदारी।

अचानक बारिश थम गई जैसे किसी ने उसे कसम दे दिया हो। पानी से भिंगे धरती पर सूर्य किरण पड़ते ही घरती चकमक होने लगी। ओहो ! ये कैसी धूप। पूरी घरती सुनहरे रंग से रंग गयी थी। ऐसा प्रतित हो रहा था जैसे जगन्नाथ प्रभु ने अपने भक्त के स्वागत में सोने के गलीचे बिछा दिये हो। आनंद से मेरा मन पुलक उठा। मैंने कार का दरवाजा खोला और जैसे ही अपने पैर धरती पर रखे तो क्या देखती हूं वहां पर की मिट्टी सुखी हुई है जैसे बारिश हुई ही ना हो। हाथ पकड़ कर डॉक्टर कवि सतपथी को नीचे उतारा। अब आगे प्रश्न यह था की उन्हें मंदिर की बाईस सीढ़ियां कैसे चढ़ाई जाए ?

जैसे गोद में बैठा छोटा बच्चा जबरदस्ती नीचे उतर कर दौड़कर आगे जाने का प्रयत्न करता है, वैसे ही एक स्वस्थ व्यक्ति की तरह डॉक्टर कवि ने घोषणा की कि - "मैं अपने कालिया के पास स्वयं चलकर जाऊंगा तुम केवल मेरा हाथ पकड़े रहना।"

उस समय मेरे अंदर क्या चल रहा था। आज मैं उस अनुभव को शब्दों में प्रगट करने में असमर्थ हूं। जैसे छोटे बच्चे का हाथ पकड़ कर चलने से लगभग दौड़ने जैसी स्थिति होती है, वैसी ही स्थिति मेरी भी हो रही थी। मेरे पैर जमीन पर नहीं लग रहे थे। मैं शुन्य में चली जा रही थी। एक अद्भुत भावना के साथ एक क्षण में क्या-क्या घटित हो रहा था। अचानक मैंने पाया हम दोनों जगन्नाथ जी के ठीक सामने खड़े हैं। मेरे कानों के पास जैसे कोई हौले से कह रहा था - "अंदर आओ। मेरे चारों ओर परिक्रमा नहीं करोगी ? मुझे स्पर्श कर लौटना नहीं चाहोगी ?"

मेरे हाथों की ऊँगली पकड़कर एक छोटे बच्चे के जैसे चल रहे थे डॉ कवि। मैं स्वयं में नहीं थी, तभी किसी ने मेरी हथेलियों पर तुलसी दल रख दिये और मैंने

चमककर अपनी आंखे खोल दी। मेरे सामने थे चतुर्धा मूर्ति। मुझे लगा जैसे मैं रो रही थी। क्यों रो रही थी ? कुछ समय के बाद डॉक्टर कवि की क्रंदन भरी आवाज सुनाई दी - मां ! अब चलो लौट चलें। मैं धीरे-धीरे अपने आप में वापस लौट आई। शैल मैडम अपने साड़ी के आंचल से अपनी आंखें पोछ रही थीं।

उसका दरबार छोड़ हम अपनी कार की ओर लौट रहे थे। आकाश मेघ मुक्त था। गाड़ी भुवनेश्वर की ओर चल पड़ी। हम तीनों ही अपनी-अपनी चिंताओं में डूबे हुए थे।

पुरी से लौटने के बाद डॉक्टर कवि सतपथी और अधिक शांत हो गए थे। अब उनकी आंखों में मृत्यु का डर नहीं था, थी तो केवल एक शांति। कुछ ही दिनों में वह अपने प्रिय जगन्नाथ के हो गए। मैं नहीं जानती कि अगले जन्म में वह मेरे पुत्र के रूप में जन्म लेंगे या नहीं।

लेकिन मैं इस घरा पृष्ठ पर प्रतिक्षारत हूं। विश्वास के इस संकट युग में मेरे जैसे निहायत ही मूढ़, अज्ञानी अविवेकी लोग मन के अंदर नाना द्वंद, नाना प्रश्न लिए चल - प्रचल कर रहे हैं। मैं ना ही उनकी मेरे प्रति दया और करुणा से ही अभिभूत हो पा रही हूं, ना ही पूरी तरह से उनके अलौकिक महिमा को ही आत्मसात कर पा रही हूं। अमृतमय मुहूर्त को जानते बूझते दरकिनार करते हुए एक - एक कदम अंतिम दिन की ओर बढी चली जा रही हूं। स्वर्गीय संपर्क की अवहेलना कर मैं अपनी मुढ़ता, निष्क्रियता को लेकर आज भी स्वयं द्वारा निर्मित अभिमान के पहाड़ तले खड़ी हुई हूं। उन्होंने कभी भी मेरे इस अभिमान को तोड़ा नहीं ...... कभी भी नहीं।

■

पितृलोक

रात्रि खूब गहरी हो चुकी थी। मासिक पत्रिका के लिए लेख प्रस्तुत कर सोने के लिए जा रही थी। लाइट बंद कर दिया। खिड़कियों के पर्दे लगाने गई तो कुछ देर वहीं खड़ी रह गई।

पार्क की लाइटें जल रही थी। रात्रि होने के बावजूद घर के भीतर की प्रत्येक वस्तु स्पष्ट रूप से देखी जा सकती थी।

जब हमने यहां पर घर खरीदा तब उत्तर की ओर अच्छी खासी खुली जगह थी। उस खुले मैदान के ठीक बीचो-बीच एक प्राकृतिक नाला था। पश्चिम से पूर्व की ओर जाने पर सत्य नगर से होते हुए भोमी खाल के किनारे - किनारे होकर जाने पर पड़ता था। वह बासूआघाइ में स्थित था। भुवनेश्वर के प्रति दो चढ़ाव के बीच में ऐसे प्राकृतिक जल निष्कासन पथ बने हुए थे। वर्तमान में उन सभी जगह को भरकर घर तैयार कर दिए गए हैं, जिसके फल स्वरुप बारिश होने पर बारिश का पानी निष्कासित ना होने के कारण शहर के अंदर ही बारंबार कृत्रिम बाढ़ की सृष्टि करता है।

नाले के दोनों ओर और मैदान में नाना प्रकार के वृक्ष थे। खुला मैदान और उसके ऊपर मुक्त आकाश। संक्षेप में कहा जाए तो इस उत्तर दिशा की ओर के दृश्य मुझे मेरे गांव की ओर ले जाते थे। रात्रि में खिड़की के पास खड़े होने पर आधा आकाश दिखता था। दिखता था ध्रुव तारा और साथ-साथ सप्त ऋषि मंडल। चांदनी रातों में नाले के पास के वृक्ष समूह के भीतर मैंने चांदनी रातों का उपभोग किया है। अर्धरात्रि को सियार की आवाज सुनाई देती थी।कभी-कभी सियार समूह के सम्मिलित चिल्लाने से नींद टूट जाती थी। राजधानी के एक मुख्य स्थान के अंदर रहते हुए भी मैं लौट आती थी, मेरे बचपन में, अपनी दादी नानी के काल में।

सम्मिलित स्वर झंकार करते हुए उन जीवों को देखने की प्रबल इच्छा होती

थी। बिस्तर से उठकर खिड़की के पास चुपचाप खड़ी रहती एवं अंधकार की ओर दीर्घ समय तक निहारती रहती।अंधकार के अंदर पहले दो, फिर कुछ देर बाद और दो ऐसे चमकते हुए आंखों वाले जीवों को मैंने प्रत्यक्ष देखा है। वह निर्भय हो चल - प्रचल करते रहते। नाली के पास से केकडे, घोंघें, मेंढक इत्यादि पड़कर खाते। जिससे नाले का पानी अस्थिर हो उठता था। कितने ही प्रकार के रात्रि चर पक्षी की आवाज़ रात्रि को और रहस्यमय बना देती थी। आम, कदंब, गुलमोहर, निद्रावती, आदि वृक्ष समूह के बीच से उल्लू की हूट - हूट की आवाजें सुनाई देती थी।

मात्र दो तीन वर्षों के भीतर ही वह चांदनी रात का दृश्य बदल गया था एवं २ ५ एकड़ में फैले प्रांत का भाग्य भी परिवर्तित हो चुका था। रात्रि के समय पर्दा नहीं लगाने पर घर के भीतर दिन का भ्रम सृष्टि होता था। उस खुले मैदान पर अब बन गया था भुवनेश्वर डेवलपमेंट अर्थॉरिटी और निक्को पार्क से मिला हुआ बी डी ए निक्को पार्क।

मिट्टी से लगी हुई थोड़ी सी जमीन भी लेने का सौभाग्य मुझे प्राप्त नहीं हुआ था। अंत: छठवीं मंजिल पर बने इस चिड़िया के घोंसले को ही मुझे मन से अपना मान कर अपने मन को संतोष करना पड़ा। धीरे-धीरे वह चिड़ियों का घोंसला ही मुझे अपना सा लगने लगा। इन सब बातों को आपको बताने का कारण यह है कि मेरे घर में ही एक आश्चर्यजनक घटना घटित हुई। जिसे मैंने एक माह तक अपनी आंखों के सामने प्रत्यक्ष देखा था। लिफ्ट से या सीढ़ी से नीचे से ऊपर आने पर आप जहां पर पैर रखते हैं, ठीक वही उसके सामने ही था मेरा घर। मेरे फ्लैट का दरवाजा दक्षिण की ओर था। ड्राइंग, डाइनिंग होते हुए आने पर दक्षिण दिशा में था मेरा शयन कक्ष।

मेरे शयन कक्ष में मेरा पलंग पूर्व दिवार से लगकर उत्तर दक्षिण दिशा की ओर पड़ा हुआ था। मेरे सर के पास अर्थात दक्षिण दिशा में मेरे लिखने पढ़ने की मेज थी। चूँकि घर ६ मंजिल ऊपर था अत: पूर्व दिशा का पूरा आकाश दिखाई देता था। मेरी उस खिड़की से दिखता था सूर्योदय का बाल सूर्य। वैसे ही चंद्र उदय का दृश्य भी दिखाई देता था। मेरी खिड़की में मैना, कबूतर, कौवें जैसे विभिन्न प्रकार के पक्षी बैठते थे। मैं खिड़की के पास लगी अपनी कुर्सी पर बैठकर घर, वृक्ष, पेड़-पौधे, रास्ते, रास्ते पर चलते लोगों की गतिविधियां देखती। मेरे कमरे के दक्षिण में थी मेरी रसोई।

उत्तर दिशा की ओर अर्थात पार्क की तरफ के दीवार का आधा अंश

अलमीरा ने घेर रखा था और आधे भाग पर थी खिड़की। खिड़की के दूसरे तरफ था खुला आकाश। उसके ठीक नीचे पार्क की सीढ़ियां थी।ईशान कोण में था मेरा पूजा घर।मेरे पतिदेव सुधा पूजा करते थे। सुबह शाम धूप बत्ती करते थे । पूजा की जिम्मेदारी उन पर थी। मैं सुबह नींद से उठकर केवल एक बार भगवान को अंतरात्मा से प्रणाम करती। उनसे मांगने या कहने के लिए मेरे पास कुछ भी नहीं था। शायद रहने से भी मैं कह नहीं पाती। क्योंकि मुझे लगता वो तो सर्वज्ञ है। अंतर्मन की बात जान लेते हैं। उनसे क्या मांगना और क्या कहना ?

मेरे शयन कक्ष के पास ही पूर्व की ओर मुंह किए एक बड़ा दर्पण रखा हुआ था। जिसमें शीशम लकड़ी का फ्रेम लगा हुआ था। उसके पास ही एक अलमारी थी।अपने घर का इतना विस्तृत वर्णन करने का तात्पर्य यह था कि अगर यह वर्णन नहीं करती तो शायद आगे की बातों से आप तालमेल नहीं बिठा पाते।

जुलाई २००५ महीने का दूसरा सप्ताह। जैसे बारिश की आशा रखी गई थी, वैसी बारिश हो नहीं रही थी। दिन में सर चकरा देने वाली धूप के साथ प्रबल आद्रता। बादलों की इच्छा होने पर कभी-कभी घड़ घड़ी के साथ थोड़ी बारिश कर जाते। वरना सभी तरफ सुखा ही सुखा। रात की बात तो कहना ही बेकार है।प्रचंड गर्मी।और ए सी चलने पर मुझे सर्दी हो जाती। फैन चलाकर ही संतुष्ट होना पड़ता।

इस दौरान मेरी मानसिक स्थिति भी सही नहीं थी। एक मात्र पुत्री पढ़ाई के लिये शहर से बाहर रहती थी और उसका स्वास्थ्य भी ठीक नहीं था। इसके साथ ही गांव में ७५ वर्षीय मेरी बुढ़ी मां बिस्तर पर पड़ी हुई थी। पिता की मृत्यु २५ वर्ष पहले ही हो चुकी थी ।

मां के साथ मेरा संपर्क निराला था। किंतु बेचारी लंबी बीमारी से गुजर रही थी। मृत्यु के प्राय: १० वर्ष पूर्व तक वह स्वाभाविक रूप से चल फिर सकती थी। उसके बाद बीच-बीच में उसकी तबीयत इतनी खराब हो जाती कि हमें लगता शायद इस बार उनका अंत हो। किंतु वैसा कुछ होता नहीं था। समय के साथ वह स्वस्थ हो जाती। मां बिस्तर से उठ बैठी। आंखों को बड़ी-बड़ी कर देखती। बातें करती। उसकी स्मरण शक्ति और बातें करने की क्षमता अंत तक वैसी ही बनी रही। बिस्तर में पड़े - पड़े वह विरक्त हो जाती और यमदेव को गाली देती। अपने भाग्य को कोसती। मृत्यु के ठीक १ वर्ष पूर्व उसने मेरे पास रहने की जिद की। दूसरा और कोई उपाय न होने के कारण मुझे उसे गांव में छोड़कर ही वापस आना पड़ा किंतु यहां

मेरा मन हमेशा उसके लिए चिंतित रहता था।मां गांव में है। मेरी एक मात्र बेटी शहर से बाहर है और मैं भुवनेश्वर में हूं। तिन लोग, तिन कोने में पड़े है। एक तरफ अस्वस्थ बेटी तो दूसरी तरफ अनंत यात्रा के लिए तैयार बूढी मां। इन दोनों पाटों के बीच मैं पीसी जा रही थी।

मैं अनेक बार गांव को जाती और बेटी के पास भी जाती। लेखन कार्य प्राय: न के बराबर चल रहा था। मेरा कॉलेज सुबह लगता था। कॉलेज खत्म कर दोपहर १:०० बजे घर को लौटती। मेरे इस दैनिक जीवन यात्रा के बीच नाते-रिश्तेदार भी घर आते। मित्र गण भी आवश्यकता अनुसार मेरे पास आते। बेटी अपने ग्रीष्म अवकाश में आती और पुन: अपने अध्ययन क्षेत्र को लौट जाती।

गांव से लगातार खबर मिल रही थी कि शायद अब मां के ज्यादा दिन नहीं। मैं अत्यंत विचलित सी हो उठती।

कटक, शक्ति नगर में रहने वाले नवभाई मेरी दुखित मानसिक स्थिति से परिचित थे। एक बार गुरुवार को मैं ओंकार बाबा के दरबार में उपस्थित थी। तब उन्होंने बाबा के सम्मुख मेरी मां की बात कही। बाबा के निर्देशानुसार सात घृतदीप जलाकर मैं निवेदन किया। मेरी एक मात्र चिंता थी मां कैसे शांति से चली जाए। उसके यंत्रणा की समाप्ति हो जाए। मैं प्रार्थना करते समय उनके सम्मुख यही कामना करती थी।

खिड़की पर खड़ी हो आकाश को देखा। मां की बातें सोचकर मेरी आंखें भर आई। मन उदास सा हो गया। बाथरूम जाकर अपना मुंह धोया। घड़ी १२:०० बज रही थी। बिस्तर पर जाते ही मन ही मन सोचा पहले १५ मिनट ध्यान करुंगी। उसके बाद सोऊंगी।

बिस्तर के ऊपर ध्यान मुद्रा में बैठ आंखें बंद की और कुछ समय बाहर से आ रही आवाजों को सुना। दूर से एक छोटे बच्चे के रोने की आवाज आ रही थी। पास ही अमरूद पेड़ से चमगादड़ों के अमरूद खाने की और पंख फड़फड़ाने की आवाज़ें आ रही थी। बाहर से आई हुई आवाज़ धीरे-धीरे मेरे अंदर प्रवेश कर लुप्त हो गई। अब घर के अंदर घूम रहे पंखे की आवाज भी मुझे सुनाई नहीं दे रही थी। कितने समय तक ऐसे ही बैठी रही, पता नहीं। अचानक मैं उठ गई। जैसे किसी ने अचानक स्विच ऑन कर लाइट जला दी हो। आंख बंद होने के बावजूद भी मैं उस प्रकाश को अनुभव कर पा रही थी। शब्द सब धीरे-धीरे मेरे कानों के पास आकर लौट रहे थे। पंखे के चलने की सांय-सांय की आवाज सुनाई दी।

मैंने आंखें खोली।

घर के अंदर की दीवारें, खिड़कियां, दरवाजे, छत और जो भी सामान रखे हुए थे सभी मेरी आंखों से ओझल हो गए। मुझे लगा जैसे मैं एक विशाल मैदान और मुक्त आकाश के निचे घुटनों के बल बैठी हुई हूं। सर पर दोपहर का सूर्य जल रहा है। उसे धीरे-धीरे स्निग्ध किरणें झर रही है। उस आलोक के स्पर्श में थी एक कोमल शीतलता। उसमें लेशमात्र भी रौद्रता, कर्कशता न थी। उस स्निग्ध मधुर आलोक को अनुभव करते-करते जैसे किसी ने हलचल किया। मैं डर सी गई। और दूसरे ही पल मैंने अपने आप को बिस्तर में पाया।

हो सकता है ध्यान करते-करते सो गई। पैर समेट कर पीठ के पास के तकिया को अपने सिर पर लेकर सो गई। थोड़े ही समय में नींद भी आ गई। सुबह सपने की बात भूल चुकी थी। सारे दिन काम में व्यस्त रही। शाम को थोड़ी देर टीवी देख रात ११:०० बजे खाकर सोने चली गई। शाम को बारिश हुई और मौसम थोड़ा ठंडा हुआ। रोज की तरह मैंने ध्यान किया और सोने को चली गई।

अचानक एक झटके से उठ पड़ी। किसने लाइट जला दी, किसने खिड़की के परदे हटा दिए। पूरी तरह से नींद टूटी नहीं थी। धीरे-धीरे आंखें खोली। लाइट नहीं जली थी, ना ही खिड़की से परदे ही हटे थे। फिर भी घर के अंदर हल्की नीली रोशनी झलमल कर रही थी। धीरे-धीरे वह नीली रोशनी गायब हो गई और घर के अंदर की सामान्य स्थिति लौट आई। घड़ी देखा रात के एक बजे थे। यह कैसा अद्भुत स्वप्न था। क्या स्वप्न देख रही थी कुछ समझ नहीं आ रहा था। सोचा हो सकता है आकाश में बिजली चमकी हो और बाहर की रोशनी घर के अंदर दिखाई दी हो।

बाथरूम गई।आकाश की ओर देखा।आकाश में मेघ नहीं थे। सो गई। सुबह स्वप्न की बात भूल गई। दिनभर काम में व्यस्त रही। रात्रि में बिस्तर पर जाते-जाते लगभग रात ११:३० बज गए। गर्मी होने के कारण खिड़की के परदे नहीं डाले। आकाश में बादल उठ आए थे। बिजली चमक रही थी। मैं पैर लंबे करके बिस्तर पर बैठ गई। पीठ के पीछे तकिया देकर आधे सोते हुए अवस्था में पलंग पर टेककर बैठ गई। इस अवस्था में सोए हुए कब मेरी नींद लग गई पता नहीं चला। गहरी नींद से जैसे कोई मुझे उठा रहा था। आधी निंद और आधी जागृत अवस्था। नींद से भारी पलके खोलकर मैंने देखा। स्तब्धचकित रह गई।

भगवान के स्थान एवं मेरे पलंग के बीच के खाली जगह में छ: फुट ऊंची

एक मनवाकृती दिखाई दी। प्रकाश की तरह स्वच्छ एवं निर्मल पदार्थ से निर्मित था उनका शरीर। उनसे हल्की नीले रंग की कमनिय ज्योति विस्फूरित हो रही थी। वह स्फटीक की तरह स्वच्छ थे तथापि पारे की तरह छल छल हो रहे थे। तरल थे मगर सांद्र थे। ठीक मेरी आंखों के सामने एक किनारे में एवं दूसरे किनारे पर था वह झिलमिल करता शरीर।

मैं सोई हुई थी अथवा जगी हुई थी ?

जगी हुई थी या स्वप्न देख रही थी ?

भय आशंका एवं विस्मय से मैं स्थाणु हो गई थी। मैं सचेतन भी थी और अवचेतन भी। केवल मुक दर्शक की तरह बैठी हुई थी।

प्राय: रात्रि ३:०० बजे मैं क्रमश: स्वयं में लौट आई। बैठे-बैठे सारी रात गुजर गई। मैं बहुत ज्यादा डर गई थी। और दो रातों की बातें याद की एवं इन घटनाओं को उनके साथ जोड़कर देखा। पहले दो रात्रि के दृश्य स्वप्न जैसे प्रतीत होते थे। मगर तृतीय रात्रि की घटना सत्य महसूस होती थी। जान पड़ता था जैसे संपूर्ण चेतन में प्रत्यक्ष देखा गया हो। इन घटनाओं के बारे में किसी को बताने पर शायद ही कोई विश्वास करें। हेलुसिनेशन कह मजाक भी उड़ा सकते हैं। सुधा को कहने पर वो कहेंगे कि तुम्हारा दिमाग खराब हो गया है या कहेंगे लेखन कार्य के काल्पनिक दुनिया में रहने के कारण तुम्हें ऐसे काल्पनिक दृश्य दिखाई देने लगे हैं।

बेटी को भी क्या यह घटना कह पाऊंगी। सुनते ही वह बोलेगी "मां उस घर में भूत है। तुम अपने कमरे में अकेले ना सो कर पिता के साथ उनके रूम में सो। हो सकता है घर आने पर उस घर में वह अपने पैर भी ना घरे। अपनी नानी से सुनी भूतों की अनेक कहानियों का हवाला देकर मुझे सतर्क करेगी।

किसे कहूं अपने इस अद्भुत अनुभव की कहानी ? यह अनुभव एक असमाहित प्रश्नवाची बनाकर मेरे गले में लटका हुआ है।

क्या यह एक स्वप्न है या मेरा मानसिक भ्रम या मेरी कल्पनाएं हैं ?

या यह मेरा सच्चा अनुभव है। यह दृश्य क्रमश: प्रत्यक्ष मेरे सामने खड़े हुए हैं। इस घटना की यथार्थता क्या है एवं उसकी पृष्ठभूमि क्या हो सकती है ? इस बात का उत्तर पाने के लिए और एक रात्रि प्रतीक्षा में काटी।

रात १२:०० तक टीवी देखा। शयन कक्ष के दरवाजे - खिड़कियां खुली रखी। लाइट जलाकर पत्रिका पढ़ने बैठ गई। बिस्तर पर ना बैठकर मेज के पास रखी

कुर्सी पर बैठ गई। मेरे बाएं तरफ मेरा बिस्तर था। बिस्तर के उत्तर दिशा की ओर दीवार थी। मुझसे दीवार की दूरी १० से १२ फुट की थी। दीवार पर लगी ट्यूब लाइट को बुझा कर टेबल लैंप जलाकर पत्रिका पढ़ने में मन लगाया।

प्राय १५ मिनट बीते होंगे कि नहीं घर के अंदर का वातावरण कैसा भारी-भारी प्रतीत होने लगा। जैसे कोई सारे घर में चल फिर रहा हो। खूब हल्का।शांत पवन को आंदोलित करने जैसी अवस्था थी। मैं अपने चारों ओर जैसे किसी के नि:शब्द पदचाप का अनुभव कर रही थी।

उस समय का अनुभव ठीक शब्दों में बयां नहीं कर पा रही हूं। एक अजब अनुभव अद्भुत अनुभूति।

पूर्व रात्रि को जिस स्थान पर आलोकित मानवाकृति देखी थी, ठीक उसी स्थान पर अग्नि शिखा के जैसे नीलाभ उज्जवल किंतु कमनिय आलोक झलमल हो उठी। धीरे-धीरे वह आकृति बढ़ने लगी एवं पारे से निर्मित संपूर्ण आकृति दृष्टिगोचर होने लगी। समग्र घर उसी कोमल आलोक में तैर रहा था। प्रतिमूर्ति में आंख, नाक, मुंह इत्यादि अंग - प्रत्यंग दिखाई दे रहे थे। प्राय: छह फीट ऊंचाई का एक झिलमिलाता चेहरा।

मैं खड़ी हो गई। यहां से भाग जाऊं क्या ? या जोर से सुधा को पुकारू ? किंतु मेरे हाथ, पैर, मुंह सब कुछ जम से गए थे। दिमाग काम नहीं कर रहा था। श्वास क्रिया चल रही थी या नहीं पता नहीं। मैं केवल किम् कर्तव्य विमुढ़ होकर दृश्य देखती जा रही थी। आंखों की पलकें एक बार भी नहीं झपकी थी।

कुछ ही समय बाद वह आकृति धीरे-धीरे मेरे मेरी आंखों के सामने से ओझल हो गई। दो बातों पर मैं पक्की हो गई कि चार दिनों से जो कुछ मैं देख रही थी वह सब मिथ्या ना था, स्वप्न ना था या मेरी कोरी कल्पना न थी। मैंने और भी एक बात अनुभव किया कि वह भूत प्रेत था या भगवान किंतु मुझे किसी प्रकार की क्षति पहुंचना उसका उद्देश्य नहीं था। यह बात सोचकर मेरा मन थोड़ा आस्वस्त एवं थोड़ा भय मुक्त हुआ।

मेरे शयन कक्ष में दिनों - दिन ऐसी घटनाएं घटती रही। मैं और इस विषय में चिंतित या भयग्रस्त नहीं हुई। सचेतन रहकर उस दृश्य के सामने बैठकर उस आकृति के सृजन और विलय को देखते रही। उस आकृति का सृजन एक स्थान पर न होकर विभिन्न स्थानों पर होता था।धीरे-धीरे उस अस्पष्ट पुरुष एवं मेरे बिच के व्यवधान

में कमी आने लगी। मेरी इच्छा होने पर मैं उन्हें छू सकती थी, अनुभव कर सकती थी। वह मेरे हाथों के पहुंच के पास ही थे।

एक दिन।

प्रख्यात लेखक महापात्र नीलमणि साहू के घर गई हुई थी।उनके साथ केवल मेरा लेखकीय परिचय ही ना था बल्कि एक सुदृढ़ पारिवारिक संपर्क भी था। वह एक ज्ञानी, सचेतन एवं दृष्टि संपन्न व्यक्ति थे। उनके जैसे मनुष्य सहज में नहीं मिलते।

मेरे घर घटित होने वाले विरल एवं अद्भुत घटना के विषय में मैंने उनसे चर्चा की। उन्होंने मेरी बातों पर विश्वास किया। इस प्रकार के घटना के संपर्क में उनके अनुभव के बारे में उन्होंने बहुत सी बातें बताई। उन्होंने कहा - शायद, तुम्हारा कोई बहुत अपने मृत व्यक्ति की आत्मा तुमसे कुछ कहना चाहती हैं। किंतु रक्त मांस से बना यह व्यक्ति सूक्ष्म शरीर की भाषा समझने में असमर्थ है। सोचो यदि एक व्यक्ति के हाथ में पंद्रह किलो वजन रखा जाए तो वह आसानी से उठा लेगा। किंतु यदि उसे तिस किलो वजन उठाने के लिए कहा जाए तो वह नहीं उठा सकेगा। इसके लिए उसे धीरे-धीरे वजन उठाने का अभ्यास करना होगा।

उन्होंने कहा साधारण मनुष्य की आंखें जितना प्रकाश एवं दृश्य ग्रहण कर सकती है उससे अधिक देखने की क्षमता उसमें नहीं होती। मनुष्य के शरीर के अंदर स्थित इंद्रियों के सामर्थ्य की अपनी सीमाएं होती हैं। पहले जिसे तुम स्वप्न सोचकर विशेष महत्त्व।

नहीं देती थी, आज वही तुम्हारे सामने स्पष्ट हो गया। दिन पर दिन तुम्हारे अंदर का सामर्थ्य बढ़ता गया।और तुम्हारे नेत्र उस दृश्य को देखने में समर्थ हो गए।अगर अचानक ही यह घटना घटित हो जाती तो तुम उसे सहन नहीं कर पाती। अत: वह मृतात्मा तुम्हें कुछ सूचित करने हेतु अथवा भविष्य के संपर्क में कुछ बताने के लिए आ रही है। अच्छा तुम्हारे पिता की ऊंचाई कितनी थी ?

६ फुट से कुछ अधिक।

उनका स्वर्गवास कब हुआ ?

२५ वर्ष पहले।

और मां ?

वह स्वर्ग गमन के लिए तैयार बैठी है। मैंने उदास मन से कहा।

ऐसा लगता है कि तुम्हारे पिता तुमसे कुछ कहने के लिए आते हैं। तुम उनकी बातें सुन नहीं पा रही हो या समझ नहीं पा रही हो। किंतु उनकी आकृति देख पा रही हो। तुम्हारी आंखें उन्हें देखने के लिए सामर्थ्य हासिल कर चुकी है।मगर तुम्हारे श्रवण केंद्र उनकी बातें सुनने के लिए समर्थ नहीं हो पाए हैं। कुत्ते की घ्राण शक्ति मनुष्य से अधिक होती है। इसी प्रकार उल्लू, चमगादड़ इत्यादि रात्रिचर जीव की दृश्य शक्ति हमसे अधिक होती है।

उसके बाद उन्होंने कहा - तुम उनकी बातें समझ नहीं पा रही हो। हो सकता है इसीलिए वह बार-बार आ रहे हो।आज रात्रि तुम उनसे अपनी इस समस्या के बारे में कहना। वह निश्चय ही तुम्हारी बातें सुन पाएंगे एवं समझ भी पाएंगे। वह किस लिए आ रहे हैं ? उनकी इच्छा क्या है ? यदि यह तुम जान जाओं या समझ जाओ तो वो और नहीं आएंगे।

उनकी बातें युक्ति पूर्ण थी। मुझे पसंद आयी।

रात को ध्यान में बैठी। ध्यान समाप्त कर करुण स्वर में कहा -"हे रहस्यमय पुरुष ! यदि आप मेरे पिता हो तो मेरी सहायता करो। आप जो बातें कह रहे हैं वह मैं समझ नहीं पा रही हूं।सुन भी नहीं पा रही हूं। आप जिस जगत के प्राणी है उस जगत की भाषा समझना मेरी क्षमता से बाहर है। मैं क्या करूं ?"

बहुत देर तक चुप होकर बैठी रही। मन दुख से सराबोर था। आशंका से हृदय भारी हो उठा। पुत्री की बातें याद आने पर मेरा रुग्ण चेहरा और उदास को जाता था। क्या किसी भी समस्या का सामना करने की शक्ति मुझमें है ?

जैसे सरल चांद की चांदनी पूरे घर में फैल गई हो। पहले वाली वही कमनिय ज्योति। सामने दर्पण से परावर्तित हो सारे घर को दिव्य आभा से मंडित कर गई छाया कृति और अधिक स्पष्ट एवं जीवंत को उठी। सरल एवं स्वाभाविक भाव से मैंने घुटने टेक उस पारद मूर्ति को प्रणाम किया।

"तुम्हारी मां का समय पूरा हो चुका है। मैं उसे लेने के लिए आया हूं। वह तुम्हें देखने के लिए प्रतिक्षारत है।" वह शब्द बारंबार मेरे कानों में प्रतिध्वनित होने लगे। जैसे ही अपना सर उठाया सामने कुछ भी नहीं था। सब कुछ वायुमंडल में मिल चुका था।मैं जोर से रोने लगी एवं रोते-रोते गिर पड़ी। होश आने पर सुबह हो चुकी थी।

१८ अगस्त २००५ गुरुवार।

सुधा से कहा - .जल्दी निकलो। गांव जाएंगे। मां के पास।

पागल हो गई हो क्या ? कुछ तो खबर नहीं आई है। और अचानक सुबेरे उठते ही बोल रही हो गांव को जाना है।आज मेरे ऑफिस में जरूरी मीटिंग है। एक महीने पहले ही कार्यक्रम तय हो चुका था। यहां से मैं १ इंच भी आगे नहीं जा पाऊंगा। यदि जाना ही है तो तुम जाओ, अकेले।

मीटिंग कितने समय खत्म होगी ?

३:०० बजे तक खत्म हो जाएगी। लंच की भी व्यवस्था है वहां।

तब ५:०० बजे ट्रेन से जाएंगे। रात ९:०० बजे बालेश्वर पहुंचकर वहां रात में विश्राम कर, सुबह गांव के लिए निकल जाएंगे।

क्या हुआ ? किसी ने फोन किया था क्या ?

मां खूब शीघ्र चली जाएगी। वह मेरी प्रतीक्षा में है।

रात में सपना देखा क्या तुमने ? यह कैसे जाना ? ६ वर्ष से ऐसे ही उनका जाना - आना देखते आ रही हो। इस समय भी वैसा ही होगा।

मुझसे इतनी बातें ना पूछो। मां मुझे खोज रही है। मेरे जाने में अगर थोड़ी भी देर हुई तो हो सकता है वह मेरी प्रतीक्षा ना कर चली जाए और मैं अपनी मां को फिर कभी भी ना देख पाऊं।

मेरा गला अवरुद्ध हो गया। सुधा ने कहा - ठीक है तब, ऐसा है तो जाएंगे। तैयार हो जाओ। मैं ४:०० बजे ऑफिस से आऊंगा।

मैंने बैग में कपड़े और जरूरी सामान रखें। अचानक मुझे याद आया २० तारीख शनिवार रात को बेटी के पास जाने के लिए ट्रेन टिकट रिजर्व किया जा चुका है। २२ तारीख से उसकी परीक्षाएं आरंभ होगी। दवाइयां एवं कुछ जरूरी सामग्री लेकर उसके पास रविवार तक पहुंचना जरूरी है। एक तरफ बेटी, मेरा भविष्य और दूसरी तरफ मेरी मां, मेरा अतीत और बीच में लटकती मैं, वर्तमान।

१८ तारीख की रात बालेश्वर में चाचा के घर रहकर सुबह-सुबह टैक्सी से गांव के लिए निकले। मां बरामदे में सोई हुई थी। हाथ में सलाइन लगा हुआ था।नाक से खाद्य नली गई हुई थी। बिस्तर के पास ही ऑक्सीजन सिलेंडर रखा हुआ था। १८ किलो की चल -प्रचल शक्ति से विहीन .जरा पीड़ित मनुष्य। केवल एक सुंदर मुखड़ा लेकर बिस्तर पर पड़ी हुई थी। एक छोटी ५ वर्ष की बालिका की तरह उसका चेहरा दिख रहा था, निष्पाप और निरीह।

मां धीरे-धीरे बात कर पा रही थी।अपना बायां हाथ उठाकर उसने मुझे स्पर्श

किया और मेरे चिबूक को एक चुंबन दिया। मैंने उसके हाथों को पकड़ लिया। जान गई कि उनका अंत समय आ चुका है। साथ ही मेरा भी अंतिम दर्शन है। यही है अंत।

मां धीरे-धीरे कह रही थी - मैं जान रही थी तू जरूर आएगी। अच्छा हुआ। तेरे ही पास मेरी जीवन नाटिका अटकी हुई थी। तुझे देखा दामाद बाबू को देखा। मेरी खूब सेवा की है तुमने। भगवान तुम्हारा मंगल करें। इतनी ही बातें कर मां की सांसें भरने लगी। मेरी अंतरात्मा दुख से विहल हो उठी। बार-बार रोना फूट पड़ रहा था। कुछ देर के बाद मां सहज हो उठी और स्वस्थ मनुष्य की तरह कहने लगी। एक बात बोलूंगी। मेरी बात रखोगी ?

क्या कहना है मां ?

मैंने सोचा हो सकता है वह अपने लिए समाधि तैयार करने या कुछ दान दक्षिणा करने की इच्छा प्रकाश करेगी। हो सकता है उसकी सेवा करने वाले लोगों को कुछ आर्थिक सहायता देने के बारे में कहे। मां क्या कहना चाह रही है ?

किंतु मां ने उन सभी संभावनाओं को पीछे छोड़ कहा - अपने भाइयों को क्षमा कर देना।

मैंने जब उसकी तरफ देखा तब तक उनकी आंखें बंद हो चुकी थी। वह बेहोश हो गई थी। तीन-चार घंटे तक उनकी चेतना वापस नहीं आई।

सभी को बुलाने के लिए खबर देने को कह मैं शाम को ही गांव से निकल आई। यही मेरी मां के साथ अंतिम भेंट थी।

२० तारीख शनिवार रात को बेटी के पास जाने के लिए ट्रेन पकड़ा। किसी भी वक्त मां से संबंधित दुखद खबर आने की संभावना थी। इसके लिए मैं मानसिक रूप से तैयार थी।

२३ तारीख मंगलवार सुबह माँ ने आंखें खोली। छोटे भाई को कहा - आज तुम्हारे पिता का श्राद्ध दिवस है।

सभी भाई-बहन मां के पास उपस्थित थे। और मैं अपनी बेटी के पास थी। दिन ३:२० पिता का पिंड अर्पण करते समय ही माँ ने अंतिम सांस ली। २५ वर्ष की दीर्घ अवधि तक मां इस कर्कश पृथ्वी की मिट्टी पर अकेले ही खड़ी रही।

पिता कहां थे ? किस लोक में थे ? पिता पहले जा चुके थे। मां बाद में गई। हो सकता है वर्तमान उस लोक में दोनों एक साथ होंगे। और मरणोपरांत दोनों सुखी दांपत्य जीवन व्यतीत कर रहे होंगे। ■

गुमशुदा यात्री

स्वास्थ्य सही नहीं लगने की वजह से कॉलेज से शीघ्र ही घर को लौट आई। पता नहीं क्यों सुबह से मन भी कुछ अच्छा नहीं लग रहा था। घर पहुंचने के कुछ ही देर बाद छाती में अत्यधिक दर्द का अनुभव किया। इतना कष्ट की मुझे लगा कहीं हृदय स्पंदन बंद ना हो जाए। सर इतना भारी हो गया था कि आंखें खोलकर देखना संभव नहीं था। सांस लेने में कठिनाई हो रही थी। पूरा शरीर पसीने से सराबोर हो गया था। विचित्र प्रकार का भयंकर दर्द था। अवर्णनीय था वह कष्ट।

'इस दर्द से मैं मर जाऊंगी ' ऐसा चीत्कार कर छाती को जोर से पकड़ कर बैठ गई। आंखों के सामने केवल अंधकार ही अंधकार था। चित्कार सुनकर मेरे पति सुधा दौड़े चले आए। अपने दोनों हाथों से अपनी छाती पकड़ कर मैं जोर -जोर से सांसे ले रही थी। ऐसा लग रहा था जैसे हृदय के टुकड़े-टुकड़े हो जाएंगे। मेरा हृदय बंद होने का उपक्रम कर रहा था। अजब सी जकड़न थी। असहय कष्ट में भी स्वयं को संभाल कर रखा था। क्रमश: मेरे चारों ओर घर के लोग जमा हो गए। स्कूल से लौट आई बिटिया विकल होकर रोने लगी। सभी अस्त - व्यस्त थे। कोई डॉक्टर को टेलीफोन कर रहा था,

तो कोई एम्बुलेंस बुलाने में व्यस्त था। सब के बीच मैं थी निर्यातित चरित्र की केंद्र। मेरे चारों ओर केवल कोलाहल ही कोलाहल था। मेरी वेदना कम होने का नाम नहीं ले रही थी। दर्द लगातार बढ़ता चला जा रहा था। मैं थोड़ा-थोड़ा करके समाप्ति की ओर जा रही थी। दर्द से मैं मरी जा रही थी।

कोई अपने दोनों हाथों के सख्त पंजो से मुझे खींचने की कोशिश कर रहा था। उस सख्त बंधन से मेरी समस्त सत्ता टूट कर टुकड़े-टुकड़े हुए जा रही थी। मृत्यु के बंधन से मुक्ति पाने के लिए प्राणंतक उद्यम कर रही थी। किंतु सभी प्रयत्न बेकार से प्रतीत हो रहे थे। बीच-बीच में केवल चीत्कार करती - "कोई मरा जा रहा है। मैं

मर रही हूं। कौन मर रहा है, मुझे पता नहीं चल रहा था। यद्यपि मैं ही मरी जा रही थी, एक अदृश्य खलचरित्र के मर्मांतक पीड़ा से, असह्य यंत्रणा से, मृत्युतुल्य कष्ट से।

बारंबार कोशिश करने के बाद भी हमारे पारिवारिक डॉक्टर को फोन नहीं लग पा रहा था। तीन-चार जगह खबर करने पर भी एंबुलेंस नहीं मिल पाया था। तथापि कोशिश जारी थी। छोटा भाई डॉक्टर के घर को जा चुका था। सभी चिंतित एवं घबराए हुए थे। कोई मेरे दोनों पैरों को घिस रहा था, तो कोई मुझे पानी पीने के लिए बाध्य कर रहा था।कोई दवाइयां, तो कोई बिस्कुट पकड़कर खड़ा था। सभी आंतरिक भाव से चाहते थे कि मेरी यंत्रणा कम हो जाए। किंतु वे सभी निरुपाय थे। छोटे देवर टैक्सी बुलाने गए थे।

काल के निष्ठुर मुट्ठी से खुद को मुक्ति दिलाने के लिए मैं छटपट हो रही थी। यह संघर्ष डेढ़ घंटे तक चला। धीरे-धीरे यंत्रणा कम होने लगी।

डॉक्टर आ पहुंचे हाथ की नाड़ी देखी, ब्लड प्रेशर नापा। कहा सब कुछ सही है। तुरंत नींद का इंजेक्शन दिया एवं बहुत सारे परीक्षण के लिए परामर्श दे विदा लिया। जाने के पहले कह गए कि डरने की कोई बात नहीं।

डेड घंटे तक जो कष्ट मैं सहती रही, वह था मृत्यु तुल्य कष्ट। बेचैन हो गई थी। पूरा शरीर पसीने से सराबोर था। निस्तेज होकर पड़ गई और कब नींद से सो गई पता नहीं। टेलीफोन की लंबी घंटी ने नींद तोड़ा। आंखें खोली लेकिन पलके उठाने में खुद को असमर्थ पाया। पलके भारी हो गई थी। ऐसा लग रहा था जैसे सर पर किसी ने एक बड़ा बोझ रख दिया हो।

पूरे शरीर में दर्द था।आंखों में नींद भरी हुई थी। जैसे किसी दूसरी दुनिया के भ्रमण से लौटकर आई हूं। सुधा ने घर के अंदर जाकर फोन उठाया। क्या बात किया यह जानने में मेरी रुचि नहीं थी। थोड़ी-थोड़ी आंखें खोल कर देखा रात हो चुकी थी। मेरे चारों ओर शांति थी। सुधा किसी के साथ धीरे-धीरे बात कर रहे थे। मुझे कुछ सुनाई नहीं दे रहा था।

मैंने करवट ली।

उनकी दूरभाष से बातचीत खत्म हो चुकी थी। मैं उठ गई हूं जानकर वह मेरे पास आए और पूछा - थोड़ा अच्छा लग रहा है ना ?

हां, थोड़ा अच्छा लग रहा है। लेकिन मन शांत नहीं है। ऐसा लग रहा है जैसे कुछ अघटित होने को है।कहां और कैसे पता नहीं। बहुत घबराहट महसूस हो रही

है। शारीरिक कष्ट न होने पर भी मन सही नहीं लग रहा है। आंखें बंद कर मैं कहती रही।

सुधा कुछ समय शांत रहे जैसे कुछ सोच रहे हो।

धीरे-धीरे किंतु स्पष्ट शब्दों में कहा - तुम्हारी दादी नहीं रही। छोटे चाचा ने अभी टेलीफोन किया था।

क्या कहा ?

तुम्हारी दादी चली गई।

एक ही झटके से मेरी पलके खुल गई। बिस्तर के ऊपर उठ बैठी।दादी के साथ मेरा रिश्ता बहुत गहरा था। यह बात सभी जानते थे। मेरे पति सुधा भी यह बात जानते थे। विवाह के बहुत दिनों तक मैं अपनी दादी को याद करती थी। उनको छोड़कर रहना मेरे लिए बहुत कष्टदायक था। एक ऐसा समय भी आया जब दादी और सुधा परस्पर प्रतिद्वंद्वी हो गए। यह प्रतिद्वंतता मुझे लेकर थी कि मैं किसकी ज्यादा अपनी हूं।समय के साथ परिस्थितियां ठीक हो गई।

सुधा ने सोचा दादी की मृत्यु की खबर सुनकर मैं अत्यधिक दुखी होंगी। रो-रो कर दुख से भर जाउंगी। शायद बेहोश हो जाऊं। किंतु वैसा कुछ भी नहीं हुआ। इस दुख के खबर को पाने के बाद भी मैं निर्विकार थी। बिल्कुल भी घबराहट नहीं थी। जैसे बहुत पहले से मुझे इस बात की खबर थी कि वह मरने जा रही हैं, और अभिलंब मुझे उनकी मृत्यु का समाचार मिलेगा।

मानसिक रूप से मैं इसके लिए तैयार थी। दादी अनेक दिनों से मृत्यु शैय्या पर थी और आज चली गई। सहज भाव से पूछा - कितने समय ?

सुबह से कष्ट पा रही थी। दोपहर ३ : ०० बजे चली गई। दरवाजा बंद करके सुधा बाहर गए। मैंने अपनी आंखें बंद कर ली। कितनी ही इधर-उधर की बातें मन के अंदर आ - जा रही थी। बचपन की बातें याद आ रही थी। एकांत में आंसू बहाते - बहाते फिर से सो गई। मेरी तबीयत खराब है सुनकर मेरे चचेरे भाई सरोज मुझे देखने पहुंचे। उन्हें भी दादी की मृत्यु का समाचार मिल चुका था। सरोज मुझसे १० वर्ष बड़े थे। विवाह नहीं किया है। पेशे से डॉक्टर हैं हृदय रोग विशेषज्ञ। सच कहा जाए तो डॉक्टर जैसे लगते ही नहीं थे। दवाई खाने की बात कहीं जाए तो वो उल्टा समझाते हैं कि - दवा का प्रयोग ना कर, इच्छा शक्ति के प्रयोग से रोग को अच्छा करो। इस पद्धति से रोगी को ठीक करने के दिन अब ज्यादा दूर नहीं। उनको अगर

विज्ञान की बातें कहे तो वह मंत्र - तंत्र के विषय में आलोचना आरंभ कर देते हैं। विलक्षण डॉक्टर हैं। चिकित्सा शास्त्र की अपेक्षा वेद - वेदांत, दर्शन एवं आध्यात्मिक विज्ञान के ऊपर अत्यधिक ज्ञान है। सरोज एक अद्भुत चरित्र है। महिनों तक वह कहीं गायब हो जाते हैं। किस को भी पता नहीं होता। अपनी नौकरी के प्रति उनका कोई आकर्षण नहीं था। किसी भी जगह छै - सात महीने टिक कर रह जाए यह बहुत बड़ी बात थी। उसके बाद और कहीं जाकर देखेंगे नौकरी। बिना दवाइयां के रोगी कैसे ठीक हो सकते हैं इसी काम में वे लगे हुए हैं।

कभी तिब्बत जाते तो, तो कभी ब्रह्म देश। किसी को भी कुछ ना कह कर हिमालय चल देते। जोर जबरदस्ती कर पूछने से संक्षिप्त उत्तर देते कि मनुष्य के लिए कुछ मंगल कर जाना क्या उचित नहीं ? उनका जीवन चरित्र बड़ा विचित्र सा था। उनकी चिंता धारा अत्यंत गंभीर थी। उनकी कुछ बातें ही समझ आती और अधिकांश समझ में भी नहीं आती थी। हम में से जिसने भी सरोज को निकट से जाना और अंतरंग भाव से संपर्किय है। उनके लिए वह एक निराला चरित्र था। यद्यपि दूसरों की नजरों में वे अति सहज साधारण एवं स्वाभाविक थे ?

बचपन में एक बार वे पाठशाला से नहीं लौटे। चारों ओर खोज - खबरी मच गई। उसके सहपाठियों का घर, नदी - नाले, कुएं, तालाब, शमशान एवं आसपास के सभी गांवों में खोज की जा चुकी थी। उसके गुमशुदा होने के विषय में बाजार में ढिंढोरा पिटवाया गया। रिश्तेदारों के पास लोग भेजे जा रहे थे। नख दर्पण से आरंभ कर खटिया घूमाने, खड़ी डालने, ज्योतिष को कुंडली दिखाकर गणना करने, हर संभव प्रयास किया गया था, किंतु सब निरर्थक। चाची रो रो कर पत्थर सी हो गई। कितने ही प्रकार की आशंकाएं व्यक्त की गई। थाने में भी रिपोर्ट लिखाया गया। किंतु पुलिस भी असफल रही ध किसी ने कहा -आधे तैयार खंबे के पास उसे बलि दे दिया गया और कितनों ने कहा - बच्चे पकड़ने वालो ने उसे कलकत्ता ले जाकर बेच दिया। जितने लोग उतनी बातें।

एक महीना व्यतीत हो गया। अचानक एक दिन पाठशाला से लौटते समय सरोज भी लौट आया। कंधे में बस्ता लटकाए घर को लौटा। सभी आश्चर्य रह गए। उसे कितने ही प्रकार से पूछा गया कि अब तक वह कहां था ? वह कहां गया था ? किंतु उसने कुछ भी नहीं कहा और अत्यंत सहज भाव से उत्तर दिया - मैं तो सवेरे स्कूल गया था और अभी लौट रहा हूं।

जितनी बार भी उससे यह प्रश्न की जाती, उतनी बार वह यही उत्तर देता। एक महीने से लापता बच्चा कह रहा है वह सुबह पाठशाला गया था और शाम को लौट आया। आश्चर्य की बात थी। उसके स्वास्थ्य में भी कोई परिवर्तन न था। जिस पोशाक को पहनकर वह सबेरे स्कूल गया था। वही पोशाक उसके शरीर पर अभी भी थी। थोड़ा सा भी मलिन नहीं हुआ था। सरोज का यूं अचानक अंतरध्यान हो जाना और पुन: असाधारण ढंग से आविर्भाव होना, सभी के लिए एक पहेली बन गई थी। वार्षिक परीक्षाओं के पहले पुन: वही घटना घटित हुई। घर से हाई स्कूल की दूरी थी २ किलोमीटर। ९ : ० ० बजे सरोज पखाल (पानी भात) खाकर प्रतिदिन की तरह पाठशाला के लिए निकला। शाम हो गई मगर वह घर नहीं लौटा। रात के २ : ० ० बज गए। सभी चिंतित हो उठे। अपने मित्रगण के भीड़ में कहीं रह गया होगा करके सभी से पूछा गया। कोई कुछ भी नहीं जानता था। चुकी पहले भी ऐसी घटना घट चुकी थी अत: सभी बड़े चिंतित होकर रात भरउसे खोजने में लग गए। सरोज पढ़ाई में अच्छा था। अत: पढ़ाई या परीक्षा के डर से कहीं भाग जाए, इस बात पर विश्वास करना कठिन था।

उसे खोजने के सभी प्रयास व्यर्थ गए। रात बीत गई। सुबह हो गई। फिर पूरे दिन भर खोजने का कार्यक्रम चला। पाठशाला के शिक्षक एवं छात्र भी सरोज की खोज में लग गए।

शाम को एक चरवाहे बच्चे ने खबर दी कि गांव के अंतिम छोर में शमशान के पास, जंगल में एक बरगद के पेड़ के नीचे कोई सोया हुआ है। मगर भय के कारण वह उसके पास जाकर देखने का साहस नहीं किया। समाचार मिलते ही पिता जी, बड़े पिता जी, एवं कुछ अपने लोग उस ओर दौड़े। सरोज सही में उस बरगद वृक्ष की जड़ पर सर रखकर आराम से सोया हुआ था। उसे जितना भी उठाया गया मगर उसमें थोड़ी सी भी हलचल न हुई। उसकी सांसे स्वाभाविक रूप से चल रही थी। कहीं उसे सांप ने तो नही काट लिया ? बड़े पिताजी उसे अपने कंधे पर उठाकर घर की ओर दौड़े। उसके मुंह में पानी की छिंटे मारी मगर कोई परिणाम नहीं। उसे जितना भी बुलाया गया, झझकोरा गया मगर सरोज में कोई फर्क दिखाई ना दिया। उसकी नींद ही टूट नहीं रही थी। डॉक्टर आए पलकें उठा कर देखा।उसकी दोनों पुतलियां स्थिर थी। उसकी नाड़ी परीक्षा की गई। श्वांस क्रिया भी सामान्य थी। मुंह खोल कर देखा सब कुछ ठीक-ठाक था। उसके पूरे शरीर को इधर से उधर लुढ़काया गया।

हाथ, पैर, कान छाती इत्यादि सभी अंगों की परीक्षा की गई। सब कुछ सहज और स्वाभाविक था। उसके शरीर में एक छोटा सा दाग भी ना था। डॉक्टर ने कहा कि किसी प्रकार की कोई शारीरिक समस्या नहीं है। बहुत गहरी नींद में सो गया है।सोया रहे। अपने आप ठीक हो जाएगा। जैसे ही उठे मुझे समाचार देना।

चिंतित मन से डॉक्टर ने विदा लिया।

सभी सोच रहे थे, अगर यह सोया हुआ है तो उठ क्यों नहीं रहा है। कोई कह रहा था - उस बरगद के वृक्ष में ब्रह्मराक्षस रहता है।हो सकता है वह उसे अपने आहार हेतु ले गया हो। बड़े सौभाग्य से जीवन रक्षा हुई। पता नहीं क्या हुआ होता ? कौन जानता है ? और किसी ने कहा - जादूगर जादू के बल से उसकी आत्मा अपने साथ ले गया है और शरीर को सुला दिया है और यही आसपास कहीं छिपकर बैठा होगा। कोई कह रहा था - जादू - टोना किया गया है। कोई कह रहा था - भूत - प्रेत लग गए हैं। तांत्रिक को बुलाकर झाड़-फूंक कराया गया।कान के पास शंख फूंकने से बेटा उठ जाएगा ऐसा भी किसी ने उपदेश दिया तो वह भी किया गया। किंतु सब व्यर्थ। अभिमंत्रित पानी की छिंटे मारी गई मगर होश नहीं आया। शाम को मृदंग मजा कर संकीर्तन किया गया।तब भी सरोज नहीं उठा।

दीर्घ ७ दिनों तक वह चिर निद्रा में सोया रहा।ऐसी नींद में युगों पहले कुंभकरण सोता था। यह ७ दिन कितने कठिनाई से काटा उसके परिवार जनों ने सोचना भी मुश्किल है। ७ दिन के बाद वह स्वाभाविक भाव से उठा। चाची जी रोता देख उसने पूछा -"तुम क्यों रो रही हो ? क्या हुआ ?"चाची जी उससे कुछ कह नहीं पाई। उसे गोद में लेकर रोने लगी। सरोज ने कहा -"मुझे खाने को दो स्कूल जाना है।" एक सप्ताह से सरोज ने पानी की एक बूँद भी नहीं पी थी। न ही कुछ खाया था यद्यपि वह सतेज दिखाई देता था। बरगद के वृक्ष के पास वह कैसे गया ? क्यों गया ? अथवा कोई उसे ले गया। इस विषय में वह कुछ नहीं कह पा रहा था। बल्कि वह स्वयं कहता था मैं वहां क्यों जाऊंगा ? मैं तो स्कूल से लौटकर सो गया था।

गांव में सरोज के रहस्यमयी व्यक्तित्व के संपर्क में कोई कुछ समझ नहीं पा रहा था। ऐसी घटना का विज्ञान में भी कोई उल्लेख न था। चिकित्सीय विद्या में भी ऐसा कोई वर्णन नहीं था कि कोई महीने - महीने भर बिना खाए - पिए सोया रहे और स्वस्थ भी रहे।

भगवान के पास नाना प्रकार के मनौति किए गए थे। तांत्रिक को बुलाकर

अभिमंत्रित ताबीज पहनाई गई। फकीर से लेकर पीर बाबा तक सबके पास से पवित्र धागे लाकर उसे बांधे गये। ग्राम्य देवी को चांदी की आंखें अर्पित की गई। सरोज को लेकर चाचा-चाची पूरी गए एवं जगन्नाथ जी से पूजा याचना भी।

आश्चर्य की बात यह थी कि सरोज दूसरे बच्चों की तरह ही सामान्य एवं स्वाभाविक था। इन सब के बावजूद वह अपनी कक्षा में प्रथम स्थान रखता था। अपने शिक्षकों का प्रिय छात्र था। दो-दो बार ऐसी अघटित घटना घटित होने पर सरोज के ऊपर अब २४ घंटे नजर रखा जाने लगा। स्कूल के शिक्षक भी सजग रहते थे। बीच-बीच में सरोज खूब उदास दिखाई देता था।

मैट्रिक परीक्षा सरोज ने अच्छे नंबरों से पास किया। २ वर्ष कॉलेज में पढ़ाई की। छात्रावास में रहा। चिकित्सा प्रवेश परीक्षा में उत्तीर्ण हुआ और चिकित्सक की पढ़ाई की।

मैं जब भुवनेश्वर में रह रही थी, तब सरोज सप्ताह में कम से कम एक दो बार कटक से मेरे घर आता था। मैं भी बीच-बीच में उससे मिलने जाती रहती थी। चिकित्सा के अतिरिक्त वह अन्य बहुत प्रकार की पुस्तकें पढ़ता था। वह मुझसे खूब प्यार करता था और मेरे से भी ज्यादा वह मेरी बेटी से प्यार करता था।

कभी-कभी वह विचित्र प्रकार की बातें करता था। कभी-कभी मैंने अनुभव किया कि वह किसी अदृश्य व्यक्ति के साथ धीमी आवाज में बातचीत कर रहा है। कभी-कभी शांत मन से शून्य आकाश की ओर लंबे समय तक ताकता रहता, जैसे वायुमंडल में किसी के स्थिति का आविष्कार कर रहा हो। वह जो बातें कहता था वह मुझे खूब सरस एवं बोधगम्य लगता था। हालांकि मेरे पास से उसके चले जाने पर उसकी बातें एवं दृश्य सभी विस्मृति हो जाती थीं। मैं उसकी एक मुख्य श्रोता थी। मुझे उस पर बहुत विश्वास था।उसके मेरे बीच भाई - बहन की अपेक्षा एक दूसरे को समझने वाले मित्र का रिश्ता था।

उसने इंडो - नेपाल हॉस्पिटल की नौकरी छोड़कर कटक के एक नर्सिंग होम में ज्वाइन किया। इस नई नौकरी की अवधि कितनी है वह मैं अच्छे से जानती हूं। शायद ही ६ महीने भी यहां टिक पाए। नौकरी छोड़कर अचानक ही कहीं गायब हो जाएगा।

सरोज आया।

मेरे माथे में अपना हाथ रखा। मैंने एक नए प्रकार का स्पर्श अनुभव किया।

कुछ ही देर में मेरा शरीर हल्का अनुभव होने लगा। शरीर की सारी व्यथा, सारी यंत्रणा जाती रही।आंखें खोलकर उसे देखा। वह हंस पड़ा।

उसने पूछा - खूब कष्ट पाई ना तुम।

"हां, खूब। तुम तो डॉक्टर हो।बोलो तो मेरे हृदय में कोई समस्या है क्या ? या और कहीं है ? बाप रे ! कितनी यंत्रणा। यह यंत्रणा अगर और ५ मिनट भी रहती तो सीधे मेरी मृत्यु की खबर मिलती तुमको।"

" तुम बिल्कुल भी मरी नहीं होती।"

"तुम तो सर्वज्ञ त्रिकालदर्शी की तरह बातें कह रहे हो। बोलो तो ऐसा दर्द क्यों हुआ ? सरोज कुछ देर तक मुझे टकटकी लगाकर देखता रहा। मैं उठ - बैठ कर पा रही थी।

"हमारे परिवार में तुमसे सबसे ज्यादा प्यार कौन करता था ?"

"सभी तो प्यार करते थे।"

"सबसे अधिक ?"

मुझे चुप देख उसने कहा - "हमारे परिवार में तुम एक मात्र लड़की थी। दुख को भुला देने वाली और स्वर्गतरा। पर दादी को तुम सबसे ज्यादा प्यारी थी। तुम उनकी कमजोरी थी। हम सब की अपेक्षा वे तुम्हें सबसे ज्यादा प्यार करती थी। है ना ?"

मेरी आंखों में आंसू आ गए।मैं सिर हिलाते हुए कहा -हां।सरोज कहता गया - दादी ९० वर्ष तक जीवित रही। ९० वर्ष के दीर्घ जीवन काल में उसने कितनी ही बातें, कितनी व्यथा सहन की होगी कितने ही चित्र -विचित्र दृश्य उसके दृश्य पटल में संचित रहे होंगे। कितने ही सुख - दुख, उत्थान-पतन सब कुछ अपने भीतर अनुभव किए होंगे। परिवार में कितने ही लोगों की मृत्यु देखी होगी, कितने नए आगंतुक, नये जन्में बच्चों का स्वागत उत्सव पालन किया होगा। रोग यंत्रणा से परेशान हुई होगी। इस घर के साथ उसकी जीवन पंजिका ९० वर्ष तक बंधी हुई थी। एक घर में जो जितने दिन रहता है उसे घर के प्रति उसका जितना मोह उतनी ही अधिक आसक्ती होती है। घर को छोड़ते समय वह खूब विचलित हो गई थी।

जब मृत्यु के सख्त हाथों ने उसे पकड़ा तब उसने अपने आप को संपूर्ण अकेला और असहाय पाया। मनुष्य की यह प्रवृत्ति होती है कि बाजार को, घाट को या दूर रास्ते जाने पर उसके साथ कोई अपना होने से उसे अच्छा लगता है। कहीं

बाहर जाते समय हम ऐसा चाहते हैं।सही बोल रहा हूं ना ? कोई हमारे साथ रहता है तो हमारा भरोसा बने रहता है। इस मृत्यु लोक को छोड़कर जाते समय भी वह कामना करता है कि उसका कोई प्रिय व्यक्ति साथ हो।

क्या तुम्हारा मन नहीं होता कि तुम जिस व्यक्ति को पसंद करती हो वह हमेशा तुम्हारे आसपास रहे। क्या तुम ऐसा नहीं सोचती ?

"हां।"

"साधारणत: मृत्यु के पूर्व समग्र जीवन में घटित होने वाली घटनाएं मनुष्य के मानस पटल पर चलचित्र की भांति तैर जातीं हैं। उसके जन्म से मृत्यु पर्यंत की समस्त क्रिया -कलाप, समस्त आशाऐं, आकांक्षाएं, कामनाएं, वासनाएं, पाप, पुण्य के चित्र एक के बाद एक प्रतिफलित होते जाते हैं।

दादी ने भी वही दृश्य देखा होगा। उन दृश्य के अंदर तू, मैं सभी दिखाई दिये होंगे।"

"जानती हो ना इस मिट्टी के ऊपर से अपने प्रिय जनों के मेले से, ९० वर्ष के परिपूर्ण सांसारिक भोग से, आपसी संपर्क के पक्के बंधन से स्वयं को मुक्त कर निराशक्त भाव से खाली हाथ इस मृत्यु लोक को छोड़, माया ममता को अनदेखा कर चले जाना इतनी सहज बात नहीं। हो सकता है मृत्यु के समय दादी वैसी ही एक अद्भुत मानसिक स्थिति में पहुंच गई होगी। स्थूल शरीर का त्याग करने के मुहूर्त में उनकी प्रबल इच्छा शक्ति जागृत हुई होगी। एक अनजाने भय ने उन्हें जकड़ लिया होगा।अकेले हो जाने से, असहाय हो जाने से दुख उन्हें चोट पर चोट मार रहा होगा। वह इच्छा कर रही होगी कि कोई उनके साथ जाता। हम सभी में से तुम्हारा चेहरा उसे सबसे आकर्षक लगा होगा। तुम दोनों एक दूसरे को परस्पर बहुत स्नेह भी करते थे इसलिए तुम पर उनका सबसे ज्यादा विश्वास था। परिणाम स्वरुप दादी के इस प्रबल इच्छा शक्ति के कारण तुमने यह मृत्यु तुल्य यंत्रणा का अनुभव किया।"

मैंने सरोज से प्रश्न किया - "तो क्या वह मेरी मृत्यु की कामना कर रही थी ?"

सरोज ने धीरे से कहा - "जीवित मनुष्य मृत्यु से भय करता है। जो मर रहा है वह भी भय करता है। किंतु जो मृत्यु द्वारा अवधारित प्रांत में खड़ा हो गया वह विकल होकर किसी एक अपने को अपने साथ ले जाने की इच्छा करता है।"

इसके बाद सरोज ने इसी संदर्भ में निगमानंद एवं उनकी धर्मपत्नी नलिनी प्रभा की कहानी सुनाई थी। खबरदार तुम कभी किसी से इतना स्नेह ना करना।

जाने के लिए खड़े होते हुए सरोज ने कहा - "तुम्हारा मृत्यु संकट कट गया। नहीं तो दादी का अत्यधिक प्रेम तुम्हारे अकाल मृत्यु का कारण बना होता।"

६ वर्षों से सरोज की कोई खोज-खबर नहीं। वह कहां है ? मेरे पास उसका पता भी नहीं है। हो सकता है जानबूझकर उसने संपर्क ना रखा हो। वह सभी से अपने संपर्क शिथिल कर चुका है। हिमालय की किसी गुफा में या किसी बौद्ध विहार में या मठ में वह जन्म - मृत्यु के रहस्य खोज रहा होगा। या बिना औषधि रोग के निदान पर तथ्य उद्भावन करने में व्यस्त होगा।

निर्जिव जंगल

अभी पूजा छुट्टी खत्म भी नहीं हुई थी और हमारे शहर में ठंडक पड़ने लगी थी। ठंड लगने से मध्य रात्रि को ही मेरी नींद टूट गई। सोचा कल निश्चित ही अलमारी से कंबल और रजाई निकालूंगी।

दिनभर इधर-उधर होकर रजाई निकालने वाली बात मैं भूल ही गई। दिन भर खूब गर्मी और धूप थी अत: रात को ठंड लगने की बात मैं भूल ही गई।

रात को सोने जा ही रही थी कि अचानक ठंड लगने की बात याद आई। अभी अलमारी से कंबल निकाल देना उचित होगा, सोचकर बिस्तर से उठी। चाबी लेकर नीचे रखी आलमारी खोली। उसके अंदर सहेज कर रखा हुआ था रजाई, कंबल, बेडशीट, कथरी, मच्छरदानी एवं तकिया। घर में अतिथि आने पर इन सब का उपयोग होता था एवं उनके चले जाने पर धूप में सुखाकर फिर से अलमारी में जतन से रख दिया जाता था। एक खंड में मच्छरदानी और चादरें रखी हुई थी। उसके नीचे के खंड में सुकांति नई द्वाराअपने हाथों से तैयार किये कथरी एवं मोटे चादर रखे हुए थे। पास ही में मेरी बेटी के बचपन का रजाई और तकिया रखा हुआ था।

बेटी बड़ी हो चुकी थी। किंतु अभी भी घर आने पर वह इस रजाई को खोजती थी। वह रजाई अब उसे इतना छोटा होता था कि पूरे पैर भी नहीं ढकते थे।गले तक ढकने से दोनों पैर खुले रहते थे। बेटी बड़ी हुई। दूर शहर में रहकर जीवन के रहस्य खोजने में लग गई मगर आज भी उसका उस छोटे रजाई के प्रति मोह गया नहीं है।

वह हमेशा कहती इस रजाई को थोड़ा बड़ा क्यों नहीं करवा देती। मैं उससे मजाक कर कहती - तुम फिर से छोटी हो जाओ।बेटी समझ नहीं पाती।बड़ी रजाई या कंबल देने से भी वह उन्हें किनारे कर उस छोटे रजाई को ही ओढ़ती थी। मैंने

उसके बचपन की रजाई उठाकर छाती से लगा लिया एवं आंखें बंद कर उसके बदन की खुशबू को महसूस किया। छोटे बच्चों की सुगंध उसके भीतर से आ रही थी। पृथ्वी पर कोई भी सुरभि इसके समतुल्य नहीं होगी। ऐसा लग रहा था काश बच्चे कभी बड़े ही नहीं होते। वॉचमैन की सीटी बजी और मैं चमक पड़ी।रजाई को परम श्रद्धा से पकड़ कर हंस दिया।मन ही मन में कहा -इस रजाई को ऐसे ही रहने दो। बेटी के बच्चे होने पर उन्हें उपहार स्वरूप दूंगी।

अलमारी के सबसे ऊपर एक के ऊपर घड़ी होकर कंबल और रजाई रखी हुई थी।पतला, हल्का, एक के लिये, दो लोगों के लिये।भुवनेश्वर के ठंड के लिए पतला कंबल ही काफी होता है। घड़ी होकर रखे कंबल के थाक के अंदर हाथ घुसा कर जैसे ही एक कंबल बाहर करने गई। वैसे ही अंचभित रह गई। यह क्या ? मैंने जल्दी-जल्दी में अपना हाथ बाहर किया और पुनः हाथ लगाया।आश्चर्य सजा कर रखे हुए रजाई, कंबल को एक-एक करके बाहर किया और नीचे जमीन पर रख दिया। मेरे आंखों के सामने यह वही एक कंबल था। दोनों हाथों से उसे स्पर्श किया जैसे किसी बिजली की तरंग ने मुझ पर आघात किया एवं समग्र शरीर में प्रवाहित हो गई। आश्चर्य वह कंबल गीला था।

फिर से कंबल को स्पर्श करके देखा। यह कैसे गिला हुआ ?अलमारी के उसे खंड में पहले जो मोटा कागज बिछाकर जिस पर कंबल और रजाई रखा था, वह कागज भी गीला था। पानी से अलमारी के लोहे में जंग लग गया था। मन ही मन पति सुधा के ऊपर गुस्सा हुई।

कैसे आदमी हैं ? गीले कंबल को धूप में ना सुखाकर अलमारी के अंदर रख दिए है। सुधा को नींद से उठाकर कंबल दिखाना चाहिए। वरना वें स्वयं के आंखों से ना देखने पर मेरी बातों पर विश्वास नहीं करेंगे अथवा अपनी भूल स्वीकार नहीं करेंगे। कंबल को हाथ में पकड़ कर ऊपर आई। देखा आपने क्या किया है ?

नींद से उठकर उन्होंने गुस्सा होते हुए कहा - "क्या हुआ है ? तुम नहीं बोलोगी तो जानूंगा कैसे ?"

"कंबल को देखो, कैसे गिला है ?"

"मैं क्यों गीला करूंगा ? अभी रमा दीदी आई थी। शायद तुमने उन्हें यह कंबल दिया हो और उनके बच्चे ने पेशाब कर दिया होगा। इसे धूप में ना सुखाकर तुमने कैसे अंदर रख दिया। अभी भी देखो कैसा गीला लग रहा है ?"

"मैं क्यों उन्हें कंबल दूंगा ? मैंने नहीं दिया है। तुमने अलमारी खुली छोड़ दी होगी और किसी ने पानी डाल दिया होगा।"

मैंने तो अभी ही चाबी खोली। अलमारी कैसे खुली रह जाएगी ? हाथ लगा कर देखिए जरा। यह ऊपर खंड के सबसे नीचे था। पूरी तरह से गिला है।

अर्ध रात्रि को सोना छोड़कर कंबल के पीछे क्यों पड़ी हो ? ऐसा कहते हुए वह फिर से सो गए।

ड्राई वॉश करवा कर मैंने कंबल को स्वयं अच्छे से रखा था।अचानक मुझे याद आया पिछले शीत ऋतु में कंबल, चद्रें इत्यादि बहुत दिनों तक इधर-उधर पड़े हुए थे। परेशान होकर मैंने स्वयं ड्राई वॉश करवा कर तह करके रखा था। तो फिर यह गीला कैसे हुआ ? इस बीच कोई रिश्तेदार या मित्र इत्यादि तो आए नहीं थे। तह होकर खंड के सबसे नीचे रखा हुआ कंबल का गीला होना आश्चर्य की बात नहीं है क्या ?

सोचा पास में खिड़की भी नहीं है। और यदि बारिश के छिंटों से भीगा भी होता तो भी अलमारी की सारी चीजें भीग गई होती। बंद अलमारी के अंदर आखिर पानी गया कैसे ? कंबल के ऊपर रखे दूसरे रजाई, कंबल सभी सुखे थे मगर सबसे नीचे रखा हुआ कंबल ही गीला था। भीगे कंबल को एक कुर्सी के ऊपर रखकर चादर और अन्य आवश्यक ठंड के कपड़े बाहर निकाल कर मैं सोने चली गई। एक अजीब सा भय मुझे काबू में कर रहा था।

पिछले वर्ष तक ठंड के कपड़े बिस्तर के नीचे बने बॉक्स में रखे जाते थे। जो भी आवश्यक होता उसे बॉक्स के अंदर से निकालकर व्यवहार किया जाता। छोटी ननद की शादी के समय घर में मेहमान भर्ती थे। फूलकारी, कंबल बेडशीट तकिया इत्यादि सब बाहर किया गया था। विवाह समाप्त होने पर सभी चीजों को धूप दिखाकर फिर से सहेज कर रखते समय मैंने देखा, नीचे बिछाने वाला पॉलिथीन गिला - गिला सा लग रहा था। सभी चीजों को हटाकर देखा नीचे रखी कुछ चीजें गीली हो गई हैं। पलंग से लगकर ए सी होने के कारण नीचे के गैप से वर्षा का पानी कभी-कभी घर के अंदर आ जाता था।

सोचा, शायद वैसे ही वर्षा का पानी घर के अंदर आ गया हो। इसके अलावा और कुछ भी सोचने की मानसिक स्थिति में मैं नहीं थी। अति सरल भाव से उन सभी को धूप दिखाए और कुछ को ड्राइवाश करने के लिए अलमारी के खंड में सजा कर रख दिया।

इसी बीच शीत ऋतु समाप्त हो चुकी थी।

किंतु अलमारी के अंदर सहेज कर रखा हुआ वह कंबल पूर्व वर्ष की तरह फिर से संपूर्ण रूप से गीला था। सही में यह वही कंबल है? मैंने निश्चित होने के लिए उसे फिर से देखा और किसी मीमांसा की आवश्यकता न थी। ऐसा देख चिंतित हो उठी। सारे शरीर में पसीने छूट गये। सुधा को गहरी नींद से उठाना उचित नहीं होगा, ऐसा सोच एक बार और बिस्तर से उतर कर कंबल रखे हुये उस कुर्सी के पास गई।

घर के अंदर भी कंबल की तरह गीला लग रहा था। खूब भारीपन था। मेरा सर भी भारी हो गया। यह क्या हो रहा है यहां पर, इन सब घटनाओं का कारण समझ नहीं पा रही थी। किससे यह बात पूछूं? कौन विश्वास करेगा? दीवार पर लगी घड़ी में १२:०० बजने के लिए १५ मिनट शेष थे।

अचानक नव भाई की याद आई। मेरे सभी जटिल प्रश्नों के सहज उत्तर उन्हीं के पास होते थे। सोचा उन्हें फोन करूं क्या?

आहा! अभी-अभी ज्वर से ठीक हुए हैं। अर्धरात्रि को उनको नींद से उठाने के लिए मन नहीं माना। सुबह होने पर उन्हें ही पूछूंगी सोच कर आस्वस्त हुई।

लौट कर सोने को आ गई। देर रात तक नींद नहीं आई। नाना प्रकार के चित्र विचित्र बातें मन के अंदर चलती रही। कहीं मेरे परिवार पर कुछ विपत्ति आने वाली तो नहीं है? कहीं कोईमेरे परिवार पर जादू टोना कर उसे नष्ट-भ्रष्ट करने की कोशिश तो नहीं कर रहा? विभिन्न प्रकार की नकारात्मक विचार के साथ रात कटी।

सुबह नित्य कर्म से मुक्त हो नव भाई को फोन लगाया। वह अभी-अभी ही नींद से जागे थे। आलस दूर करते हुये उन्होंने कहा - क्या हुआ रे? सुबह-सुबह मुझे याद किया।

परेशान होकर कहा - नहीं, कल रात से ही आपको याद कर रही हूं। बड़े मुश्किल से सुबह हुई।

सब ठीक-ठाक है तो? उन्होंने परेशान होते हुए पूछा।

मैंने उन्हें कंबल की कहानी कह सुनाई।

धीर स्थिर भाव से उन्होंने भीगे कंबल की कहानी सुनी।

सारी कहानी सुन कर उन्होंने पूछा - यह कंबल कहां से आया था।

मैं चुप हो गई। मन ही मन में बुदबुदाया -

कंबल कहां से आया था ....

थोड़े ही देर में सारा दृश्य मेरी आंखों के सामने था। मेरी आंखों के सामने ढेर लगे हुए थे हजारों हजार कंबल, चादरें, पुराने कपड़े, अगणित खाद्य सामग्री, पानी बोतल, शिशु खाद्य, मोमबत्ती, माचिस, पॉलिथीन, बर्तन और भी कितनी ही चीजें।

निरंतर ट्रक में सामान भरा जा रहा है और उन्हे उतार जा रहा है। सौ - सौ ट्रक, जीप, कार लाइनों में खड़े रिलीफ सामग्री से भरी कितनी ही गाड़ियां।

१९९९ का महा तूफान। समग्र जगत को दहला देने वाली, मानव छाती को लहूलुहान कर देने वाली प्रकृति की भीषण विभीषिका।

खुले बदन, आंखों में आंसू, फटी साड़ियां, पिचके पेट, दुबले - पतले हाथ, अनाथ बच्चे, भूखे नंगे मनुष्य। नष्ट - भ्रष्ट जीवन नष्ट - भ्रष्ट स्वप्न। केवल भूख, खाद्य, दो - दो की पुकार।

इस पृथ्वी में कितनी भूख है ?

सच में, कितना दुख है भोगने के लिए।

पृथ्वी के कोने-कोने से रिलीफ सामग्री की बाढ़ बहीं आ रही थी।

रिलिफ सामग्री का पहाड़ खड़ा हो गया। असंख्य समाज सेवी दिन-रात काम कर रहे थे। उन्हें दिन-रात की खबर नहीं थी। कब दिन होता कब रात होती पता नहीं। किंतु काम खत्म ही ना होता था। सुयोग देखकर मैं भी कुछ चीज अपने घर को ले आई। जिसमें पांच कंबल, कुछ चादरें एवं कुछ साड़ियां थी। मेरे घर काम करने वाले नौकर - नौकरानियों, ड्राइवर इत्यादि को बांटने के बाद कुछ बच गए थे। जिसमें से यह कंबल भी था।

पता नहीं क्यों यह यह कंबल मुझे बहुत पसंद आया।अगर सच कहूं तो मैंने लोभवश यह कंबल अपने पास ही रख लिया था।

"कंबल कहां से आया था ?" नवभाई ने पुन: यह प्रश्न किया।

मैं चमक पड़ी।

घबराहट में कहा - "कंबल........

"तुमने खरीदा था ? कहां से ?"

"नहीं खरीदा नहीं था।"

"किसी ने उपहार में दिया था ?"

"नहीं।"

"तो ?"

"१९९९ तूफ़ान रिलीफ़ का कंबल था। लालच वश मैंने रख लिया था।"

मेरी बातें सुनकर नव भाई हंस पड़े। बोले - "लोग कितना और क्या-क्या हजम करके बैठे हुए हैं। और तुम एक कंबल भी हजम नहीं कर पा रही हो। अच्छा ठीक है तुम गेट के पास जाकर देखो। किसी गरीब को बुलाकर वह कंबल दान में दे दो।

बिना किसी द्वंद्व के मैंने वही किया और उस कंबल से मुक्ति पायी।

अभी भी अलमारी खोलने पर उस जंग लगे स्थान को देखकर वह गीले कंबल वाली घटना याद आती है। सच में क्या सभी में अपनी कमियाँ सबके सामने स्वीकार करने का साहस होता हैं ?

रक्षा कवच

मई महीने की तपती दुपहरी।

बाहर प्रबल गरम हवाएं बह रही थी। घर के अंदर उमस थी। खिड़कियों के बंद शीशे से बाहर देखा तो उत्तर - पूर्व दिशा से घनघोर मेघ उड़ते हुए आ रहे थे।धीरे-धीरे आधा आकाश आच्छादित हो गया। पवन बहने लगी, जोरो की बिजली कड़की। घनघोर वर्षा होने लगी। बेर के आकार की बड़ी -बड़ी बूंदे बरसने लगी। मेघ गर्जन के प्रबल नाद से पृथ्वी हिल गई। मेरे पास रह रहे मेरे छोटे भाई, उसकी नव परिणीता पत्नी और मैं छठवें माले पर स्थित मेरी घर के बालकोनी में खड़े होकर वर्षा पवन और बिजली के खेल देख रहे थे। बारिश के पानी को हाथ बढ़ाकर छू रहे थे और बारिश की बूंदों की छिटों से भीग रहे थे। प्रबल गर्मी के बाद बारिश की यह फुहारे हमें खूब आनंददायी लग रही थी। मिट्टी पर बारिश की पहली - पहली बूंदें पड़ने पर उठी सौंधी - सौंधी खुशबू से पृथ्वी महक उठी।

अचानक आकाश में बिजली कड़की और अग्नि का एक तीव्र स्रोत आकाश से आकर हमारी बालकोनी से १ ० -१ २ हाथ दूर एक नारियल के पेड़ के ऊपर गिरी। हम कुछ समझ पाए इससे पहले ही वह नारियल का पेड़ हूँ - हूँ कर जलने लगा। निरंतर हो रही जोरों की बारिश भी उस अग्नि को बुझाने के लिए समर्थ ना हुई।

वज्रनाद से कान सुन्न पड़ गये। डरकर मेरे छोटे भाई की पत्नी घर के अंदर दौड़ गई।

बारिश लगातार हो रही थी और रह - रहकर बिजली चमक रही थी। हम भाई-बहन दोनों वैसे ही खड़े होकर बारिश के दृश्य देख रहे थे। मई महीने में होने वाली वर्षा अपूर्व लगती है। छ: मंजिल ऊपर बालकनी से आधे से ज्यादा आकाश दिखाई दे रहा था। बारिश में भीगा आकाश। पवन के साथ ताल देती बारिश की बूंदे

लहरों की तरह नाच - नाच कर आगे की ओर बढ़ रही थी। फिर पवन के झोंकों के थपेड़ो से पीछे लौट रहे थे। कुछ देर झूले की तरह झूल कर मिट्टी को स्पर्श कर रहे थे।

आकाश में फिर से अग्नि उत्सव संगठित हुआ।अग्नि का एक गोल जैसे महा शून्य से पृथ्वी की ओर गिरा। उस अग्नि पिंड ने हमारे फ्लैट के उत्तर - पूर्व कोने को झुलसा दिया एवं अग्नि के टुकड़े नीचे बिखर गए। विद्युत का एक सख्त झटके ने मुझे स्पर्श किया और मैं दरवाजे पर जा गिरी। मेरे भाई को भी विद्युत का झटका लगा। तीव्र आलोक से मेरी आंखें चौंधिया गईं। कान शून्य हो गए। लाइट चली गई। हमारे अपार्टमेंट के कई टीवी, फ्रिज, फैन इत्यादि इस बिजली के झटके से जल गये। बहुत देर तक वर्षा होकर रुक गई। पवन में बारिश के कण मिलकर उसे अधिक भारी कर दिया। धीरे-धीरे मई महिने का ताप मिट्टी के ऊपर आया। जीवन में पहली बार मैंने दो-दो वज्रपात देखें और बिजली का आघात भी अनुभव किया। मेरे छोटे भाई की पत्नीसं ध्या आरती देने गई और मुझे पुकारा। दीदी आओ देखो। मैं काम छोड़कर दौड़ी। मैंने देखा वह भगवान के पास खड़ी है और उसकी आंखें फैली हुई है। वह कांप रही थी।

"क्या हुआ ?"

हाथ से इशारा करते हुए कहा - "देखो।"

भगवान के स्थान को देखकर मैं चमक पड़ी।

भगवान के पास दीर्घकाल से रखी स्फटीक के शिवलिंग टुकड़े-टुकड़े हो होकर चारों ओर बिखरे हुए थे। लिंग पर चढ़े रूद्र विशाल रुद्राक्ष माला अक्षत भाव से पड़ा हुआ था।

शांत मन से एक बार और उस ओर देखा।और समझने के लिए कुछ बाकी नहीं था। स्वत: ही मेरे कंठ से निकला - हे भगवान ! यह ऐसा क्या हुआ ?

थोड़ी ही देर में मेरी आंखों से दो अश्रु धारा निकल पड़े। मन ही मन मैंने कहा -हे ! विष्कंठ तुमने हमारी रक्षा के लिए कितनी बड़ी बात की। वज्र का वह कठोर प्रहार अपने ऊपर लेकर तुमने हमारी रक्षा की। मैं और कुछ सोच नहीं पा रही थी।

सर झुका कर बैठी रही।

शाम हो चुकी थी और उस शाम के आधे अधूरे अंधकार के भीतर मैंने देखा, मद्रास से प्राय: ३०० किलोमीटर दूर किसी अनजाने गांव के धूल धूसरित रास्ते में

एक नई टाटा सुमो गाड़ी खड़ी हुई है। हमारा गंतव्य स्थल था रमण महर्षि का आश्रम। पता नहीं कैसे ड्राइवर भूल रास्ते पर ले आया। उस धूल भरे रास्ते पर लगभग चार घंटे का रास्ता तय करने के बाद उसे पता चला वह गलत रास्ते पर आ गया हैं। वहां से लौट के लिए जब उसने गाड़ी आगे पीछे की तब अचानक इंजन बंद हो गया। रास्ते के ऊपर गाड़ी रखकर ड्राइवर ने उसके इंजन में इधर-उधर हाथ लगाकर गाड़ी को फिर से शुरू करने की कोशिश की। गाड़ी का बोनट खोलकर देखा और अंतत: उसने गाड़ी खराब होने की घोषणा की।

उस समय तक शाम होने को थी। कुछ ही समय बाद सूर्यास्त होने वाला था। हम सभी परेशान हो गए। गाड़ी से उतर कर इधर-उधर चलने लगे। एकदम ग्रामीण इलाका। एक तरफा रास्ता था वह भी पगडंडी की तरह।पास ही में मुरम और गिट्टी पड़ी थीजिससे पता चलता था कि थोड़ा बहुत कुछ रास्ते का काम हुआ थास्वाधीनता के इतने वर्षों बाद भीउसे गांव में बिजली नहीं आई थी। गांव के बच्चे और बूढ़े सभी हमें आश्चर्य से देख रहे थे। थोड़ी ही दूर पर एक छोटा सा दुकान था।

हमारा ६ लोगों का समूह था। मैं, मेरे पतिदेव, बड़े भाई, उनके मित्र डॉक्टर दास और श्रीमती दास एवं हमारी सहायता हेतु मद्रास के एक स्थानीय निवासी शंकर नारायणन। इधर शाम होती जा रही थी। शंकर स्थानीय लोगों के साथ मैकेनिक के बारे में पूछताछ कर रहे थे। ज्ञात हुआ गांव में सभी साधारण लोगहैं। वह खेती कर अपनी आजीविका चलाते हैं। कम से कम ५० किलोमीटर दूरी पर था शहर। वहां पर मैकेनिक मिलेगा।अच्छे झमेले में पड़ा मनुष्य। अब क्या किया जाए। कौन जानता था ? ड्राइवर भूल कर बैठेगा और एक लंबा रास्ता तय करने के बाद जानेगा की यह ठीक रास्ता नहीं है। दुर्भाग्य ऐसा की एक निपट मफसल गांव के अंदर यांत्रिक खराबी के कारण गाड़ी भी रुक गई।

शहर जाकर मैकेनिक लाना संभव नहीं था। दिन होने से भी कोई बात थी। ड्राइवर को दुनिया गाली देकर, हमअब कहां आश्रय ले इस विषय पर स्थानीय लोगों से बातचीत करने लगे, शंकर।

हम सभी शहरी लोग आधुनिक जीवन शैली के अभ्यस्त, आसपास रहने की वैसी कोई सुविधा नहीं थी। जिस गांव के लिए रास्ता नहीं, अभी तक बिजली नहीं आई, वहां पर किस प्रकार की सुविधा की आशा की जा सकती थी ?

खाने के लिए कुछ सुखे खाद्य और पानी बचे थे। जो हम साथ लेकर गये

थे।वह ६ -७ लोगों के लिए पर्याप्त नहीं था। सभी चिंतित हो उठे उसी समय मैं गांव की सड़क पर कुछ दूर आगे चली गई। मुझे ऐसा लगा जैसे मैं अपने ही गांव में हूं और गांव के रास्ते पर चल रही हूं। रास्ते पर पड़े एक बड़े पत्थर के ऊपर बैठकर मैं दूर गांव की ओर देखकर स्तब्ध हो गई। मेरे शरीर में एक सिहरन सी उठी। एक अपूर्व भावनाऐं मेरे अंदर उठी और मुझे रोमांचित कर गई। मैं पश्चिम दिशा की ओर मुंह करके बैठी थी।आकाशके दृश्य पटल पर अस्त होते सूर्य की लालिमा मुझे सम्मोहित कर रही थी। ऐसा लगा जैसे अपने पूरे जीवन काल में मैंने ऐसा अद्भूत सूर्यास्त कभी नहीं देखा था।धुआ धुआ अस्पष्ट सूदूर गांव, आकाश, आकाश में अपने घोसलों को लौटते पक्षी, सूदूर लहरों की तरह दिखती पर्वत श्रेणियां, पहाड़ के शीर्ष पर अस्त होता सूर्य, वृक्ष - लता, सूर्य किरण से झिलमिल होते सूर्य पत्ते अपूर्व अनंत विस्मित कर देने वाला दृश्य। उस पर मिट्टी से जुड़ा हुआ मनुष्य का विभोर जीवन।आहा ! कितना सुंदर, कितना अनन्य है प्रकृति का यह रूप विभव।

आज के व्यस्त जीवन में मनुष्य के पास समय कहां, इस मनोरम दृश्य को उपभोग करने का ? काश ! जीवन और जीविका के पीछे दौड़ता मनुष्य स्वयं और प्रकृति के लिए थोड़ा समय निकाल पाता। जिससे मानव जीवनऔर थोड़ा मधुर, सहज और सरल हो जाता।

आकाश से दृष्टि हटाकर गांव की ओर देखा। ऐसा लगा जैसे मैं इस गांव से बहुत पहले से ही परिचित हूं। जैसा यह मेरा अपना हो। दूर पहाड़, खेत - खलिहान, वृक्ष - लता, आकाश, धूल धूसरित रास्ते, घर सब कुछ अपना सा लगा। हो सकता है ऐसा इसलिए लगा क्योंकि भारत के सभी गांव लगभग एक जैसे ही हो। और वैसे ही एक गांव में पहुंचकर मुझे अगर यह गांव अपना सा लगा तो इसमें क्या विचित्रता है ?

शहर से दूर नि: शब्द गांव, हवाओं में धूल न थी, धूसर दिग्वलय ना था, भीड़ - भाड़ नहीं थी, सौ - सौ लोगों की आवाजाही भी न थी। घोसलों में लौटते पक्षियों के कलरव के अतिरिक्त पवन के झोंकों से धीरे-धीरे हिलते पत्तों की आवाज के अलावा अन्य कोई भी शब्द न था। नीरव परिवेश और बीच-बीच में झींगुर की झांई - झांई का संगीत। दक्षिण का एक गांव। हमें जिसका नाम भी पता न था।

गांव में शाम हो गई। इस धरा पटल में संध्या और सुबह यह दो महाकाव्य हैं।जिसने जीवन में यह ग्रंथ नहीं पढा उसका जन्म निरर्थक है।

जब मेरे भाई ने ऊंचे स्वर में मुझे पुकारातब मेरा ध्यान भंग हुआमैं अपने वर्तमान में लौट आई। सुना पास में ही एक धर्मशाला है। लगभग परित्यक्तअवस्था में है। साफ सफाई के लिए लोग हैं। अगर वहां व्यवस्था न हो पाई तो गांव के मुखिया के घर रहना होगा। अंतत: ठीक किया गया कि रात्रि में हम धर्मशाला में रुकेंगे। सुबह गांव से दूध लेने आने वाली गाड़ी से ड्राइवर पास के ही शहर से जाकर मैकेनिक लेकर आएगा या फिर गांव के ही किसी लड़के की मोटरसाइकिल से जाकर मैकेनिक लाएगा।

थोड़े ही समय में गांव के मुखिया की सहायता से हमारे रहने की व्यवस्था हो गई। दो लालटेन, मच्छरदानी, बाल्टी, मग, व्यवहार की अन्य चीजें, मोमबत्ती से लेकर मच्छर अगरबत्ती तक की सारी चीजों की व्यवस्था हो गई।

१० अगस्त सन् २००२ शनिवार। दक्षिण भारत में बारिश न थी। आकाश में थोड़े-थोड़े बादल थे। दक्षिण पश्चिम मौसमी पवन भारत के ऊपर प्रवाहित होकर अपने अंदर समेटे तमाम वर्षा उड़ेल कर जब लौटता है। तब दक्षिण भारत में कुछ बूंदें बरसा जाता है।वह भी सितंबर अक्टूबर के महीने में।

ए सी, फैन के अभ्यस्त हमारे जैसे शहरी मनुष्यों के पास जल रहा था लालटेन। घर अंधेरा - अंधेरा सा दिखाई दे रहा था। हल्के रोशनी में दीवारों पर हमारी परछाइयां नाच उठी थी। जो एक अजब दुनिया की ओर ले जा रही थी। दो कमरों का घर। यद्यपि हम सभी एक ही जगह बैठे हुए थे। बाहर बरामदे में एक लालटेन जल रही थी और घर के अंदर एक। मैं उठी और लालटेन पड़कर दूसरे कमरे में चली गई।

किसी ने क्यों इस निपट गांव में यह धर्मशाला बनवाई होगी। पता नहीं ? बड़े-बड़े दो कमरों का घर।सामने बरामदा, बरामदे से लगा हुआ रसोई घर के लिए व्यवहार होने वाला एक छोटा कमरा। चारों तरफ खूब बड़े-बड़े वृक्ष। मैंने बरामदे में लालटेन रख दिया।

महा तूफान के कितने दिनों बाद मैंने बिना बिजली के रात काटी। सूदूर स्थित मेरा वह गांव।आज बिजली की चमक से प्रकाशित गांव की वह अंधेरी और चांदनी रातें कहीं खो सी गयी है।यद्यपि मेरे अंदर कोई एक हमेशा पीछे छोड़ आए उसे गांव की खोज में रहता था। वह गांव, उसकी रातें - सुबहे और बारिश में धुले सुंदर दिन को।लालटेन के की हल्की रोशनी में पेड़ों की परछाइयां नाच रही थी।

अंधेरी रात में आकाश में चमक रहे थे, सैकड़ो नक्षत्र। हवाओं की गुपचुप बातें, जुगनुओं की जलती - बुझती रोशनी, सियार समूह के चिल्लाने की आवाज़ें। ठीक वैसे ही अंधेरी रात का एक निझुम परिवेश मेरे सामने उपस्थित था, सुदूर स्थित एक अपरिचित गांव में।

लालटेन पड़कर दो लोगों के मेरी ओर आने से मैं अपनी भावनाओं से बाहर निकल आई। वे लोग हमारे लिए खाना लाए थे।उनके साथ थे गांव थे मुखिया।

केले के पत्ते पर गरम-गरम अरवा भात, देसी घी, सब्जी, दही, सांभर और रसम। क्या अपूर्व सुस्वादु खाद्य था। दक्षिण भारत के खाद्य को अधिकांश लोग ज्यादा पसंद नहीं करते। मगर उस दिन का वह खाद्य अत्यंत तृप्तिकर था। ऐसा लगता था जैसे उन्होंने हमें दिव्य भोजन परोस दिया हो। आत्मा तृप्त हो गई।

खाना खाने के बाद मैं बाहर आ गई। एक अनजाना पक्षी आकाश या वृक्षों के झुंड के भीतर से जोरों से चहचहाया। जिसने छायाहीन उदास अंधकार रातें ना देखी हो वह क्या समझेगा अंधकार रात्रि क्या है ? पश्चिम आकाश से काले मेघ का एक टुकड़ा उडा चला आ रहा था। धीरे-धीरे हवाएं बहने लगी। वर्षा की बूंदें गिरने लगी। श्रीमती दास बाहर निकल आई।

"घर के अंदर मच्छरकाट रहे हैं। कीड़े उड़ रहे हैं। उमस और गर्मी की बात ही क्या ? ऐसे में क्या नींद आएगी ? बाबा ! किस झमेले में पड़ा मनुष्य। परेशान होकर उन्होंने अपना मंतव्य प्रकाशित किया।

"यह भी एक अनुभव नहीं है क्या ? आप जानती हैं महा तूफान के समय हम भुवनेश्वर में रहकर भी बिजली आने में १० से १२ दिन लग गए थे।

पीने का पानी नहीं, खाने के लिए खाद्य नहीं, बाजार में चीजें मिलना मुश्किल, यदि कोई दुकान खोल भी दे तो लूट - मार मच जाती थी। वैसे में भी हमने १० - १२ रातें कैसे गुजारी सोचने से भी आश्चर्य लगता है। फिर यह तो केवल एक रात की बात है। फिर और कुछ घंटे के बाद यह समस्या समाप्त भी हो जाएगी" - मैंने उन्हें आश्वासन देते हुए कहा।

मेरी तो जान निकली जा रही है इस गर्मी से। पता नहीं क्यों यहां आ रही थी ? आपके लिए यह सब मजाक की बातें हो सकती है, अनुभव की बात हो सकती है। आप लेखिका है ना इसलिए।

"ऐसी बात नहीं है। ऐसा सोच कर भी हम क्या कर सकते हैं ? यदि कुछ

कर ही नहीं पाएंगे तब, इस स्थिति को स्वीकार करने के लिए के अतिरिक्त हमारे पास कोई दूसरा उपाय क्या है ? जब तक आप स्वीकार नहीं कर लेती, तब तक आप कष्ट पाएंगी। कौन जान रहा था ऐसी घटना होगी ?"

"हां यह बात भी सही है।"

देर रात तक बात करके हमने समय काटी। थोड़ी बारिश होने से गर्मी में कमी आई। भाई देर रात्रि तक खेल में लगे हुए थे। हमें कितने बजे नींद आई पता नहीं।

दरवाजे पर दस्तक की आवाज से नींद खुली।

सुबह हो चुकी थी। वृक्षों के बीच-बीच से सूर्य किरण छन - छनकर हम तक पहुंच रही थी। गांव के ६ - ७ ग्रामीण लोग शंकर नारायणन के साथ बात कर रहे थे। ड्राइवर गांव के एक लड़के के साथ जाकर शहर से मैकेनिक ले आया था।

मैंने अपना मुंह धो कर, पानी पिया। श्रीमती दास अभी भी सोई हुई थी। एक छोटा बालक एक गिलास और कटोरी में भरकर कॉफी ले आया। नाक के पास लेकर उसे सुंघा कॉफी इतनी ताजगी देने वाली और खुशबूदार हो सकती है यह मैंने आज जाना। इसे पीने के बाद मैंने जाना केवल सुगंध ही नहीं बल्कि इसका स्वाद भी अनन्य था।

मन के भीतर की सभी विरोधी भावनाएं सुबह तक संपूर्ण रूप से घुल चुकी थी। कॉफी पीने के बाद मन और शरीर एकदम हल्का हो उठा। एक अपरिचित गांव में हम सभी अपरिचित मनुष्य। यद्यपि रात्रि का खाना, सुबह की कॉफी फिर हमारे सेवा टहल के लिए हमारे आसपास ही गांव के कुछ लोगमंडरा रहे थेहमारी आजा के इंतजार प्रतीक्षा में शायद कभी कुछ आवश्यकता पड़ जाए। कुएं से पानी निकाल कर बड़े-बड़े धड़ों में रखा जा रहा था। कुएं के पास ही बांस और तर्पॉलिन से एक अस्थाई स्नानागार तैयार कर दिया गया था। अनजाने, अजनबी मनुष्यों के लिए क्या कोई इतना करता है भला ?

११ अगस्त २००२ रविवार की बारिश में धुली सुबह। उस परित्यक्त प्राय धर्मशाला के बरामदे में खड़ी होकर जब मैंने देखा तो अचंभित हो उठी। रात्रि के अंधेरे में ठीक से दिखाई नहीं दे रहा था। सुबह पेड़ों के झुंड के बिच से कोई पुराना जिर्ण शीर्ण मंदिर दिखाई दे रहा था। हमारे लिंगराज अथवा जगन्नाथ मंदिर की शैली में ही। केंद्र में मुख्य मंदिर और चारों ओर छोटे बड़े मंदिर। कुछ मंदिर आधे टूटे हुए थे।

किसी की दीवारों पर खूब बड़े-बड़े पेड़ उग आए थे। और कुछ अभी भी स्वाभिमान से अपना मस्तक उठाएं अक्षत भाव से खड़े हुए थे। ध्यान से मंदिरों को देख रही थी और धर्मशाला की आवश्यकता के संपर्क में समझ चुकी थी।

लोगों के भीड़ से निकल शंकर नारायणन मेरे पास आए और कहा - शीघ्र नित्य कर्म शेष कीजिए। मंदिर के मुख्य पूजारी ने सूचना भेजी है, आप सभी मंदिर दर्शन को जाएंगे। यह दक्षिण भारत का एक प्राचीन शिव - पार्वती मंदिर है। शिव पार्वतीके मंदिर क्वचीत स्थान में देखे जाते हैं। अभी दक्षिण भारत में भगवान शिव के का उत्सव प्रारंभ हुआ है। आज इस मंदिर का एक विशिष्ट दिन है। १२ वर्षों में एक बार ऐसा योग पड़ता है। और आज ही वह जो योग पड़ा है।

प्राय आधे घंटे में ही हम सभी स्नान कर तैयार हो गए।

मात्र ५ मिनट का रास्ता था। रास्ते के किनारे लगे वृक्षों को देखा। इतने प्राचीन वृक्ष मैंने कभी नहीं देखे थे। उन वृक्षों का रंग अद्भुत काला था। इन वृक्षों में कुछ विशालकाय इमली के पेड़ और कुछ आम के पेड़ थे । और जो भी पेड़ थे मैं उन्हें पहचानती नहीं थी और पहले कभी देखा भी नहीं था। बीच-बीच में कुछ पेड़ों के निचले भाग को दिमक खा गए थे। जिसके कारण वे प्राय: नष्ट हो चुके थे। मंदिर के चारों ओर बने प्राचीर अनेक जगहों से टूट चुके थे और उनके पत्थर इधर-उधर बिखरे पड़े थे। छोटे - बड़े अनेक मंदिर। इन वृक्षों की तरह यह मंदिर भी अति प्राचीन थे। इनके बारे में अनेक कहानियां और लोक कथाएं प्रचलित थी। मंदिर का ठीक-ठाक इतिहास, शायद ही किसी को पता हो। सबसे आकर्षणीय था, एक विशाल तालाब। इसके यह चारों ओर से पत्थर से बंधा हुआ था। दक्षिणी में मैंने जितने भी मंदिर देखे हैं, किसी भी मंदिर परिसर में इतना सुंदर तालाब कहीं नहीं देखा था। एक पुजारी ने बतलाया मंदिर प्राय: हजार वर्ष से अधिक पुराना है।रख रखाव की अभाव के कारण जीर्ण शीर्ण हो गया है। सरकार से बार-बार आवेदन करने के पश्चात भी इसे पर्यटन क्षेत्र की मान्यता प्राप्त नहीं हो पायी है। यातायात की कोई सुविधा नहीं होने के कारण पर्यटक इधर आना मुश्किल है।

गांव के लोग जितना कर पाते हैं करते हैं।हम मंदिर परिसर के अंदर इधर-उधर घूम कर मंदिर देख रहे थे। तभी किसी ने आकर खबर दी की मंदिर के प्रमुख पुजारी हमसे मिलना चाहते हैं।

प्राय: २०० लोग प्रमुख शिव मंदिर के सामने खड़े हुए थे। और कुछ नीचे

विभिन्न वाद्य यंत्र पड़कर एक सुसज्जित पालकी के पास खड़े थे। एक वृद्ध पुजारी ने हमारी ओर आकर तमिल भाषा में कुछ कहा। हम कुछ भी समझ नहीं पाए। उनकी बातों को शंकर नारायण ने इस तरह अनुवाद किया -

पिछली रात मंदिर के बड़े पुजारीको स्वप्नादेश मिला है कि धर्मशाला में आए यात्री में से एक महिला है। जिनको पार्वती के रूप में अभिषेक किया जाए। प्रति १२ वर्षों में एक बार यह तिथि पड़ती है और स्वप्नादेश के अनुसार ही पार्वती जी क्या अभिषेक कर उनको शक्ति के रूप में स्वीकार किया जाता है। यही इस मंदिर का नियम है।

मैं मन ही मन हस पड़ी। पार्वती तो मंदिर में विराजमान है फिर यह मानवी पार्वती किस लिए। यह किस प्रकार की विधि है।सब ढोंग है। कल शाम से जो अतिथि संस्कार हमें मिला था अब उसका मूल्य चुकाने का समय आ गया। सारी दुनिया में ऐसे मठ, मंदिर, पुजारी, बाबा - चेला लोगों के रोजगार की स्थली बन चुकी है। ईश्वर दर्शन के लिए आए भक्तों से लूट की जाती है।हमारे उड़ीसा के मंदिरों के अंदर जो एक बार जाएगा वह समझ पाएगा कि वर्तमान में क्या स्थिति है। मंदिर में ईश्वर दर्शन के साथ ही साथ लुटेरों का राज है। दक्षिण भारत में स्थित मंदिरों के बारे में जो मेरी अच्छी धारणा थी अब वह थोड़ी ढलमल होने लगी। सोचा अब यह हमसे खूब दान दक्षिणा मांगेंगे। साथ ही साथ अच्छी कहानी भी गढ़ी है कि १२ वर्षों में यह योग पड़ता है। सब झूठ मनगढ़ंत। श्रीमती दास से कहा - तैयार हो जाइए। आप तो वार, व्रत, उपवास इत्यादि करती है।ईश्वर की पूजा करती हैं। मैं तो एक नास्तिक महिला हूं। मैं इन सब पर विश्वास नहीं करती। मैं बाहर निकल आई और सामने ही स्थित एक चबूतरे पर बैठ गई। अचानक किसी ने मेरा नाम लेकर पुकारा। एक अपरिचित स्वर। मैं आश्चर्य चकित हो गई और स्वर की दिशा की ओर देखा। मंदिर के प्रमुख पुजारी और कुछ लोग मेरी ओर ही चले आ रहे हैं।

उनके पीछे-पीछे अनेक लोग चले आ रहे थे। हैरान होकर मैं खड़ी हो गई। यह सब क्या हो रहा है, यह सब समझ कर कुछ प्रतिवाद करती उसके पूर्व ही तीन - चार स्त्रियां मुझे उठकर ले जा चुकी थीं।

हे भगवान ! परेशान होकर मैंने कुछ कहना चाहा किंतु अद्भुत भाव से मेरे मुंह से एक शब्द भी बाहर नहीं निकले। क्रमश: मैं अपने आपे से बाहर होती जा रही थी। ऐसा लग रहा था कि किसी अंजाने शक्ति ने मुझ पर जादू कर दिया

हो। मेरी चेतना थी किंतु मेरे स्वयं की सत्ता काम नहीं कर रही थी। मुझे लेकर वे मंदिर के अंदर प्रवेश हुई। विभिन्न प्रकार के वाद्य यंत्र बज रहे थे। मंदिर के एक तरफ नाना प्रकार के द्रव्य रखे हुए थे। उन्होंने मुझे एक नई साड़ी पहनायी और हल्दी के समान सुगंधित द्रव्य मुझ पर लगाया। पूर्व दिशा में रखे पीतल गगरी के पानी से मुझे नहला दिया। नए कपड़े और विभिन्न प्रकार के आभूषणों तथा फूल इत्यादि से मुझे सजा कर वे लोग मुझे एक और मंदिर के अंदर ले गए। मैंने जाना वह पार्वती मंदिर था। पहले से ही सुसज्जित पालकी लेकर बाजा बजाते हुए एक वादक आकर पहुंचा।

विधि - विधान पूर्वक पुजारी ने विभिन्न अनुष्ठान किये। शिव जी के आज्ञा माला मुझे पहना कर अवशिष्ट वैदिक अनुष्ठान समाप्त किया। पार्वती मंदिर से कहार पालकी में उठा मुझे शिव मंदिर की ओर ले चले। सामने - सामने वादक वाद्य बजाता जा रहा था।समस्त विधि विधानसंपूर्ण होने के बाद मंदिर के मुख्य पूजा पुजारी ने मेरे हाथ में स्फटिक निर्मित एक शिवलिंग रख दिया। मंदिर के प्राचीन शिवलिंग के ऊपर चढ़ी एक रुद्राक्ष माला उतार कर उन्होंने मेरे गले में डाल दिया। सारे अनुष्ठान संपूर्ण हो चुके थे। मैं जैसे स्वप्न देख रही थी। सचेतन होते ही मैंने सोचा हो सकता है सुबह दी गई कॉफी में कुछ निद्रा द्रव्य मिले हुए थे। हमारे दैनिक वास्तविक जगत के बाहर भी एक अदृश्य जगत होने की बात मैंने सुना है और पढ़ा भी है। किंतु संपूर्ण भाव से मेरा मन उसे स्वीकार नहीं करता था। उस दिन की घटना को मैंने अशिक्षित ग्राम वासियों की कोरी कल्पना सोचा था।

सबसे आश्चर्य की बात थी, शहर से आए मैकेनिक ने गाड़ी स्टार्ट किया और वह तुरंत स्टार्ट भी हो गई जैसे कभीखराब ही ना हुई हो।मैकेनिक ने बताया उसमें किसी प्रकार की कोई यांत्रिक खराबी न थी।

हमने भोजन कर, नाना प्रकार के उपहार ग्रहण कर महर्षि रमण के आश्रम की ओर यात्रा आरंभ की। ग्राम वासियों ने हमें विदाई दी।

स्फटिक के उसे शिवलिंग लिंग को लाकर सुधा ने पूजाघर में रख दिया और लिंग के चारों ओर शिव जी की रुद्राक्ष माला लपेट दिया। मैं ज्यादा पूजा पाठ में विश्वास नहीं करती मगर सुबह उठते ही उन्हें नमस्कार करती थी।बस इतना ही।

मेरे घर के ऊपर बिजली गिरी। उत्तर पूर्व कोने के ठीक भगवान के स्थान पर। कुछ भी नष्ट नहीं हुआ, थोड़ा बिजली के झटके के अलावा। किसीको भी कुछ

क्षति नहीं हुई। किंतु दक्षिण के उस अनजाने गांव के एक वयस्क पुजारी द्वारा दिए गए शिवलिंग के टुकड़े-टुकड़े हो गए।

ईश्वर के इस रहस्य को समझना मेरे जैसे एक तुच्छ मनुष्य के लिए संभव नहीं है। हो सकता है आप इस बारे में कुछ जानते हो।

चिर अतृप्त

सुधा के स्थानांतरण होकर भुवनेश्वर आने के बाद घर खोजने में हमें बड़ी समस्या का सामना करना पड़ा। बेटी छोटी थी। मेरे भाई और देवर के साथ हम पांच लोग एक साथ रहते थे। बोर्ड कॉलोनी में एक वर्ष रहने के बाद चार नंबर बाजार के निकट पोस्टल कॉलोनी में हमें एक सरकारी घर मिला। जिसके नाम पर घर था वह भुवनेश्वर से थोड़ी ही दूर पहाल नामक जगह में रहता था और नित्य कार्यालय जाना -आना करता था। जो भी हो मैं आस्वस्त हुई। चीजों को व्यवस्थित बांधना और फिर उसे खोलकर यथा स्थान रखना बड़े झमेले का काम है। जो हो अंतत: यहां कुछ दिन रहने की व्यवस्था हो गई और कुछ ही दिनों में हमें हमारा सरकारी आवास मिल जाएगा। चार नंबर, यूनिट -९, भुवनेश्वर का मध्य स्थल एवं सबसे वीआईपी एरिया।

हमारा सरकारी आवास ऊपर मंजिल में था। नीचे एक, और ऊपर एक। दो मंजिला इमारत थी। वहां पर अलग-अलग परिवार रहते थे। हर एक मंजिल में दो घर थे और बीच से सीढ़ी जाती थी। घर पुराना था। नीचे मंजिल में रहने की अपेक्षा मै ऊपर रहना ज्यादा पसंद करती हूं। मक्खी, मच्छर, कीड़े - मकोड़े धूल इत्यादि से एक प्रकार की रक्षा मिलती है। सामने का दरवाजा बंद कर देने मात्र से ही आप अंदर नाचिये या गाना गाइए किसी की कोई दखलअंदाजी नहीं।

आप स्वतंत्रता पूर्वक घर के अंदर रह सकते हैं। खिड़कियां खोलो या बंद करो यह आपकी इच्छा पर निर्भर है।नीचे मंजिल में घर होने से आप अपने इच्छा अनुसार खिड़कियां खोल नहीं सकते क्योंकि हमेशा डर लगा रहता है कहीं कोई देख तो नहीं रहा या कोई हाथ घुसाकर कुछ चोरी तो नहीं कर लेगा।

घर को साफ कर, रंग - रौगन किया गया।आने वाले रविवार को गृह प्रवेश की तिथि तय की गई। घर का नंबर था १ १ १।

घर के पीछे खुली जगह थी। उसके बाद .फिर घरों की पंक्तियां थी। उस खाली स्थान पर एक प्राचीन कटहल का पेड़ था। ग्रीष्मऋतु में जड़ से लेकर शीर्ष तक उसमें कटहल लग जाते थे। कोई भी तोड़ के ले जाता था। कच्चे से लेकर पके तक कुछ भी व्यर्थ नहीं जाता था। ऊपर की शाखों से तोड़ना सहज नहीं था, अत: वहां के कटहल पक कर दम - दम होकर जमीन पर पडते थे। उसके फल खूब रस भरे और मीठे थे। सबसे आश्चर्यजनक बात थी उस वृक्ष की आकृति। वह वृक्ष छोटा और काले रंग का था। बौने सी आकृति थी। उसके पत्ते चमकीले और गहरे हरे रंग के थे। जैसे एक जंगली आदिवासी बूढ़ा खड़ा हो। ध्यान से देखने से भय सा प्रतीत होता था। अपने आप आंखें बंद हो जाती थी।

हमारे घर के नीचे टेलीफोन ऑपरेटर पटनायक बाबू रहते थे। एक वयस्क व्यक्ति थे। सेवानिवृत होने के लिए अभी ५ वर्ष और बाकी थे। उनके पांच बेटियां और एक बेटा था। तीन लड़कियों की शादीहो चुकी थी। उन्हें फूल - पौधों से बड़ा लगाव था। नीचे रहने के कारण सामने के खाली स्थान पर उन्होंने फूल का एक बगीचा बनाया था। उनकी लड़कियां भी बगीचे की देखभाल करती थी।

१११ नंबर घर में हम व्यवस्थित हो गए। मेरा छोटा भाई कटक में नौकरी करता था अत: प्रतिदिन घर से ही आना जाना करता था। देवर पढ़ाई कर रहा था ।मेरी बेटी की पढ़ाई आरंभ नहीं हुई थी। धीरे-धीरे उस कॉलोनी के ग तानुगतिक जीवन से हमने सामंजस बना लिया।

एक दिन रात को देवर ने धीरे से बुलाया - "भाभी उठो।"

"क्या हुआ ?"

"छत के ऊपर चोर है। कोई चल रहा है।"

मैंने कहा - पास के ही घर के महंती बाबू होंगे।

"मगर रात्रि १ : ० ० बजे कोई छत पर क्यों चलेगा।"

"नींद नहीं आ रही होगी। तुम्हारे रात्री अनिद्रा होकर पढ़ाई करने की कोई आवश्यकता नहीं। जाओ सो जाओ।"

ऐसा कहकर मैं भी सोने का प्रयत्न करने लगी।

देवर से भले ही सोने को कह दिया मगर मैं नहीं सो पाई। अरे ! सही में तो कोई छत के ऊपर चल रहा है। कुछ समय ध्यान से सुनते - सुनते सो गई।

गर्मी के दिनों में हम छत पर बैठते थे और देर रात तक लेट कर गपशप

करने के बाद नीचे बिस्तर पर जाते हैं। देवर धीर की परीक्षा होने के कारण वह छत पर ही लाइट की व्यवस्था कर पढ़ता था।

एक दिन रात्रि प्रायः ११:०० बजे होंगे कालोनी के अंदर घरों में रौशनी जल रही थी। किसी के घर रात्रि भोजन समाप्त नही हुआ था। ू_ की आवाज़ सुनाई दे रही थी। तुलसी चौरा के चारों ओर बंधे चबूतरे पर बैठकर कॉलोनी के वयस्क लोग ताश खेल रहे थे। धीर जोरों से चित्कार कर नीचे की ओर दौड़ता हुआ आया।

अत्यधिक भय से वह स्पष्ट कुछ कह नहीं पा रहा था। मैं जल्दबाजी में स्नानागार से बाहर निकल आई। निकलकर पूछा - क्यों रे !क्या हुआ ?

"भूत- भूत" वह डर से कांप रहा था।

गांव के अंधेरे में भूत रहता है। भुवनेश्वरके पॉस इलाके चार नंबर अंचल में भूत ?

इतने प्रकाश के बीच भूत कहां से आएगा ? रौशनी से वह जल नहीं जाएगा ? गांव में अंधकार के भीतर से ना भूत रहता है। छत के ऊपर बिजली की रौशनी में तुमको भूत ने दौड़ाया ?

"सच में भूत है। मैं बिल्कुल भी झूठ नहीं बोल रहा। कटहल पेड़ के ऊपर से उसने छत पर छलांग लगाई और मेरे सामने बैठ गया। अरे बाप रे ! कैसा चेहरा था उसका विकराल काला - कलूटा वनमानुष की तरह।

सुधा कमरे से निकलकर आए और कहा - "अरे वह बंदर होगा। तुम पढ़ाई कर रहे थे या ऊंघ रहे थे। इसलिए अचानक नींद से उठने पर उसे देख डर गए। तुम्हारी आवाज सुनकर कालोनी में आधे लोग जग जाएंगे।"

सही में टाइप बाबू ने आवाज लगाई - "कोई सीढ़ी से गिर गया क्या ?"

मैंने कहा - "नहीं धीर बंदर को देखकर डर गया।"

"छत के ऊपर बंदर कहां से आएगा ? आज कल खंड गिरी की तरफ से बंदर बस्ती की ओर आ जाते हैं। खाने को मिल जाता है। ठीक है सीढ़ी के दरवाजे को बंद कर देंगे। नहीं तो बंदर घर के अंदर आकर तहलका मचायेगा - पटनायक बाबू ने कहा।

मैंने कहा - "अपनी कॉपी किताबनीचे ले आओ, नहीं तो बंदर तुम्हारी पुस्तक पढ़ने के लिए ले जाएगा।"

"आप भी मेरे साथ चलिए मैं अकेले बिल्कुल भी नहीं जाऊंगा।" - धीर ने डरते हुए कहा।

मैं एक डंडा पड़कर उसके साथ ऊपर गई और वह अपनी पुस्तकें एवं चटाई पकड़ कर मेरे साथ आया। उस घटना के बाद धीर ने कभी भी छत पर पढ़ने का नाम भी नहीं लिया।

मेरे छोटे भाई का स्थानांतरण पारादीप हो जाने के कारण वह भुवनेश्वर छोड़कर पारादीप चला गया। शनिवार को आता था, रविवार रहकर, सोमवार सुबह लौट जाता था।

एक रात बहुत गर्मी हो रही थी। धीर और मेरा छोटा भाई छत पर सोने गए। मगर आधी रात को ही दरवाजा खटखटाकर हमें उठाया।

क्या हुआ ?

छत के ऊपर कोई कूद रहा है।कौन है पता नहीं ? अंधेरे के कारण दिखाई नहीं दिया। केवल एक आकृति दिखाई दी। हम सो नहीं पाए। डर भी लगा।

इसके बाद से अनेक बार अर्धरात्रि को छत पर किसी के चलने की आवाजें सुनाई देती थी। हो सकता है कोई जंतु हो, ऐसा सोचकर हमने इस बात को ज्यादा तूल नहीं दी। यह सब बातें किसी और से कहने पर वे हम पर हंसते। अत: हम सब चुप ही रहे। किसी से कुछ नहीं कहा।

एक दिन रात्रि को सुधा ने मुझे उठाकर कहा - "सुनो तो, हमारे दरवाजे पर कोई दस्तक दे रहा है।"

मैंने नींद में ही कहा - "तो जाकर देखो ना। कौन बुला रहा है।"

उन्होंने चीढ़ते हुए कहा - "थोड़े अच्छे से सुनो। रात के २:०० बजे हैं।इतनी रात्रि को कौन बुलाएगा। कहीं पटनायक बाबू या किसी और का कुछ असुविधा तो नहीं हुआ है।"

मैं उठ पड़ी।

हमने दरवाजे पर बने छोटे छिद्र से देखा। वहां पर कोई नहीं था।

मैंने पूछा -"तुमने ठीक से सुना था तो।"

"हां, क्रमागत भाव से कोई दरवाजे पर दस्तक दे रहा था। चारों ओर निरवता होने के कारण स्पष्ट सुनाई दे रहा था।"

सुबह उठकर जब पटनायक बाबू से पूछताछ की तब उन्होंने कहा - शायद रथ बाबू के पुत्र ने रात २:०० बजे लौट कर उनके दरवाजे पर दस्तक दिया होगा। एक ही बिल्डिंग होने के कारण जिस भी दरवाजे पर दस्तक दो ऐसा लगता है हमारे ही दरवाजे पर दस्तक दी गयी हो।

उसके दूसरे दिन रात को किसी ने इतनी जोर से दरवाजा खटखटाया की हम दोनों एक साथ उठ पड़े। बिटिया की नींद भी टूट गई।

कौन बुला रहा है ?

कॉलिंग बेल ना बजा कर दरवाजे पर कौन जोर-जोर से मार रहा है ? चढ़कर लाइट जलायाघड़ी में १:१५ हुए थे।

हम दोनों दरवाजे के पास जाकर खड़े हुए।.ऐसा लगा दरवाजे के दूसरी तरफ कोई हथेलियों से दस्तक दे बुला रहा है।

दरवाजे पर बने छिद्र से कुछ दिखाई नहीं दे रहा था। मैंने जोर से पूछा - कौन है ? कौन है वहां ? कोई उत्तर नहीं मिला। और दो बार हल्के से खटखटाने की आवाज आने के बाद दरवाजा खटखटाना बंद हो गया।

" देख रहे हो रैक और बालकोनी के ऊपर पड़े हुए एजबेस्टस को देखो कटहल की शाखाओं से चूहा बालकोनी में कूद कर एस्बेस्टस के ऊपर नाच कर रहा है। हमें वही शब्द सुनाई दे रहा है। कल ही आदमी बुलाकर में शाखों को कटवा देंगे -सुधा ने कहा।

मैं कुछ समय कटहल के वृक्ष और बालकोनी को देखते हुए शयन कक्ष में लौट आई।

हम सो गए।

दूसरे दिन छत के ऊपर जाकर देखा। छ त एवं बालकोनी से कम से कम १० - १२ हाथ दूर थी कटहल वृक्ष की शाखाएं।चूहा हो या बंदर छ त के ऊपर सहज में नहीं आ पाएगा। घर के बाहर के गेट पर कबूतर ने घोंसला बनाया है क्या ? उनके पंखों में कीड़े होने पर वह अपने पंखों को जोर-जोर से फड़फड़ाते हैं।

मैंने छत के ऊपर से महंती बाबू के छत को देखा। आसपास के पेड़ पौधों को भी लक्ष्य किया। प्रत्येक घर का सीढ़ी घर वाला दरवाजे अंदर से बंद था। नीचे लगे ग्रिल पर भी रात को ताला लगता था। अत: देर से लौटने पर लोग डुप्लीकेट चाबी से ताला खोलते थे या किसी को बुलाते थे।

फिर रात को हमारे दरवाजे पर दस्तक कर बुलाने का क्या अर्थ हो सकता है ? कोई सूत्र नहीं मिल पा रहा था।

प्रत्येक रात को सोने की इस समस्या ने हमें चीढ़ा दिया। बारंबार हम खटखटाने की आवाज सुनते थे। नींद में नहीं, जागृत अवस्था में। एक अनजाने भय ने हम सभी को चिंतित और भय ग्रसित कर दिया था। शाम होते ही हम सब के चेहरे सुख जाते थे। एक दो बार दरवाजा खोल कर भी देखा, मगर वहां पर कोई नहीं था। दरवाजा खोलते ही आवाज आनी बंद हो जाती थी। हमने दरवाजे पर कान लगाकर आवाज की कंपन और तरंग को अनुभव भी किया। शायद कोई हमें हैरान करने के लिए दरवाजे पर खटखटाकर दौड़ जाता था। यह बात सोच कर हम दरवाजे पर के छिद्र से अनेक समय नजर रखते थे।

कुछ फर्क नहीं पड़ा। कितनी ही रातें रात्रि १२:०० बजे और कभी रात ३:०० बजे दरवाजे पर दस्तक होती थी।

कहूं ना कहूं ऐसा सोचकर एक दिन पटनायक बाबू की पत्नी को इस विषय में कहा। उन्होंने कहा इस घर में रहते हमें ५ वर्ष हो गए। पहले जो आपके घर में रहते थे तीन-चार महीने के बाद ही उनका स्थानांतरण संबलपुर हो गयाथा। उसके बाद वहां पर पंडा बाबू आए। अकेले व्यक्ति। अविवाहित। उनका थोड़ा मस्तिष्क दोष था। किसी के साथ मिलते जुलते नहीं थे। ऊपर का घर उन्हें अच्छा नहीं लगा अत: वे पानी टंकी के पास नीचे घर में चले गए। उनके जाने के बाद तीन-चार महीने यह घर खाली ही पड़ा रहा। उसके बाद जिन्होंने घर पाया, उनका घर यहीं आसपास कहीं पर है। उसके बाद उनसे आपने घर किराए पर लिया। ऐसी दरवाजे पर दस्तक की बात किसी ने कभी भी कही नहीं ना हमने कभी सुनी। ब्राह्मण को बुलाकर थोड़ी पूजा पाठ करवा दीजिए। हवन करवा दीजिए। घर शुद्ध हो जाएगा।

भुवनेश्वर में घर पाना मुश्किल है। फिर कॉलोनी के अंदर, वह भी चार नंबर में। हमारा अपना क्वार्टर मिलने के लिए हमें कितने वर्ष प्रतीक्षा करनी पड़ेगी क्या पता ?

रात होते ही हमारा मन अनजाने आशंका से भर जाता था। किसी ने परामर्श दिया कि यह घर छोड़कर चल दो और कोई कहता था - दरवाजेपर खटखटाहट के अलावा और कोई बात तो नहीं है ना ? आप लोग उसे आवाज के साथ सामंजस्य

जमा लीजिए। उस पर ध्यानदेने की आवश्यकता नहीं। आखिर स्टेशन के पास रहने वाला व्यक्ति भी तो रेल की आवाज के साथ सामंजस्य जमा लेता है ना ?

किसी ने कहा घर में भागवत गीता पारायण करवाओ। प्रतिदिन हनुमान चालीसा का पाठ करें। रामायणअपने सर के पास रखकर सोए। नाना मुनी, नाना मत। हमे यथा शीघ्र घर छोड़ना पड़ेगा।

एक दिन मैंने सोचा दरवाजा अगर बंद ही ना करें तो ? देखते हैं क्या होता है ?

जब तक डरते रहोगे भय तुम्हें डराता रहेगा। वह भूत हो या प्रेत अथवा पिशाच सामना करने से ही होगा। डर से घर छोड़कर क्या लाभ ? और अगर वह भूत हैं तो वह घर के अंदर ऐसे भी प्रवेश कर सकता था। भूत प्रेत को क्या बंद दरवाजा रोक पाएगा ?

किसी से कुछ नहीं कहा। जान रही थी, किसी का कोई समर्थन नहीं मिलेगा। रात्रि भोजन समाप्त होने के बाद में सबसे अंत में सोने को गई। यह सब घटना होने के बाद कॉरिडोर में सारी रात लाइट जला कर रखी जाती थी।

मैं बाथरुम से आई और कुर्सी रखकर बालकोनी में बैठ गई। कुछ समय शांत बैठने के बाद धीरे-धीरे कहा - कौन हो तुम ? मैं तो तुम्हें देख नहीं पा रही हूं। तुम कोई भी हो तुम्हारे हाथों में अपने परिवार को सौंप दिया। अब जो करना है करो।

उसके बाद उठकर दरवाजे की चिटकनी खोलकर लौट आई। अनेक दिनों से मेरे ऊपर सवार वह भय झाग बनकर बह गया। मैं निर्भय होकर बिस्तर पर आई और सो गई।

सुबह निंद खुल गयी। लगा जैसे कितने दिनों से निश्चिंत होकर सोई नहीं थी। बिस्तर से उठकर पहले घर के सभी सदस्यों को देखा एवं दरवाजे के पास चली गई। पूर्व रात्रि को हल्के से बंद दरवाजा वैसा ही था। घर में सब कुछ ठीक-ठाक था।

सुधा से पूछा - कल रात्रि कोई शब्द सुनाई दिया क्या ?

नहीं तो ? मुझे लगता है शायद गहरी नींद हो गई थी।

आठ दिन नहीं हुए थे इस घटना को कि ऑफिस से आकर सुधा ने कहा - भगवान की दया से हमें हमारा क्वार्टर मिल गया। इसी कॉलोनी में मुख्यमार्ग के किनारे। ओहो ! चिंता गई।

१०४ नंबर का आवास हमको मिला था। देर न कर हम तुरंत ही शिफ्ट

कर गए। धीरे-धीरे १०४ नंबर आवास में हुई दुर्घटना को हम भूलने लगे। हमारे पड़ोस में रहने वाले केदार बाबू की मां ने मुझे एक बार पूछा - "बिटियातुम उसे पानी टंकी के पास वाले घर में रहती थी ना ?

मैंने कहा - हां मौसी।

उसे कटहल पेड़ के पास - कितने नंबर में ?

१११ नंबर - गणेश दास का घर।

तुम्हें कुछ वहां असुविधा तो नहीं हुई ?

मैंने सभी बातें विस्तार में बताई।

मौसी ने कहा - यह कॉलोनी पोस्टल डिपार्टमेंट की सबसे पुरानी कॉलोनी है। जिस दिन से भुवनेश्वर का निर्माण हुआ उस दिन से यह कॉलोनी भी है। मौसा जी की सेवानिवृत्ति हो गई। उसके बाद केदार भी इसी विभाग में नौकरी करने लगा।

उन्होंने पुन: कहा - तुम जिस घर में रहती थी वहां कभी डेनियल सेनापति रहते थे। फूलबानी के रहने वाले थे। क्रिश्चियन आदिवासी। देखने में अजीब एवं कद काठी के बारे में क्या ही कहने। किंतु उनकी पत्नी दिव्य सुंदर थी। मां आदिवासी और पिता अंग्रेज देश स्वाधीन होने के बाद पिता अपने देश को लौट गए और मां - बेटी के साथ फूलबानी के किसी छोटे गिरजा घर में आश्रय लिया। डेनियल सेनापति ने इस कन्या से विवाह किया। पति-पत्नी दोनों उस १११ नंबर के क्वार्टर में रहते थे। उस समय तो सभी को नौकरियां यूँ ही मिल जाया करती थी। रहने के लिए घरों की भी कमी ना थी। खाने की चीज भी सस्ती थी।"

थोड़ी देर शांत रह मौसी ने कहना आरंभ किया - डेनियल सीधा-साधा मनुष्य था।आदिवासी था इसलिए थोड़ा नशा भी करता था। सुंदरी पत्नी के साथ सुख से रहता था।

उड़ीसा की राजधानी कटक से भुवनेश्वर हो गई। चार नंबर में घर पाने के लिए मंत्री और एम एल ए जोर लगाने लगे। पोस्टल कॉलोनी के साथ ही एमएलए कॉलोनी तैयार की गई। फूलबानी के ही एक एम एल ए प्रतिदिन रात्री में डेनियल के घर आने लगे। वह व्यक्ति अत्यंत धूर्त और दुष्ट था। वह डेनियल की पत्नी के लिये तरह-तरह के महंगे उपहार लाता। उसकी पत्नी का मन भटक गया। वह एम एल ए डेनियल के लिए तरह-तरह के विदेशी शराब लाता। डेनियल दिन रात नशे में डूबा रहता। राजनीति नेता होने के कारण कॉलोनी में कोई उसे कुछ कहने की हिम्मत ना

करता। डेनियल के घर जाने पर वह किमीन किसी बहाने से डेनियल को बाहर भेज देता।और उसकी पत्नी के साथ रंगरेलियां मानता। बाहर जाने पर डेनियल हांडियां या महुली पीकर घर को लौटता।दरवाजा खटखटाता किंतु दरवाजा नहीं खुलता। नशे मे चूर वह दरवाजे के पास ही सो जाता था। अचानक एक दिन सुबह लोगों ने देखा, पास के ही कटहल पेड़ की एक शाखा में डेनियल का शरीर लटका हुआ है।

तुमने कभी उस कटहल के पेड़ को ध्यान से देखा है बिटिया ? -मौसी ने मुझसे प्रश्न किया और कहा - मेरे जीवन में मैंने इस कद काठी का कटहल पेड़ कभी नहीं देखा है। वृक्ष वह भी इतना काला और इतना असुंदर कैसे हो सकता है भला ? लोग कहते हैं - वह वृक्ष वैसा नहीं था। डेनियल सेनापति के फांसी लगाकर मरने के बाद से उसने ऐसा रूप धारण किया है।

मौसी से यह सारी बातें सुनने के बाद रहस्य पर से पर्दा उठा। मन में प्रश्न उठ रहे थे - क्या सच में डेनियल सेनापति की आत्मा आकर हमारे दरवाजे पर दस्तक देती थी। जिस दिन मैंने दरवाजा खुला छोड़ रखा, उस दिन उसने दस्तक नहीं दी। क्यों ? क्या वह चुपचाप घर के अंदर आ गया और अपनी पत्नी को न पाकर चुपचाप लौट गया।पता नहीं ?

१९९९ महा तूफान में वह कटहल का पेड़ उखड़ गया। अभी भी क्या डेनियल सेनापति की आत्मा आसपास घूम रही होगी ? १११ नंबर आवास में प्रतिदिन इंतजार करता होगा ? या कटहल पेड़ के साथ ही उसने भी मोक्ष पा ली थी ? पता नहीं।

चांदी थाली की कुहुक

राजस्व टिकट लगाकर अपनी नौकरी के प्रथम महीने की तनख्वाह लाते समय जैसे किसी ने मेरे कानों में कहा - मेरे लिए चांदी की छोटी थाली ला दोगी ? उसमें मैं प्रसाद खाऊंगी।

चारों तरफ मुड़ कर देखा।

मेरे चारों तरफ सहकर्मी तनख्वाह लेने के लिए खड़े हुए थे। यह बात किसने कही होगी ?वह आवाज मेरी बेटी की आवाज से मिलती-जुलती थी।सोचा छोटी बच्ची है। चांदी के थाली में प्रसाद खाने की बात क्यों बोलेगी ? खाना खाने की बात कही होगी । मेरे कानों में प्रसाद सुनाई दिया होगा।

अरे यह क्या सोच रही हूं ? बेटी तो भुवनेश्वर में है।अभी पाठशाला गई होगी। उसकी बातें मुझे इतनी दूर कैसे सुनाई देगी ? फिर यह बात मेरे कानों में किसने कहा ? आवाज इतनी स्पष्ट थी कि विश्वास और अविश्वास के बीच में फंसकर रह गई थी। मैं तो भगवान की पूजा नहीं करती। फिर भगवान भी जानते हैं मैं उन्हें प्रसाद भी नहीं चढ़ाती। फिर वह चांदी की थाली में भोग खाने को क्यों मांगेंगे ?

महाविद्यालय के लिपिक मदन बाबू से दूर जाकर खड़ी होकर मैं यह बात सोच रही थी। मेरे कॉलेज की इतिहास अध्यापिका सुजला महंती। (जिन्हें मैं सुजल दीदी का कर संबोधित करती थी) ने मेरे पास आकर कहा -"चल कटक जाएंगे।पहली तनख्वाह पाई है।कुछ अपनी इच्छा अनुसार खर्च करेंगे।"

कहा बिटिया ३:०० बजे स्कूल से लौटेगी सासू मां गांव गई हुई है।घर पर कोई नहीं है। ताला लगा हुआ है।बेटी लौटने पर कहां रहेगी ?

सुजला दीदी ने कहा - हमारे पास अभी चार घंटा का समय है। इतनी देर में जाकर आया जा सकता है। बस नहीं भी मिला तो टैक्सी कर लेंगे।समय बच

जाएगा। ३:०० तक लौट आएंगे।मैं तुम्हारे घर एक-दो घंटा बैठकर खुर्दा लौट आऊंगी। इसी बहाने तुम्हारी बेटी मामाली से भी मिल लूंगी। खोर्धा बस स्टैंड से अच्छी बस मिल गई।बरमपुर से कटक प्राय: १ घंटे के अंदर हम कटक के बदामबाड़ी पहुंच गए। रिक्शा लेकर चले नई सड़क की ओर। चंद्रकांत उनके पहचान की दुकान थी। चंद्रकांत से सुजला दीदी ने उनकी मां के लिए सोने की बूँदे खरीदी। मुझसे पूछा - क्या लोगी ? जैसे फिर से किसी ने मेरे कानों में कहा - मेरे लिए चांदी की थाली लो। मैं उसमें भोग खाऊंगी।सुजला दीदी ने फिर से पूछा - कान के बूंदे या अंगूठी। चांदी की एक थाली, प्रसाद की थाली। भगवान के बर्तन ? सुजला दीदी जोरो से हंसने लगी। कहा - तुम लोगी भगवान के बर्तन, भोग की थाली ? तुम्हारे घर कब ईश्वर ने प्रवेश किया ? तुमने कब से ईश्वर पूजा प्रारंभ कर दिया और किसी के लिए करने लगी ? वह मुझे अनेक वर्षों से जानती थी।यह भी जानती थी कि, मैं पूजा पाठ में विस्वास नहीं करती। इसलिये भोग थाली की बात सुनकर वह आश्चर्यचकित हुई। मैंने थूक निगलते हुए कहा - मां के लिए लूंगी। चंद्रकांत में काम खत्म कर हम महाशिव अलंकार दुकान को आए। चांदी की अच्छी कारीगरी के कारण इस दुकान का बहुत नाम था। चांदी के भगवान के बर्तन दिखाइए मैंने कहा। उसने छोटे प्लेट और ग्लास मेरे सामने रख दिए। थाली को उल्टा - पलटा कर देखा। पसंद नहीं आया। थोड़ी अधिक वजन की भारी थाली दिखाइए। सुजला दीदी ने उनमें से एक थाली छांटी और मेरी और बढ़ा दिया।

अंडा कार छोटी चांदी की थाली। बिच का भाग दर्पण जैसा था। चारों ओर कुछ कलाकृति उकेरी गयी थी। यह थाली पसंद आ गई।

आंखों के सामने उस थाली को दर्पण की तरह रखा।थाली में मेरा चेहरा स्पष्ट रूप से दिखाई दे रहा था।थोड़े ही देर में मेरा प्रतिबिंब धीरे-धीरे अस्पष्ट होकर गायब हो गया। एवं मेरी जगह एक पांच - छ वर्ष की बालिका का चेहरा दिखाई देने लगा। चेहरा रोया हुआ प्रतीत हो रहा था। आंसू के चिन्ह उसके आंखों के नीचे, गालों पर दिखाई दे रहे थे। तत्पश्चात दिखाई दिया, उसके घुटने के ऊपर चोट का निशान। जिससे धीरे-धीरे रक्त बह रहा था। वह विकल होकर रो रही थी। मुझे खोज रही थी।

मैं चमक पड़ी।

चांदी की थाली मेरे हाथों से नीचे गिर गई। मुझे चक्कर सा आया और सारा शरीर पसीने से तरबतर हो गया। गला सूखने लगा। मैं नीचे ही बैठ गई।

सुजला दीदी मेरे पास ही बैठ गई और पूछा - क्या हुआ ?

थोड़ा पानी पीना है। सर घूम सा गया।

दुकान में उपस्थित बच्चे ने मुझे पानी ला कर दिया। पानी पीने के बाद थोड़ा अच्छा अनुभव किया और खड़ी हो गई।

सुजला दीदी से कहा - चलो लौट चलते हैं। पता नहीं क्यों मुझे बिल्कुल भी अच्छा नहीं लग रहा। बिटिया खेलते - खेलते गिर गई है।उसके घुटने में चोट लगी है। बहुत जोरों से रो रही है।

सुजला दीदी मुझे आश्चर्य से देखने लगी - पागल हो गई है क्या ? क्या इधर-उधर की बातकर रही है ?

परेशान होकर मैंने कहा -सही बात कह रही हूं।चलो लौट चलते हैं।

तुम्हें यह सब बातें किसने कही।

मैंने स्वयं कहीं। बाद में बताऊंगी।

थाली तौल कर पैसे दिए। रिक्शे में बैठ जाने पर सुजला दीदी से सभी बातें विस्तार से कहीं। मेरी बातें सुनकर वह हंस पड़ी कहाऐसा लगता है इस सारी पृथ्वी में तू ही एक मां है। बच्चा ५ - ६ वर्ष का हो गया है।स्कूल जा रहा है, तब भी उसको छोड़कर तुम २ घंटा भी रह नहीं पा रही हो। इधर-उधर की बातें सोच कर परेशान हो रही हो।थाली में दृश्य देखने की विद्या किससे सीखी - उन्होंने व्यंग्य करते हुए कहा।

कुछ उत्तर न देकर में चुपचाप बैठी रही। सोचा, परेशान होने के कारण शायद ऐसा अनुभव कर रही हूं।

बस में बैठकर हम दोनों भुवनेश्वर चले आए।

वर्तमान में जहां इंदिरा पार्क है उस समय वहां निजी बस स्टैंड था। हमने तय किया, वहां से रिक्शे में बैठकर चार नंबर पोस्टल कॉलोनी स्थित अपने क्वार्टर जाएंगे। घर में कुछ देर रहकर उसी रिक्शे से सुजला दीदी बस स्टैंड लौट कर बस से खुर्दा लौट जायेगी।

मेरा घर प्रथम मंजिल पर था। रिक्शे से उतरकर हम सीढ़ियों से चढ़कर घर गए। जैसे ही चाबी निकालने के लिए बैग में हाथ डाला, क्या देखती हूं ? घर खुला हुआ है। लगता है सुधा दोपहर को खाने के लिए आकर फिर वापस ऑफिस नहीं गये हैं।

मुख्य द्वार के बाद बैठक था। उससे लगकर खाने का कमरा था। उसके

सिधान में एक सोफा रखा हुआ था। बिटिया उस पर फ्रॉक को घुटनों तक उठाकर बैठी हुई है।घुटनों से खून बह रहा था। धीरे-धीरे रोती हुई बच्ची ने जैसे ही मुझे देखा जोर-जोर से रोने लगी। मैं दौड़कर उसके पास गई।

भोजन अवकाश के समय बच्ची अपनी सहेलियों के साथ खेल रही थी। खेलते समय किसी ने उसे धक्का दिया। वह गिर पड़ी और मैदान में रखे हुए टूटे लोहे के कुर्सी से उसे चोट लग गई। लोहे से लगकर कट गया था।

शिक्षक ने प्राथमिक उपचार कर उसके पिता को फोन किया। सुधा पाठशाला जाकर बिटिया को घर ले आए।

बिटिया को प्यार से समझा - बुझा कर चुप कराया। घुटनों को सहलाकर फूंक दिया। मंत्र पढ़ने का नाटक कर उससे कहा अब जल्दी ही ठीक हो जाएगा। मैंने मंत्र का दिया है, मेरी प्यारी बिटिया।

सुजला दीदी स्तब्ध हो बैठी हुई थी। एकदम शांत जैसे कुछ सोच रही हो। मैंने उनके चेहरे को देखा। वह मुझे टकटकी लगाकर देख रही थी।कुछ ही दिन में बिटिया का घाव सूख गया किंतु अभी भी घुटने के ऊपर चोट का निशान है। भगवान के लिए खरीदे गए चांदी के थाली में कभी-कभी भगवान के लिए भोग निकालती हूं। मगर भूल के भी कभी उसमें अपना चेहरा नहीं देखती। शायद कहीं कुछ ऐसा दिख जाए जिसका उत्तर मेरे पास ना हो। आज भी वह चांदी का की थाली वैसे ही रखी हुई है।यद्यपि मुझे उस दिन के का दृश्य ताजा - ताजा ही लगता है।

सर्वनाशी आमंत्रण

शाम हो चुकी थी। सत्यानंद योग आश्रम से योग अभ्यास कर मैं घर को लौटी। बिटिया छत पर अपनी सहेलियों के साथ खेल रही थी। छत के ऊपर जाकर उसे पुकारा एवं लौटकर स्नान घर चली गई तरो ताजा होने के लिए। सारे दिन का काम खत्म हुआ। कमर सीधी करने के लिए बिस्तर पर पीछे टिककर आधे सोए, आधे बैठे अवस्था में बैठ गई। घर में काम करने वाले लड़के ने एक कटोरी में चूड़ा और चाय दे गया। आंखें बंदकर गोद में रखे चूड़ा को धीरे - धीरे खा रही थी। अचानक एक अद्भुत दृश्य चलचित्र की तरह मेरी आंखों के सामने तैरने लगा। विराट जलराशी जिसके भीतर से पानी के ऊपर अपने मस्तक को ऊंचा कर खड़े हुए कितने ही पहाड़। आकाश में कलरव करते पक्षियों के झुंड। यात्री वाहक दो नाव, आगे - पीछे हो जल राशि के वक्ष पर आगे की ओर बढ़ते जा रहे थे। आगे चलने वाला नाव जोर से हिलने लगा और आगे किसी चीज से धक्का खाकर पीछे के नाव से टकराया। सभी यात्री चीत्कार कर उठे।

अपना संतुलन खोकर दोनों नाव थोड़ी देर पानी के ऊपर हिलते रहे। फिर डूब गए। भयभीत मनुष्यों की चीत्कार ने मुझे क्षुब्ध कर दिया। अपनी आंखें बंद किये वैसे ही बैठकर मैं चीत्कार करने लगी है। हे! भगवान।

थोड़ी ही देर बाद दृश्यमान हुए एक भव्य पुरुष। ऐसा प्रतीत हो रहा था मानो उनका मस्तक आकाश को स्पर्श कर रहा हो। डूबते हुए मनुष्यों को वह अपने लंबे-लंबे हाथों से एक-एक कर उठा रहे थे। किसी का हाथ पकड़ कर, तो किसी के बाल पड़कर वह पानी के अंदर से बाहर खींचकर ला रहे थे। तत्पश्चात दिखाई दिया कि वहीं पुरुष किसी व्यक्ति के केशगुच्छ पकड़ कर पानी के ऊपर उठाकर ले आए। उस व्यक्ति के सिर में कुछ जलज उद्भीद एवं काई लग गई थी। वह व्यक्ति

मेरे पतिदेव सुधा के जैसे दिखाई दे रहे थे। उनकी बंद आंखें खुल गई एवं वह हाथ बढ़ाकर शरीर और मुंह में लगे उद्भीद एवं काई को हटाने लगे।मैंने स्पष्ट देखा कि वह मेरे पतिदेव सुधा ही है।

मैं चमक पड़ी।आंखें खुल गई। हाथ में पकड़े बालों के गुच्छे सेज पर बिखर गए।

क्या मैं सपने देख रही थी ? वह भी इतना जीवंत।

आलस से मेरी आंखें लग गई थी क्या ?

पता नहीं क्यों ऐसा दु: स्वप्न मैंने देखा ? मन ही मन में चिंतित हो गई।

चाय पिया एवं गतानुगतिक भाव से नित्य के कामों में लग गई।

काम में व्यस्त रहने के बावजूद वह स्वप्न मेरे मन में बारंबार चल रहा था। क्या भविष्य में कुछ विपत्ति आने वाली है ? क्या यह स्वप्न इस विपत्ति का संकेत है ?

सुधा ऑफिस से लौटे नाश्ता करते-करते कहा - शनिवार को हम पिकनिक जा रहे हैं। ऑफिस स्टाफ के कुछ लोग अपने परिवार को भी लेकर जाएंगे। लगभग ६० लोग होंगे। प्रत्येक व्यक्ति चंदा ?२०० है। शनिवार सुबह सवेरे ही निकल पड़ेंगे। वही रसोई कर खाएंगे। घूम फिर कर शाम को लौटेंगे। रविवार छुट्टी होगी सो विश्राम ले सकेंगे।

पूछा - कहां जा रहे हैं ?

काली जाई।

अचानक ही स्वप्न की बात मेरे मन में आई। मैंने कहा - नहीं जाने से न होगा क्या ?

"क्यों ? तुम्हारा कुछ दूसरा कार्यक्रम है क्या ?"

"नहीं - नहीं, चिलिका के अंदर है कालीजाई। पानी बहुत गहरा है वहां।"

"इससे क्या होता है ? सभी जा रहे हैं। बच्चे भी जाएंगे। तुम्हें ही केवल चिंता है।"

"ठीक है। मगर आप मत जाओ।"

क्यों कारण क्या है ? मैं क्यों न जाऊं ?

मैंने असंतोष होते हुए कहा - मैंने कह दिया तुम नहीं जाओगे।

तुम्हारे कहने से हो गया ? जब तक सभी बातों में अपनी टांग ना अड़ा दो,

तुम्हें खाना हजम नहीं होता। मैं क्यों ना जाऊं? यह भी बता दो जरा। क्या मैं स्वयं के लिए? २०० खर्च नहीं कर सकता।

"बात? २०० की नहीं तुम्हारे जीवन की है।"

ठीक है कल मेरा एक जीवन बीमा कर देना, मरने से लाख रुपए मिलेंगे, बचने से भी लाख रुपए।

मैंने चिढ़ कर कहा - "मेरी बातों को मजाक में मत लो।कुछ समय पहले ही मैंने .सपना देखा था। तुम पानी में डूब रहे थे।"

सुधा ने मुझे देखते हुए कहा - जागते हुए स्वप्न देखा।अच्छा इतनी झूठी बातें तुमको कहनी आती है? मैं किसी भी बहाने वहां न जाऊ करके तुम मनगढ़ंत स्वप्न की बातें कह रही हो।लेखिका हो तो।

मैं रुआँसी हो गई। उसी अवस्था में मैंने अपने स्वप्न की बात विस्तार से कही।

चिढ़ते हुए मुझसे कहा - फिर तुम्हारी क्या चिंता। पानी में डूब जाने पर भी तुम्हारा वह दिव्य पुरुष आकर मुझे बचा लेगा। उनसे कहना मेरे बाल जरा हल्के से पकड़े वरना, जितने बचे हैं वह भी उखड़ जाएंगे। चिंता मत करो। मैं मरूंगा नहीं। मुझे तैरना आता है। हमारे गांव के तालाब में के में सात-सात चक्कर लगाता था। समझे?

मन ही मन कहा - तुम्हारे गांव का तालाब और चिलिका में आकाश पाताल का अंतर है। मुझे चुप देखकर उन्होंने फिर से कहा -तुमने कब से ज्योतिष शास्त्र का अध्ययन करना आरंभ कर दिया ?अच्छा ठीक है कल देखते हैं, तुम्हारे भविष्यवाणी में कितना दम है।

मैं छेप सी गई। मन ही मन कहा - हे भगवान ! भले ही मैं झूठी साबित हूं, मगर मेरा स्वप्न सच ना हो।

पता नहीं क्यों एक आशंका मेरे मन में लगी रही। उस दु: स्वपन ने मुझे डरा दिया था। मेरे लाख मना करने पर भी सुधा नहीं माने और शनिवार सुबह ४:०० बजे पिकनिक के लिए निकले। कॉलोनी के दूसरे लोग भी उसमें शामिल थे। हमारे पास के ही आवास में रहने वाले केदार बाबू उनकी मां एवं नव विवाहिता पत्नी भी उनके साथ में जा रहे थे।

उनके आंखों से ओझल होते ही मैं अस्थिर सी हो गई। आंख बंद करने मात्र

से ही वही दृश्य बार-बार दिखाई दे जाता था। एक अलग प्रकार के डर ने मुझे आशंकित कर रखा था। अचानक ही श्वास की गति बंद होने लगती थी। क्या करूंगी ? इधर-उधर की दुश्चिंता ने मन को घेर रखा था। पूरा दिन यंत्रणा में बीता। शाम हुई और रात गहराने लगी। चिंतित होकर इधर-उधर टहल रही थी। कुछ अघटित ना हो जाए।सभी अच्छे-अच्छे से वापस लौट आए।

रात के १०:०० बजे।११:०० बजे। मेरा मन आशंका से भारी हो रहा था। प्रबल भय और अस्थिरता से मैंने घड़ी की ओर देखा। मिनट के पर मिनट बीते जा रहे थे। ठीक १२:०० बजे हॉर्न बजाते हुए बस ने कॉलोनी के अंदर प्रवेश किया। मेरे हृदय की गति कितने वेग से बढ़ रही थी पता नहीं। खिड़की के सरिये को पकड़ कर मैं स्तब्ध खड़ी हुई थी। जैसे की हाथ छोड़ देने पर मैं गिर पड़ूंगी। इंतजार कर रही थी कि कोई दरवाजे पर दस्तक दे। सीढ़ी पर पदचाप सुनाई दी। जैसे - तैसे दरवाजे तक गई एवं दरवाजा खोल दिया।

पूरे शरीर में कीचड़ लगी हुई थी। विछिप्त सा चेहरा लिए सुधा ने घर में प्रवेश किया। मैं रास्ते से हट गई। बिना एक शब्द कहे सुधा ने स्नान घर के अंदर चले गए। मैं खाना निकाल कर मैं प्रतीक्षा करने लगी। नहा कर उन्होंने रोटी सब्जी खाई।कुछ भी ना पूछने का जैसे किसी ने मुझ पर कसम दे रखा था। मैं भूख - प्यास भूल गई थी। खाने की इच्छा नहीं थी। पानी पीकर लाइट बुझा कर मैं सोने चली गई।

सुबह जब नींद खुली तब बिस्तर पर सूर्य की किरणें पड़ रही थी। उठी, उठकर पिछली रात की सभी बातें याद की। नीचे कुछ लोगों के रोने की आवाज़ सुनाई दी।

बैठक से बेटी की आवाज सुनाई दे रही थी।वह कह रही थी - "मैंने आपको केकड़ा लाने के लिए कहा था ना।"

"ठीक है, आज रविवार है। तुम्हारे लिए पास के हाट से केकड़ा खरीद कर लाऊंगा।

नहीं, मुझे चिलिका झील का केकड़ा ही चाहिए। मैंने तुम्हें कहा नहीं था ना।

ठीक है, मगर उतने दूर से लाने पर वे सभी मर जाते।

बेटी ने कहा - हां हां मर जाते। ठीक बात है। ठीक है यही से ला देना।

ठीक उसी समय पास के घर से केदार बाबूकी मां ने पुकारा - "बेटी उठ गई क्या?"

मैं स्नान घर से निकल कर कहा - मौसी, अच्छे-अच्छे से पिकनिक मना कर आ गए ?

"बेटी तुमने इतना कपट किया। जब तुम्हें इस दुर्घटना के बारे में पहले ही पता था तो तुमने मुझे कहा क्यों नहीं ? हम गए ही नहीं होते।जानती हो हम सभी कल मर गए होते।भगवान की असीम कृपा से जैसे कोई पानी के अंदर से एक-एक कर हमें निकाल कर पत्थर के ऊपर रख रहा था। पानी बहुत गहरा था। दो-दो नाव में आदमी थे। मगर सभी बच गए।"

स्वप्न सच हो जाएगा यह बात मैं कैसे जानती मौसी ? मन में आशंका होने के कारण इन्हें मना कर रही थी। लेकिन उन्होंने मेरी बातों पर विश्वास नहीं किया।इधर-उधर की बातें करने लगे।तर्क करने लगे। कहा - "तुम नहीं जा रही हो इसलिए इधर-उधर की कहानी कहकर हमारा कार्यक्रम भी चौपट कर रही हो।"

लेकिन तुमने सही नहीं किया बेटी। किस समय किसके माध्यम से भगवान चेतावनी देते हैं। उस पर ध्यान ना देना सही बात नहीं।

"सही कहा आपने मगर इस व्यक्ति ने मेरी बातों पर विश्वास नहीं किया। उल्टा मुझ पर ही नाना दोष लगाएं। जो भी हुआ सभी सही से लौट आए। यही भगवान की कृपा है और आप लोगों के पुण्य कर्म।

आज भी सोचती हूं वह दिव्य पुरुष कौन था ? भगवान या कोई और ? उत्तर नहीं मिलता। सब कुछ रहस्य के जैसा लगता है। रहस्य ही तो है।

■

मिरेकल

बिटिया का चेहरा रुवासा सा दिख रहा था।

जैसे अभी ही रो पड़ेगी।मैं उसके चेहरे को सीधे देख नहीं पा रही थी।मैं जानती थी कि मेरी आंखों में आंसू की एक बूंद ही उसे संपूर्ण रूप से निराश कर देगी। मैं दुख से भर चुकी थी।उसके बाएं हाथ को मैंने अपने हाथों से पकड़ा। दोनों चुपचाप थे। अखंड निरवता और एकांत ने जैसे हमें काबू कर रखा था।सीढ़ी पर सीढी चढ़कर हम ऊपर मंजिल में स्थित ऑपरेशन थिएटर के सामने पहुंचे।

नीचे की मंजिल के ३०५ नंबर कमरे के सामने मेरे बाबा, नव भाई, पति, भाभी, नंदी भाई, सुहृद और अन्य शुभचिंतक रुक गए।

दरवाजा खोलकर अंदर गई।डॉक्टर महापात्र सोफे पर बैठे हुए थे। उन्होंने एप्रन पहन रखा था। मैंने उन्हें देखा।वे थोड़ा हंस दिए।छोटे बच्चों की तरह बेटी मेरे शरीर से शरीर लगाकर खड़ी हुई थी। मेरेमुट्ठी के अंदर उसके हाथ कांप रहे थे। जैसे मेरे हाथ में कोई कबूतर हो। बरबस उसकी आंखों में पानी भर आ रहे थे। ऐसा लग रहा था जैसे अभी ही छलक पड़ेंगे।

नर्स उसे ऑपरेशन थिएटर ले गई। ऑपरेशन थिएटर के अंदर जाने से पहले उसने मुड़कर मुझे देखा और मेरे हाथों से अपना हाथ छुड़ा लिया।

क्या था उसकी उसे नजरों में ?

एक निष्पाप शिशु की सरलता ?

अनेक दिन, प्राय: तीन वर्षों तक दुख सहने का कारुण्य।

मेरे विरोध में, इस जगत के विरोध में कुछ अभियोग ?

अथवा भगवान के प्रति एक प्रकार का तात्छल्य, अविश्वास, संदेह ?

क्या था उसकी आंखों में ? उसकी उस दृष्टि में।

मेरा हृदय टूट कर टुकड़े-टुकड़े हो गया। मैं अपना रोना संभालते -संभालते फट पड़ी और डॉक्टर के पास बैठ गई।

जैसे हवाओं ने बिटिया के अभिमानी स्वर अपने साथ बहा लाया हो।

" माँ मैंने कभी भी झूठ नहीं कहा। किसी का कुछ नुकसान नहीं किया। किसी की चीज हाथ नहीं लगाई। कोई भी चीज चोरी नहीं की। कभी किसी को गाली नहीं दिया या मारा नहीं। तुम तो सब जानती हो ना मां। फिर ईश्वर मुझे इतना कष्ट क्यों दे रहे हैं। मैं क्या पापी हूं? मेरे जानने में तो मैंने कोई भी भूल नहीं की। तुम क्या मुझ पर गुस्सा हो मां ?"

मैंने ओटी की ओर देखा। दरवाजा बंद था। अंदर बिटिया क्या कर रही होगी ? रो रही होगी ? यह बातसोचते ही मैं रो पड़ी। मेरे हाथों के ऊपर डॉक्टर महापात्र ने अपने हाथ रख कहा-"आप क्यों चिंतित हो रही हैं? आप संपूर्ण रूप से मुझ पर विश्वास कीजिए। मेरी भी एक ही बेटी है और आपकी भी। मैं समय अनुसार उचित उपचार करूंगा। दया करके आप शांत हो जाइए।"

तत्पश्चात डॉक्टर महापात्र ओ टी के अंदर जाने के लिए खड़े हो गए। पृथ्वी की सभी मधुरता, सभी मीठापन जैसे मिल गये हो। समस्त विश्वास, समस्त आस्था, भरोसा एक ही स्थान में केंद्रीभूत हो गये हो। सभी अच्छाई, सभी सार वस्तु जैसे एकत्र होकर डॉक्टर महापात्र के अंदर एकाकार हो गए।

उस मुहूर्त में डॉक्टर महापात्र मेरे लिए ईश्वर से कम न थे। तारणहार के रूप में वे मेरे सामने खड़े थे। भावुक होकर मुझे लगा कि मैं उनके चरणों में लोट पड़ूं या दोनों हाथों से उन्हें जकड़कर आलिंगन करूं ? क्या करूँ ?

मेरा गला रुंध गया। उनके दोनों हाथों को पकड़ कर मैंने अपने माथे से लगाया और बाहर चली आई।

बाहर दीवार से टिककर खड़ी हो गई। आंखें बंद कर ली। मेरे सभी अनुभव, मेरी सभी चेतना शून्य हो गई। मैं चुपचाप खड़ी रही। कितने समय ? एक घंटा, दो घंटा, १० घंटा, १ दिन, एक महीना, १ वर्ष, १० वर्ष, या २० वर्ष ?

लगता है २० वर्ष।

पीछे - पीछे और पीछे जाते-जाते मैं २० वर्ष पहले पहुंच गई।

जहां से आरंभ हुई थी यह दुखद यात्रा।

मेरी बेटी शहत ने बाहर पढ़ाई कर रही थी। और छुट्टियों में घर आयी थी। खुशी

में समय बीत रहा था। एक दिन बेटी ने कहा - "मां मेरे पेट में जोरों से दर्द हो रहा है। एक तरफ दर्द। पेट में खिंचाव सा महसूस हो रहा है। सांस लेने से भी दर्द हो रहा है।"

मैंने कहा - "तुम बिल्कुल भी पानी नहीं पीती हो।अब से खूब पानी पीना। पानी नहीं पीने से ऐसा ही लगता है।"

बेटी ने अधिक पानी पीना आरंभ कर दिया। किंतु प्रत्येक दिन सुबह फिर वही बात। मैंने चिंतित होकर अपने डॉक्टर भाई से यह बात कही। तब उन्होंने कहा -" मेरे देखने से या फिर दवाइयां देने से वह संतुष्ट नहीं होगी। मामा जो ठहरा। घर की मुर्गी दाल बराबर। तुम उसे डॉक्टर पाणिग्रही को दिखाओ। अनुभवी डाक्टर हैं। अच्छे से परिक्षण निरीक्षण करेंगे। विभिन्न प्रकार की बातें पूछेंगे। यह तो प्रश्न पूछ - पूछ कर हैरान करने वाली बच्ची है। अत: डॉक्टर पाणिग्रही ही ठीक रहेंगे।

वही हुआ भी।

देर तक मनोयोग देकर डॉक्टर पाणिग्रही ने बिटिया से सभी बातें पूछी।

"सब तो सही है। दवाइयों की आवश्यकता नहीं। मगर उसे संतुष्ट करने के लिए यह दो टेस्ट लिखे है। कर देने से अच्छा होगा मगर न करवायें तो भी चलेगा।"

मैंने टेस्ट करवा लेना ही उचित समझा। उसे शहर के प्रख्यात डायग्नोसिस सेंटर ले गई।परीक्षण निरीक्षण किया गया। रिपोर्ट आयी। डॉक्टर को मैंने वह रिपोर्ट दिखाई।

डॉ पाणिग्रही ने कहा - "रिपोर्ट में तो ऐसा कुछ नहीं है। निकले पेट में एक चने के आकार का ट्यूमर है। यह एक साधारण बात है। समय के साथ किसी-किसी का बढ़ता है और किसी-किसी का मृत्यु पर्यंत वैसा ही रहता है। इसे लेकर चिंता की कोई बात नहीं।

फिर भी ट्यूमर का नाम सुनते ही हम चिंतित हुये। ट्यूमरयदि बढ़ गया तो ?

और एक दो डॉक्टरों से विचार - विमर्श किया। उन्होंने भी वही बात कही की चिंतित होने की कोई बात नहीं। निश्चित होकर वह अपनी पढ़ाई करें।

परिवार के कुछ आत्मीय जन के कहने पर बिटिया होम्योपैथी औषधी लेकर हॉस्टल चली गई।

किंतु वहां भी बिटिया की तबीयत बिल्कुल अच्छी नहीं रही थी। प्रतिदिन फोन करती और रोती। अस्वस्थता के कारण पढ़ने में मन नहीं लग पा रही थी। मैं भी चिंतित हो उठी। मैंने सोचा उसे अपने पास ना रख कर उड़ीसा से बाहर भेज कर मैंने

गलती की। सर्व भारतीय परीक्षा में उत्तीर्ण होकर उसने स्वयं बाहर रहकर पढ़ने का निर्णय लिया था। बाहर जाने के बाद ही इस प्रकार की घटना हुई। कभी-कभी उसका कष्ट देखकर मैं कहती - तु तुरंत लौट आ। मुझे तेरी पढ़ाई की आवश्यकता नहीं। ऐसे पढ़ाई से मुझे क्या मिलेगा जब तुम्हारा स्वास्थ्य ही सही नहीं रहेगा।

मेरी चिंता देख वह कहती -"और एक महीने बाद बड़े दिन की छुट्टी होगी। सेमेस्टर परीक्षाएं भी खत्म हो जाएगी। उसे समय डॉक्टर को दिखाकर ऑपरेशन करवा लेंगे। मैं और बिल्कुल भी नहीं रोऊँगी मां। तुम चिंतित ना हो। मैं कष्ट सह जाऊंगी। कुछ दिन और बीत गए। परीक्षा देकर बेटी बड़े दिन की छुट्टी में घर आई। उसे साथ लेकर हम चेन्नई गए। अपोलो में कुछ डॉक्टरों से परामर्श किया। डॉक्टर ने कहा -" इतनी छोटी बच्ची है ऑपरेशन टाल दीजिए। जैसे चल रहा है चलने दीजिए। जिस स्थिति में ट्यूमर है उसे हाथ लगाना उचित न होगा।भविष्य में परेशानी हो सकती है। मगरमां का मन नहीं माना। बिटिया को लेकर दिल्ली गई। वहां भी डॉक्टरों ने यही बात कही - इतनी छोटी बच्ची है। आगे पूरा जीवन पड़ा है।उड़ीसा आकर डॉक्टर महापात्र से परामर्श किया। उन्होंने भी वही बात दोहरायी।

हमारे समय में हम पूरी तरह अपने माता-पिता पर निर्भर रहते थे। सारी चिंताएं उन पर छोड़ हम निश्चित रहते। वे हमारे जीवन के निर्णयकर्ता थे। चाहे जो भी क्षेत्र हो पढ़ाई हो या शादी जैसा निजी मामला, वही हमारे लिए सोच विचार कर निर्णय लेते और जो निर्णय देते हमें सिरोधार्य होता। मगर आजकल के बच्चे रोग व्याधि से आरंभ कर किसी भी विषय पर स्वयं सचेतन हैं। बिटिया ने इंटरनेट पर बीमारी के विषय में अध्ययन किया और प्रिंट आउट निकालकर मुझे एक थप्पी कागज थमा दी।

वह सब पढ़कर और समझने के लिए कुछ बाकी नहीं रहा। इंटरनेट से बिटिया ने कैलिफोर्निया के एक अस्पताल का पता पाया। जहां एक नई पद्धति से ट्यूमर का ऑपरेशन किया जाता था। उसके पूरे परीक्षण - निरीक्षण के कागजात के साथ मैंने एक चिट्ठी लिखकर कैलिफोर्निया भेजा। उन्होंने भी यथा शीघ्र उत्तर दिया। उन्होंने जवाब दिया - हमने ४५ - ५० वर्ष से ऊपर की आयु वाली महिलाओं का इस पद्धति से ऑपरेशन किया है। चूंकि आपकी बिटिया छोटी है अत: उसके संपर्क में यह पद्धति संभव नहीं।

ट्यूमर दिनों दिन बढ़ता जा रहा था।

बिटिया का कष्ट भी साथ ही साथ बढ़ रहा था।

आकाश चिढ़ गया। रात और दिन एक से प्रतीत होने लगे। हमारे संसार में अंधकार छा गया। किसकी नजर लग गई। किसने क्या खाया, किसका समय कैसा व्यतीत होता था, सब कुछ गौढ़ हो गया था।

.दिन-दिन कर ३ वर्ष हो गए। कैसे बीता हमारा यह समय ? ऐसा एक दिन नहीं था जब मैंने पेट भर खाना खाया हो। ऐसी एक रात न थी जब मैंने निश्चिंत निद्रा ली हो।

घर का हाल बेहाल था। हमारे जीवन का हाल बेहाल था। हम हंसना भूल चुके थे। जीवन बोझ लगने लगा था। किससे कहूं ये बातें ? किस मित्र से ? ऐसा मित्र कहां है ? किस अंतरंग बंधु से ? ऐसा बंधू कहां है ?

संपन्नता से रह रहे मेरे सहोदरों को ?

वे लोग मेरे दुख में शामिल होने के अधिकारी नहीं थे। मैं की अपने दुख किसी के साथ बांट नहीं सकती थी। मैं अपने ही भितर सिमट कर रह गई। मेरे किसी अपने ने हाथ बढ़ाकर मुझसे नहीं कहा कि चिंतित क्यों हो रही हो ? मैं हूं न तुम्हारे साथ।

गर्मी की तपती दुपहरी।

२ दिन पहले ही डॉक्टर से मिलकर लौटी थी।मन बिल्कुल भी अच्छा नहीं था।

मैं अंदर ही अंदर रो रही थी।भले ही आंखों से आंसू ना वह रहे हो, मगर छाती में दुख का जमावडा था।

फोन की घंटी बजी।

दूसरे तरफ थे नव भाई।

मेरे स्वर से पता नहीं उन्होंने क्या अंदाजा लगाया, कहा - क्या चाहती हो ?

बिटिया की सारी खबर वह रख रहे थे। हमेशा उसका ध्यान रखते थे। कभी कभी बिटिया उनके घर भी जाती थी। सभी उसे बहुत प्यार करते थे।

"मैं रोई, दिल खोलकर रोई। उसके बाद कहा - बस वह स्वस्थ हो जाए भाई।"

अभी तक नव भाई ऑपरेशन की बात को टाल रहे थे।

मगर उस दिन कहा - "इस बार ऑपरेशन कर देंगे।"

और तीन महीनों के बाद बिटिया की पढ़ाई खत्म हो जाएगी और वह हॉस्टल

से घर लौट आएगी। आगे तीन महीने की छुट्टी होगी। उसी समय होगा ऑपरेशन। स्वस्थ हो वह नौकरी में ध्यान देगी। निश्चय हुआ कि डॉक्टर महापात्र ही ऑपरेशन करेंगे।

ऑपरेशन के लिये हम सभी मानसिक रूप से तैयार हो गए थे।

तीन वर्षों के भीतर ट्यूमर १० गुना बढ़ चुका था। चिंता ने हमें परेशान कर रखा था। भाई ने कहा - सब ठीक हो जाएगा। सब बाबा के ऊपर छोड़ दीजिए। सच कहूं तो मैं बाबा से ज्यादा नव भाई के ऊपर छोड़ दिया था।

ऑपरेशन का डेट फिक्स करने के लिए मैं फिर से डॉक्टर से मिली।

उड़ीसा और उड़ीसा के बाहर हुए सारे टेस्ट रिपोर्ट मैंने उनकी टेबल में रख दिए। ट्यूमर परेशानी वाले जगह पर था। इसलिए ऑपरेशन के लिए सभी मना कर रहे थे। केवल डॉ महापात्र ने कहा उसके लिए जो सबसे सही होगा मैं वही करूंगा। आप भरोसा रखिए। बिटिया पढ़ाई कर वापस घर को लौट आई।

बिटिया बहुत दुर्बल हो गई थी। कोई मनुष्य का बच्चा ऐसा भी दिख सकता है भला ? ऐसा लग रहा था जैसे मेरी बेटी दुबली होकरअपने ही किसी गुड़िया की मानिंद दिखने लगी थी। उसके चेहरे से हंसी गायब थी। ना ही वह बात करती थी ना ही अपने दर्द के बारे में कुछ कहती थी। फूल सी हंसती - मुस्कुराती, खिली - खिली रहने वाली बच्ची मुरझा सी गई थी। मेरी उसके सामने जाने की हिम्मत नहीं होती थी।

मैं दयनीय भाव से हार जाती थी, टूट पड़ती थी, बही जाती थी।

५ तारीख जून का महीना।

ऑपरेशन चल रहा था। ३०५ नंबर रूम के सामने नव भाई, भाभी, मेरे पति एवं कुछ शुभेच्छु बेचैनी से प्रतीक्षा कर रहे थे।

समय जैसे वहीं थम के रह गया था।

क्या समय की गति इतनी मंद होती है ?

सभी चुपचाप थे। पवन जैसे स्थिर हो गया था। किसी के मुंह से एक शब्द भी नहीं निकल रहा था।

उत्कंठित भाव से सभी अपेक्षा में बैठे थे कि किस समय ओ.टी. का दरवाजा खुलेगा। अगर कोई नर्स या कर्मचारी अंदर से बाहर आता तो सब की आंखें प् कौतुहल के साथ उस ओर देखती।कुछ तो आगे बढ़कर पूछते - बिटिया कब आएगी। सब ठीक चल रहा है तो ?

आपरेशन कुछ ही देर में खत्म हो जाएगा और बस आधा घंटा।

पुन: अखंड निरवता। निरवता में भी इतने शब्द होते हैं आज पता चला।

यह आधे घंटे का समय भी व्यतित नहीं हो रहा था।

बिटिया कैसी होगी ?

मैं एक एकांत कोने में दीवार से शरीर को टिकाए खड़ी थी। स्तब्ध और स्थिर जैसे किसी पेड़ का तना हो। कोई हलचल नहीं। एक ऐसा दुर्बल वृक्ष जिसमें एक चिड़िया को बैठाने की भी ताकत ना थी। किस ईश्वर का ध्यान करूं ? किसे पूजूं ? कुछ समझ नहीं आ रहा था। किसी भी देवी देवता के चेहरे याद ही नहीं पड रहे थे।मैं कुछ सोचने-समझने, अनुभव करने की स्थिति में ही न थी।

अपनी आंखें बंद कर दीवार में टिककर वैसे ही खड़ी रही।

पूर्व में सुनाई देने वाले गाड़ी - मोटर के हार्न, पंखे के चलने की आवाज, दूर किसी पक्षी के चहकने का स्वर, आसपास में होने वाले बातचीत पता नहीं कहां गायब हो गए। चारों ओर एक चुप्पी सी छा गई है। जैसे दूर-दूर तक कोई नहीं मेरे अकेलेपन के सिवाय। हम एक दूसरे की बाहें थामें खड़े हैं, नि:शब्द और असहाय।

मां….. आ ….आ….।

मेरी आंखें खुल गई। किसी ने ओ.टी. का दरवाजा खोला।स्टेचर के ऊप रबेटी सोई हुई थी। मुरझाई हुई सी बेहोश बेटी।

क्या उसने ही मुझे पुकारा ? जैसे बचपन में लुका- छुपी खेलती थी। किसी अलमारी के अंदर से निकल कर मां बोलकर फिर से छुप जाती थी। मैं उसे खोज - खोज कर हैरान हो जाती।

क्या बिटिया सोने का बहाना कर रही है ?

क्या पता ?

आह! मेरी सुकुमारी बेटी। मलाई से बनी प्रतिमा। मेरे लिये इस पृथ्वी पर ऐश्वर्यमयी, सुंदरतम स्वप्न। मेरी संपत्ति, मेरी मां आंखें खोलो। मैं और सहन नहीं कर सकती। दुख से दर्द से मै अभी फट पड़ूंगी। टुकड़े-टुकड़े हो जाऊंगी। मुझे और दुख मत दो। आंखें खोलो, मेरी प्यारी बेटी।

धीरे-धीरे बेटी की चेतना लौट आई।

अनेक ममता से भरी हुई आंखें, आशीर्वाद से भरे हुए हृदय, उसके चेतना में आने की अपेक्षा कर रहे थे। बेटी आंखें खोलो, कुछ बातें करो, थोड़ा ही सही…….।

क्या हुआ ?सब ठीक-ठाक है तो ? डॉक्टर कितने समय आएंगे ? ऑपरेशन सफल हुआ तो ? कौन जाएगा पूछने के लिए ?

सच का सामना करने के लिए किसी में भी साहस नहीं बचा था।

बिटिया के चेहरे को देखती रही। देखती रही मुझे स्नेह से, अपनेपन से आदर से पकड़ कर रखे अपने लोगों को। इतने लोगों का आशीर्वाद, स्नेह, आदर, प्रेम, ममता और प्रार्थना क्या सब कुछ व्यर्थ हो जाएगा ?

नव भाई के ऊपर मेरा अटूट विश्वास क्या हिल जाएगा ?

बाबा के वचन क्या झूठे साबित होंगे ?

मैं उठकर खड़ी हुई। किसी को भी कुछ ना कह बाहर चली आई।

डॉक्टरअपने कमरे में थे।

बाहर २० से अधिक लोग उनकी प्रतीक्षा में थे।

मैं भी खड़ी हो गई। एक परिचित नर्स ने दरवाजा खोल अंदर बुलाया।

अब मैं डॉक्टर महापात्र के सामने बैठी हुई थी।

क्या पूछूंगी ?

वह क्या उत्तर देंगे ?

क्या यह कहेंगे कि उसके भविष्य को सामने रख जैसा था वैसा ही छोड़ दिया या यह कहेंगे कि सब कुछ सही-सही हो गया ऑपरेशन सफल रहा।

क्या बोलेंगे वह ?

मैं उनके चेहरे को देखते हुए बैठी थी।

मुझे देखकर वे मुस्कुराएं। उनका चेहरा उज्जवल दिखाई दिया। वह मेरे साथ मजाक तो नहीं कर रहे थे ? क्या मुझे साहस देने के लिए वो ऐसा कर रहे थे ?

उसके बाद पास ही बैठे रोगी के प्रति सचेतन हो उसके लिए दवाइयां लिखने में लग गए।

मेरी सांसे क्रमश: रूंघ रही थी।

डॉक्टर महापात्र कुछ बोल क्यों नहीं रहे।

वह रोगी अपने कागज ले नमस्कार कर बाहर चला गया।

अब डॉक्टर महापात्र ने मुझे बैठने को कहा।

आप जानती हैं......... ?डॉक्टर महापात्र ने कहा।

हे भगवान ! मेरे पैरों तले जमीन खिसक रही थी।

ऐसा लगा मानो मैं अभी ही बेहोश हो जाऊंगी। जोरो से टेबल को पकड़ कर प्रतीक्षा करने लगी। प्रतीक्षा करने लगी उनकी बातों का।

"चिकित्सा विज्ञान संपूर्ण रूप से भूल प्रमाणित हो गया। मैंने अपने जीवन में कभी भी इतना जठिल किंतु इतना सहज ऑपरेशन नहीं किया था। सभी रिपोर्ट भूल, सभी हिसाब-किताब भूल, सच में सब कुछ भूल निकला।"

मैं कुछ नहीं समझी और उनके चेहरे को देखते रही।

ट्यूमर की स्थिति के संपर्क में जो एक्स रे में निकला था, वह वहां पर था हीनहीं। ट्यूमर से संबंधित कागज और एक्स-रे के आधार पर मैंने ऑपरेशन आरंभ किया था। एक्स-रे में जिस स्थान पर ट्यूमर की उपस्थिति बताई गई थी, वहां पर ट्यूमर का चिन्ह भी नहीं था। ट्यूमर की समस्यात्मक स्थिति के कारण ही सभी चिंतित थे।मैं भी डर गया था।मैंने जिस प्रणाली से ऑपरेशन आरंभ किया था उसे आधे में ही बंद कर दिया और तुरंत उसका पेट चीरना पड़ा।

मुझे लगा जैसे पहले ही किसी ने ट्यूमर को बाहर लाकर मेरी आंखों के सामने रख दिया हो। और मुझे सिर्फ उसे पेट से बाहर ही निकालना है। अद्भुत था वह अनुभव - डॉक्टर महापात्र ने कहा।

अनेक बार डॉक्टर ने परीक्षण - निरीक्षण किया। पेट की सभी तरफ से एक्स-रे किया गया। सब उल्टा पुल्टा हो गया।

सच में अद्भुत अपूर्व जैसे कोई मिरेकल। एक अलौकिक घटना घटी ऑपरेशन टेबल के ऊपर। मैं निर्जीव की तरह बैठी रही।

रह-रह कर मेरे कानों में नव भाई के स्वर सुनाई दे रहे थे - चिंतित मत हो। बाबा की कृपा से ऑपरेशन टेबल के ऊपर ही मिरेकल होगा देखना। निश्चित ही कुछ अपूर्व घटना घटित होगी देखना। मैंने बाबा को कभी भी अपनी आंखों से नहीं देखा था। प्रथम बार जब उनकी तस्वीर देखी मुझे लगा जैसे मैंने मेरे पिता के ही तस्वीर देख ली हो।

मैं नव भाई को देख रही थी। उनकी बातों की तरह मधुर बात किसी ने मुझसे कभी नहीं कहा था। इतने आस्था और विश्वास के साथ किसी ने अपने हाथ आगे नहीं बढ़ाए थे। डॉक्टर महापात्र की बातें सुनकर मैं निःशब्द रह गई। मैं फफक पड़ी। हाथ जोड़कर माथे से लगाया। सच में सब कुछ असंभव सा ही घटित हुआ, जैसे कोई मिरेकल। ■

टूटा दर्पण

"तुम्हारी आवाज ऐसे क्यों सुनाई दे रही है ? तुम्हारा स्वास्थ्य ठीक नहीं है क्या ?" - नव भाई ने चिंतित होते हुए कहा।

"देह नहीं, मन खराब है।" - मैंने कहा

"किसने तुम्हें डांटा, मैं भी तो सुनु जरा ?" - उन्होंने कहा।

कॉलेज में घटित घटना के संपर्क में सुनने के बाद उन्होंने कहा - "तुमने उसे एक तमाचा क्यों नहीं जड़ दिया ? उसके बाद जो भी होता देखा जाता। स्वयं को कष्ट पहुंचाकर उस बदमाश के सामने तीन-चार घंटे क्यों बैठी रही ?"

"मां को वचन दिया है और किसी के पर क्रोध नहीं करूंगी।"

"ठीक है तुम अपने वचन की रक्षा करो मगर उसके साथ एक काम और भी करना अब आगे से लेखन पठान में ध्यान दो। उड़िया साहित्य को तुमसे बहुत उम्मीदें है।"

मेरे लेखन को लेकर नव भाई हमेशा ही सजक रहते हैं।

"ठीक है भाई।" - मजबूर होकर मैंने फोन को अपने माथे से लगाते हुए कहा।

"अपने शरीर और मन का देखभाल करो। उस बदमाश आदमी के बात को बिल्कुल भी महत्व ना देना।"

केवल महत्व नहीं दूंगी, बोल देने से क्या हो जाता है ? सच कहूं, तो मैं सच में बहुत कष्ट पा रही थी। क्रोध से नहीं क्षोभ से मन भर जाता था। दुख और अफसोस से आत्मा तड़प जाती थी।

शाम को मुझे ज्वर आ गया। प्रत्येक बार मेरे साथ यही होता है। मन बहुत खराब हो जाने से देह में तपने लगता। सारी रात कष्ट में बीती। दूसरे दिन कॉलेज नहीं जा पाई। छुट्टी लिया। दवाइयां खाई। दोपहर में रोटी संतुला (लहसून की छौंक वाली

ऊबली सब्जी) खाया और बिस्तर पर बैठी रही। पहले दिन की बात याद आ गई। मनुष्य कितना स्वार्थी है।अपनी सुख सुविधा देखने के अलावा वह किसी और की समस्या देखना ही नहीं चाहता। क्यों मनुष्य दूसरे के सुख से सुखी नहीं हो पाता ?

यह सोचकर मैं पुनः दुखी हुई।

सर में दर्द था......।

आंखें बंद कर पलंग से टिक कर बैठ गई। अचानक एक अप्राकृतिक चड़चड़ की आवाज से चमक पड़ी। आंखें खोल कर चारों ओर देखा। पहले पहल समझ नहीं पाई कि यह आवाज क्यों हुई। उसके बादअचानक ड्रेसिंग टेबल के आईने पर मेरी दृष्टि पड़ी। ड्रेसिंग टेबल पर लगे बड़े दर्पण में बीच से दरारें पड़ी हुई थी। इस टूटे आईने के एक अंश में मुझे सुधा की झलक दिखाई दी। आधा चेहरा लहुलुहान और आधा चेहरा यंत्रणा से कातर।

हे भगवान ! कहते हुए मैंने अपनी आंखें फेर ली।

अनेक वर्षों से वह दर्पण फ्रेम में बंधा हुआ रखा था। आयताकार मजबूत शीशम की लकड़ी का फ्रेम। कहीं से भी कील अथवा गोंद का उपयोग नहीं किया गया था। दर्पण गंदा हो जाने पर दर्पण को फ्रेम से सीधे निकालकर पोंछकर फिर से फ्रेम में रख दिया जाता था। हलके ठोकर से तड़कने की संभावना न के बराबर थी। लकड़ी के साथ न्ट्रू या पीछे बोर्ड में गोंद लगने से हो सकता था बारिश के मौसम में फूल जाने से या धूप में संकुचित होने से लकड़ी फट जाने की संभावना थी। कोई भी कारण न होकर दर्पण का मेरी ही आंखों के सामने ही फट जाना अचंभित कर गया। फटा तो फटा उस टूटे दर्पण में सुधा की विकृत, विखंडित प्रतिबिंब क्यों दिखाई दि। कुछ भी अच्छा नहीं लग रहा था। एक बेचैनी सी थी।

विभिन्न कारणों से उस समय मेरी मानसिक स्थिति भी अच्छी न थी। फिर उस पर यह कैसी नई विपदा। आशंका से मैं सिहर उठी।

प्राय एक महीना पहले हीबेटी का ऑपरेशन हुआ था। श्री ओमकार बाबा के दया से सब कुछ सही-सही हो गया। बेटी भी स्वस्थ हो गई।

२००६ सितंबर महीने के प्रथम सप्ताह से बेटी नौकरी ज्वाइन करेंगी। मैंने फोन कर के नव भाई को दर्पण टूट जाने की सूचना दी। शाम के समय दरबार में नवभाई ने यह घटना बाबा के सम्मुख रखी।

"रात्रि लगभग ९:०० बजे फोन आया तुम दोनों कल शाम को बिटिया को

लेकर बरमुंडा में स्थित दक्षिण काली मंदिर जाना और मां के पास सरसों तेल के दीप जलाना।"

दूसरे दिन शाम को हम काली मंदिर में दीप जलाकर आए।

इसके बावजूद भीमैं आशंका रहित न हुई। बार-बार मेरी आंखों के सामने वही टूटा दर्पण आता। दर्पण में सुधा की दो भागों में विभाजित चेहरा दिखाई पड़ता।

एक महीना यूं ही आशंका में बीत गया। जैसे कुछ घटने को है। सितंबर ३ तारीख रविवार के दिन हम दोनों बिटिया को लेकर बेंगलुरु गए। वह नौकरी ज्वाइन कर वहीं रह गई। हम सप्ताह भर रहकर उसकी सारी व्यवस्थाएं कर भुवनेश्वर लौट आए।

लौट के बाद से ही मैंने सुधा में एक अद्भुत परिवर्तन देखा। वे दिन रात काम में ही डूबे रहते। जैसे काम के अतिरिक्त उनके जीवन में कुछ भी ना हो। जैसे घर के सभी दायित्व पूरे हो चुके हो। दूसरों के काम, अपार्टमेंट की उन्नति में वह पूरी तरह लग गए। मैंने सोचा शायद बिटिया के चले जाने पर वह विछोह को भुलाने के लिए काम में डूबे रहते हैं।बिटिया को छोड़कर आने के बाद मैं भी मानसिक अवसाद की स्थिति में रहने लगी। लिखना - पढ़ना तो दूर की बात, केवल बैठे-बैठे समय काटती। अवषाद भाव ने मुझे पूरी तरह घेर रखा था। वेताल की तरह अवषाद भाव मेरे गले में झूलता रहता। ज्यादा खराब लगने पर मैं बीच-बीच में नव भाई के घर या दरबार चली जाती थी। कुछ देर वहां पर बैठकर गपशप कर लौट आती। तो थोड़ा हल्का अनुभव करती। मगर दो-चार दिन के बाद फिर जैसे को तैसा।

आगे दुर्गा पूजा थी।

एक दिन रात्रि के २:०० बजे मेरा सेल फोन बज उठा। बिटिया के बाहर रहने के कारण मैं हमेशा फोन अपने पास ही रखती। पता नहीं किस समय आवश्यकता पड़ जाए और वह फोन करें। जैसे ही फोन उठाया सामने से बिटिया के रोने की आवाज सुनाई दी। मैं आश्चर्य चकित हो गई।

क्या हुआ? अरे बोलती क्यों नहीं? ज्वर हो गया क्या? मैंने चिंतित होकर उससे पूछा। मगर वह इतने जोरो से रो रही थी कि बहुत देर तक वह बात नहीं कर पाई। मैं चुपचाप फोन रख उसका रोना .सुनने के अलावा मेरे पास दूसरा चारा न था। कष्ट हो रहा था। कुछ समय बीत जाने पर भी वह चुप ना हुई।और कितने समय तक

उसका रोना सुनती ? उसने क्या अपना रोना सुनने के लिए फोन किया था ? चिढ़ कर कहा - रोते रहो जब रो लोगी तब फोन करना।

आधे घंटे रोने के बाद वह थोड़ी सामान्य हुई।

कहा - "पिताजी अच्छे हैं ना ?"

मैंने कहा -"हां।"

तुम झूठ बोल रही हो।

मैं थोड़ी सी विचलित हुई तथापि जोर देकर कहा-" झूठ क्यों बोलूंगी ?तुम्हारे पिता अच्छे हैं।"

"तुम पिता जी को फोन दो। मैं उनके साथ बात करूंगी।

मैं चिढ़ सी गई। अब क्या किया जा सकता है। दो दिनों से सुधा को भीषण ज्वर था। तापमान १०४ डिग्री से कम हो ही नहीं रहा था। कोई भी दवाई काम नहीं कर रही थी। कुछ देर पहले ही माथे में बर्फ पट्टी दी थी। ज्वर से परेशान हो कराह रहे थे। ऐसे समय में बिटिया का फोन उन्हें कैसे देती ? चिंता में पड़ गई।

"मां पिताजी को फोन दो, मैं बात करूंगी" - बिटिया ने फिर से जोर देते हुए कहा।

तुम फोन काट दो। तुम्हारे पिता गहरी निंद में सोए हुए हैं। उन्हें नींद से उठाकर तुमसे बात करवाऊंगी।

"शायद बुखार उतर गया है। पसीना बह रहा है। थोड़ा फैन चला दो" -सुधा ने कहा।

मैंने फैन चलाकर कहा -बेटी ने चिंतित होकर अभी फोन किया था। तुम कम से कम १ मिनट उससे बात कर लो ताकि वह आश्वस्त हो जाये कि तुम स्वस्थ हो। यहां सब ठीक-ठाक है।वह बिचारी घंटे भर से रो रही है।

फोन लगाकर मैंने सुधा को पकड़ा दिया। बिटिया ने पूछताछ की। कहा - "आपकी आवाज कैसे अलग सी सुनाई दे रही है ?"

"मैं अभी ही नींद से उठा हूं इसलिये।"

"मुझसे झूठ नहीं कह रहे हो ना ?"

"नहीं रे झूठ क्यों बोलूंगा। अच्छा हूं। कल सुबह बात करेंगे।तू जा सो जा।पिता ने बेटी को समझा कर फोन रख दिया।

थर्मामीटर से ज्वर देखा। शरीर में थोड़ा सा ताप था। कुछ ही देर में सुधा सो गए।

सोने के लिए बत्ती बंद कर बिस्तर पर बैठी ही थी, की बेटी ने फिर से फोन किया -

"माँ"

"हां, अब क्या हुआ ?"

बिटिया के स्वर संपूर्ण चिंतित लग रहे थे। अब क्यो रो रही थी -मैंने पूछा।

गाढ़ी नींद से सो रही थी।सपने में देखा पिताजी आ रहे हैं।चल के नहीं, हवा में उड़कर। रक्त मांस से बने शरीर में नहीं, बल्कि एक वायवीय शरीर में।एकदम सुखी लकड़ी की तरह। इस उड़ते हुए अवस्था में मेरे बिस्तर के पास आकर कहा -मेरी मृत्यु हो चुकी है।तुझे देखने की इच्छा थी, इसलिए आया हूं। जब मैं जीवित था, तब तुमने कितनी ही चीज मुझे मांगी थी।आज भी जो मांगना है मांगो। तुम्हारी इच्छा निश्चित पूरी करूंगा।

बिटिया ने कहा - मैं पिताजी को आश्चर्य से देखती रही। उनके एक हाथ और एक पैर न थे।उनके हाथ और पैर कहां गए ? यह सोचकर मैं चिंतित हो गई। उसके बाद नींद टूट गई।वह अनुभव इतना जीवंत था कि मुझे लगा कि जरूर पिताजी का कुछ अनिष्ट घटा है। तुम कल मामा जी से यह बात पूछना।

मामा कहने से उसका मतलब नवभाई था।उनके ऊपर उसका अगाध विश्वास था। अपने ऑपरेशन के समय उसने यह बात बड़ी गहराई से अनुभव की थी।

"रात हो चुकी हैअब तुम सो जाओ। कल भाई से बात कर तुम्हें बताऊंगी। नहीं तो तुम स्वयं उनसे बात कर पूछ लेना।"

शाम को दरबार में यह प्रसंग उठा। नव भाई ने फोन कर कहा - "सुधाकर को कहना पांच सोमवार शिव मंदिर जाकर दर्शन करें। कुछ नहीं होगा। बिल्कुल चिंतित होने की बात नहीं। मामाली को फोन कर बता देना, वह पिता के लिए और ना रोये।मैं हूं, चिंता ना करें।"

कैलेंडर पर पांच सोमवार को मैंने लाल पेन से चिन्हित किया। लिख दिया -शिव मंदिर दर्शन।

सुबह कॉलेज जाने से पहले बार-बार सुधा को चितलाती - आज जैसे भी हो

शिव मंदिर जरूर चले जाना। कॉलेज से भी फोन कर याद दिलाती।एक ही बात बार - बार याद दिलाने पर उनके क्रोध का भी सामना करती।

कभी-कभी रात में पूछने पर कहते -भूल गया। कल जाऊंगा।

इतनी छोटी सी बात भी उन्हें याद नहीं रहती। रात को सोने के अलावा सारा दिन पता नहीं कहां व्यस्त रहते।खाने-पीने का कोई ठिकाना न था। हमारे अपार्टमेंट में सभी लोग एक परिवार की तरह रहते थे। सुधा अपार्टमेंट में रहने वाले २० परिवार का दायित्व लेते। सभी का भार अपने कंधे पर लेते। उनके ऑफिस का काम भी कुछ काम न था। ऑफिस के काम के साथ ही साथ अपार्टमेंट में रहने वाले २० परिवारों का अच्छा बुरा समझने में ही उनका सारा दिन व्यतीत हो जाता।उन्हें काम का नशा लग गया था।इधर-उधर जाते रहते घर में बहुत कम समय के लिए रहते। जितना कहने पर भी वह कोई बात नहीं मानते थे।

अक्टूबर माह बीत गया। फिर भी एक अनजाने आशंका ने मुझे घेर रखा था। जैसे कोई कह रहा हो - आगे विपत्ति आ रही है।सावधान रहना।किसके लिए विपत्ति ? मेरे लिए ?बिटिया के लिए ? या सुधा के लिए ?

नवंबर ५ तारीख रविवार रात १ ० : ० ० बजे तक जब सुधा घर को नहीं लौटे तो मैंने चिंतित हो उन्हें फोन किया। जब वे घर आए तब हम दोनों में भीषण वाक् युद्ध हुआ। पूरे दिन एक मोटरसाइकिल पकड़ कर इधर-उधर घूमते -फिरते हो। वर्तमान में ट्रैफिक की जो अवस्था है।अगर कुछ सही गलत हो गया तो ? हमारे पास कौन है ? बेटी तो बाहर रहती है। मैं क्या इतना दौड़ धूप कर पाऊंगी।अगर तुम्हें कुछ हो गया तो मैं क्या करूंगी ?

विरक्त होकर सुधा ने कहा - हमेशा दुर्घटना, दुर्घटना। यह क्या हो रहा है ? कोई क्या बाहर को भी नहीं जाएगा ? अपने जीवन को एक लिफाफे में बंद कर चुपचाप घर में बैठा रहे ?

रविवार ५ तारीख तक हमारे भीतर शीत युद्ध जारी रहा। क्रमश: उन्होंने मुझसे बात करना बंद कर दिया।

नवंबर १२ तारीख रविवार। हमारे पारिवारिक मित्र श्री युक्त उमा प्रसाद मिश्र एवं उनकी धर्मपत्नी सुलेखिका सुकांति नंद हमारे घर आए हुए थे। बातचीत के दौरान मैंने उन्हें अपने मन की आशंका बताई। यह बात भी बताई कि कितने दिन हो गए बार-बार मेरे मन के भीतर से एक करुण क्रंदन निकलता है। ऐसा लगता है

जैसे कुछ दुर्घटना होने को है। लगता है किसी के हाथ पैर टूटेंगे। इस विचार ने मुझे चिंतित कर दिया है, जिससे मैं अत्यधिक कष्ट पा रही हूं।

वे मुझे समझा - बूझाकर चले गए।

मंगलवार रात ९:०० बजे हम खाने बैठे थे। हमारे भीतर वाक् युद्ध हुआ। मेरे अंदर जमा अशांति और आक्रोश अचानक से विसफोटित हो गया। जैसे किसी ने मुझे बाध्य किया यह बोलने के लिए। बोलो। बोल दो। अभी इसी वक्त। यही सुयोग है। और अचानक मेरे मुंह से निकला - "मैं भले ही ६ महीने तुम्हारी सेवा करूंगी। तुम्हारी मल -मूत्र धोऊँगी मगर काश तुम्हारे पैर - हाथ टूट जाते ।तुम बिस्तर में पड़ जाते ....मैं और सहन नहीं कर पा रही हूं।"

हे भगवान ! यह बात मेरे मुंह से निकली कैसे ?

मुंह से निकले शब्द क्या कभी लौट कर आ सकते हैं। मुंह से निकली वाणी और धनुष से निकल बाण कभी लौट कर नहीं आते ।स्वयं को धिक्कारा। मां की बातें याद आई - कभी किसी के ऊपर क्रोध नहीं करना।

आधे खाने से ही उठ गई। पूरी रात सो नहीं पाई।

१५ तारीख बुधवार, दिन के १२:०० बजे कॉलेज में क्लास ले रही थी। किसी ने फोन किया - तुरंत "कर क्लिनिक" पहुंचिए ।हम आउटडोर में आपका इंतजार कर रहे हैं।

बस दुर्घटना घट चुकी थी।

सुधाका बायां हाथ और दाहिना पैर दुर्घटनाग्रस्त हो गया था।

इस घटना के लिये मैंने स्वयं को दोषी माना ।आज भी उस बात का अपराध बोध मेरे अंदर जीवित है। ६ माह महीने तक मेरा घर दवाखाने में परिवर्तित हो गया। कम नहीं की, ज्यादा नहीं, ठीक ६ महीने।

ईश्वर की दया से अभी सुधा स्वस्थ हैं और पहले की अपेक्षा अधिक काम कर रहे हैं।

जन्म जन्मांतर

कुछ दिन पहले की ही बात है।

गर्मी की आग उगलती दुपहरी।

बांस की टांट हटाकर कोठार में कोई घुसा। जिसे देखकर खाट के नीचे सोया हुआ हमारा कुत्ता, चीमा भौंकने लगा।

खूंटे से लगकर फटे हुए गमछे को दादाजी मन लगाकर सिलाई कर रहे थे। चीमा के भुकने पर उन्होंने सर उठाकर देखा। मैं उनके पास बैठकर मेरी गुड़िया के कपड़े में सितारे लग रही थी। भौंकने से अनमयस्क हो मेरे हाथ में सुई गड़ गई।

वह व्यक्ति कोठार से बरामदे तक आकर स्थिर हो गया। चीमा उसके चारों ओर कुद - फांदकर भोंकता रहा। बीच-बीच में उसे सुंघता भी था।

दादाजी ने उस व्यक्ति को देखा। पहले सोचा आसपास गांव का कोई व्यक्ति होगा। मगर वह व्यक्ति संपूर्ण रूप से अपरिचित निकला। श्यामल वर्ण का, साधारण चेहरा, २३ - २४ वर्ष का लड़का था। ऐसा लग रहा था बहुत मुश्किलें पार कर आया है।बाल बिखरे हुए थे। गंदे कपड़े पहने हुये था।

वह एक आठ हाथ की धोती और ऊपर बंडी (सूती कपड़े का आधे हाथ का शर्ट जैसा) पहने हुए था।बाजू में कपड़े से बना झोला दबाए हुए था। उसमें क्या था पता नहीं ? बड़े ही संकोच के साथ वह छानी के नीचे आकर खड़ा हुआ।

दादाजी ने पूछा -" तुम किस घर के बेटे हो ?"

लड़का समझ नहीं पाया कि वह क्या जवाब दे। उसके बाद उसने कहा - "लक्ष्मण नाथ में हमारा घर है।"

"इस तरफ कैसे आना हुआ ? किसी का घर खोज रहे हो या दूसरे गांव का रास्ता ?"

नहीं।

फिर ?

थोड़ा पानी मिलेगा ? बहुत प्यास लगी है । गला सूख रहा है । कितनी धूप है ।

दादाजी ने मुझसे कहा - जा एक लोटा पानी ले आ । और घर में कुछ खाने का हो तो मां से कहना देगी ।

ऊपर आ जाओ बेटा । छांव में बैठो ।

मैंने उस लड़के की ओर देखा । चीमा आगे-पीछे होकर अभी भी उसे सूंघ रहा था और थोड़ी-थोड़ी देर में भूक रहा था ।

मैंने अंदर जाकर मां से कहा - पानी दो और खाने के लिए भी कुछ हो तो दो । बाहर कोई आया है । दादाजी ने कहा वह खाएगा । भोजन का समय गया । भात हांडी में मैंने पानी डाल दिया है । थोड़ा उखडा ले जाओ । घड़े से पानी निकाल कर ले जाओ - मां ने कहा और मुरमुरे बनाने में लग गई ।

मैंने आधा गंजी उखडा, कुछ चूड़ा और पानी लेकर उसके सामने रख दिया ।

वह लड़का बरामदे में बैठा हुआ था ।

लोटा उठाकर धक-धक कर एक ही सांस में उसने पूरा पानी पी लिया । उसके बाद बरामदे से नीचे उतर मुंह में पानी की छिंटें मारी । झोले से गमछा बाहर कर हाथ मुंह पोछा ।

अब थोड़ी सांस ले, खूंटे से टिक कर बैठ गया ।

खाली पेट में पानी पी लिया ? थोड़ा उखड़ा भी खाओ - दादाजी ने कहा । वह लड़का आंख बंद कर लंबी-लंबी सांसें ले रहा था ।

“लू लग जाएगी, थोड़ा खा लो । थोड़ा स्थिर हो जाओ । कहां के लिए निकले थे ?”

युवक ने आंखें खोलकर दादाजी को देखते हुए पूछा - यह क्या हाड़ी बंधु राउल का घर है ।

दादाजी ने कहा - हां ।

वह युवक जैसे इसी “हां“ के इंतजार में ही बैठा था । पूछा - क्या वह आप ही हैं ?

हां, क्यों ?

अब वह युवक झट से खड़ा हो गया और दादाजी के पैरों में गिर गया ।

बात उतने में ही खत्म नहीं हुई । वह छोटे बच्चों की तरह आलाप ले - लेकर

उच्च स्वर में क्रंदन करने लगा। दादाजी ने अपने दोनों पर समेट लिए। उससे पूछा - अरे को क्या हुआ ? वह युवक वैसे ही आलाप लेकर रोता रहा। मेरेपिता, मेरे पिता, मुझे क्षमा कर दीजिए।मेरा उद्घार कीजिए।

रोना सुनकर घर के अंदर से दादी, मां और नींद से उठकर मेरे पिता बाहर को आ गए। क्या बात है ? चीमा उसके रोने के साथ ताल मिलाकर भौंक रहा था।

दादी मां उस युवक के सामने ही गाल पर हाथ रखकर बैठ गई।कहा - क्यों रे क्या हुआ ?बोलते क्यों नहीं ? किसलिए रो रहा है ? तुम किस घर के बेटे हो ?

इस भरी दुपहरी में ऐसे क्यों रो रहे हो ? उठो। उठो जरा। जाओ और किसी के घर बैठकर रोना। वह तुमको पांच सेर चावल देंगे - आधे नींद से उठकर आए दादा ने चीढ़ते हुए कहा।

युवक ने चारों ओर देखा। घर के सदस्य उसे घेर कर देख रहे थे। अड़ोस-पड़ोस के कुछ लोग भी शामिल हो गए थे। वह थोड़ा शर्मा गया। गमछे से मुंह पोछा।

दादी ने कहा - ले, थोड़ा उखड़ा खा। पहले बता क्या हुआ ? तुम ऐसे हृदय विदारक क्रंदन क्यों कर रहे हो ? तुम्हारा घर कहां है ? कहां से आए हो ? हमारे घर में तुम्हारा क्या काम है ?

"यहां पर आप सबने क्यों नौटंकी चला रखा है ? खाने के बाद थोड़ा आराम कर ले, उसके बाद वह स्वयं कहेगा। सभी अपने-अपने काम में जाओ"। चिढ कर दादाजी ने कहा।

"भात खाने के बाद आई सुखद निद्रा को तोड़ दिया ससुर के नाती ने" - ऐसा कहते हुए दादा गमछा पहनकर बाड़ी की ओर चल दिए। पिताजी ने खेत में जाने से पहले पान मांगा।

उस युवक के बारे में जानने की जिज्ञासा लिये मां और दादी बैठक में ही कान लगाकर खड़े रहे।

हमारे बच्चों का और क्या काम है स्कूल छुट्टी हो जाने के बाद केवल खेल और खेल। मैं वही दादाजी के पास बैठी रही। वह क्या बोलेगा यह जानने के लिए। बेटा तुम्हारा नाम क्या है ?तुम्हारा घर कहां है ?

आलेख, आलेख महापात्र, लक्ष्मण नाथ स्टेशन से २ मील दूर हमारा गांव है। - मुट्ठी भर उखड़ा भरे मुँह से उसने कहा।

"तुम रो क्यों रहे हो ? क्या तुम्हारे घर में कोई बीमार है ? या बाढ़ में तुम्हारे माता-पिता या परिवार के लोग बह गए ?"

"ना।"

"तो फिर क्या तुम्हारा घर जल गया है ?"

"नहीं, पिताजी मैं स्वयं ही अस्वस्थ हूं। मुझे बहुत शारीरिक कष्ट है।"

अब दादाजी ने फटे गमछे को सिलना बंद कर दिया।सुई धागा दीवार की ओर रख दिया। मुझे हुक्का लाने को कहा और अच्छे से बैठ गए।

दादी ने पिताजी के लिए पान बनाकर पूछा - तुम्हारे घर में और कौन-कौन है ? तुम किस जाति के हो तुम ? यू भिखारी की तरह क्यों घूम रहे हो ?

हम तीन भाई हैं।माता-पिता जीवित हैं। मैं सबसे छोटा हूं। हम ब्राह्मण लोग हैं। मेरे दोनों बड़े भाई पूजा पाठ करते हैं। खेती के लिए थोड़ी जमीन भी है। उसे अधिया देते हैं। यजमानी और जो खेती से मिल जाता है, उससे जैसे - तैसे गुजारा हो जाता है।

थोड़ा और उखड़ा खाओगे ? दादी ने पूछा।

११ दिनों से मैंने कुछ भी नहीं खाया।पेट में अन्न का एक दाना नहीं। इतना ही ठीक है। बाद में थोड़ा और खाऊंगा।

"तुम खाते क्यों नहीं ?"

"चंदन ईश्वर पीठ में मैं अधिया (किसी इच्छा पूर्ति के लिये मंदिर में रहने की मान्यता) पड़ा था। मेरे पिता पूजाकर प्रसाद का एक केला, दो बेलपत्र और थोड़ा चरणामृत प्रतिदिन मुझे देते थे। इतना ही मेरा आहार था। कल रात को स्वप्नादेश हुआ। वहां से सीधे रास्ता पूछ - पूछ कर यहां तक चला आया हूं। यहां आकर होश आया।"

"बेटा, तुम अधिया क्यों पड़े हुए थे।"

२ वर्षों से पेट में बहुत कष्ट है। हमारे गांव के आसपास जितने भी वैद्य कविराज है सबसे और दवाई करवाई। सब कुछ खाया। जिसने जो बताया वह माना और सभी इलाज किया भी। भाई जलेश्वर दवाखाना भी में लेकर गए।डॉक्टर ने कहा बालेश्वर ले जाओ। वहां डॉक्टर ने देखकर दवाइयां लिखीं। मल - मूत्र परीक्षण हुआ। दवाइयां खाई। आराम लगना तो दूर की बात, दिन पर दिन कष्ट बढ़ता चला गया। मुझे कटक के बड़े दवा खाना लेकर आए। बड़े-बड़े डॉक्टरों

ने देखा। दवाइयां दी। शरीर के अंदर यंत्र डालकर भी देखा। मुंह के अंदर नली घुसाई। कितने प्रकार की परीक्षण किए गए। सोचा इस बार निश्चित ही ठीक हो जाऊंगा। चार आठ दिन सब ठीक रहा, फिर ज्यों का त्यों। रात दिन एक से हो गए थे। उठ बैठ पाने में भी असक्षम हो गया था। सारी - सारी रात आंखों की पलके बंद ना होती थी। तकिये को पड़कर बिस्तर पर चक्र की तरह घूमता रहता था। कभी-कभी आधे रात को तालाब में कूद कर या एल्ड्रिन खा कर आत्महत्या करने की भी सोचता। मेरी मां बिचारी मेरे पास ही बैठी रहती। कभी पेट में मालिश करती, तो कभी गिली पट्टी लगाती। कभी किसी पेड़ के छाल तो कभी किसी पत्ते को पीसकर पेट में मालिश करती। मेरे सर के पास बैठकर रोती रहती। ईश्वर को पुकार - पुकार कर हैरान हो जाती। उपवास करती।

ऐसा लगता जैसे, आठ- दस चूहे लगातार पेट के अंदर गड्ढे खोद रहे हो। ऐसा लगता था मानो प्राण ही छूट जाएंगे। सांस रुक जाती थी। पूरे दिन झटपट होता रहता। पेट को दबाकर बिस्तर पर पड़ा रहता। २ वर्ष हो गए रात में नींद भर सोया नहीं, ना ही पेट भर खाना खाया। किसी से अच्छे से दो शब्द बात तक नहीं की।

मेरा कष्ट सह पाने में असमर्थ हो मेरी मां ने कहा - एक वस्त्र पहनकर तुम चंद्रनेश्वर चले जाओ और कोई उपाय नहीं है।भगवान के ऊपर सब कुछ छोड़ दो। वहां पर मरने से मारेगा या भोलेनाथ की कृपा रही तो अच्छे हो जाओगे। नहीं तो उसी तालाब में डूब कर अपने प्राण त्याग देना। अब मुझसे तुम्हारा कष्ट देखा नहीं जाता बेटे। मां की बात मानकर मैं एक दिन सुबह सवेरे घर छोड़कर निकल पड़ा बस जो मैंने पहना था और एक गमछा लेकर। शुरू शुरू में बहुत कष्ट हुआ। कष्ट से व्याकुल हो जमीन खोद देता था।

एक-एक दिन कर १० दिन बीत गए। पिछली रात को जैसे किसी ने आकर मेरे कानों में कहा - उठ नहा कर आ। तुम्हारे अच्छे होने का उपाय सामने है।

पैरे से बनाएं बिस्तर पर मैं उठकर बैठ गया। क्या मैं स्वप्न देख रहा था ? मैंने चारों ओर नजरे दौड़ाई।अंधेरे में कहीं कोई भी ना था। मैं ठीक से चल भी नहीं पा रहा था। उठकर खड़ा हो गया। नहाने के लिए तालाब की ओर गया। चारों ओर शांति थी। मात्र पास के वृक्षों से चमगादड़ के फड़फड़ाने की आवाज सुनाई दे रही थी। तालाब के किनारे कुछ समय तक खड़ा रहा।आकाश की ओर देखा। पानी के ऊपर आकाश के तारागण तैर रहे थे। पानी के अंदर गया। थोड़ा अच्छा लगा। शरीर का

थोड़ा कष्ट कम हुआ। देर समय तक पानी के अंदर बैठा रहा। मेरा शरीर वायु की भांति हल्का हो गया। वैसे बैठे-बैठे ही मुझे नींद आ गई। फिर से वही स्वर सुनाई दी।

"मंदिर के पश्चिम दिशा की ओर यात्रा करो। लंगलेश्वर गांव में हाड़ी बंधु राउल का घर है। पूर्व जन्म में वह तुम्हारे पिता थे। एक बार क्रोध वश तुमने उनके पेट में लात मारा था। जो उनके मृत्यु का कारण बना। उस दुष्कर्म का फल तुम्हें इस जन्म में मिल रहा है। उनके पास जाकर उनकी सेवा करो। वह संतुष्ट होकर यदि तुम्हें क्षमा कर दे तो, तुम्हारी बीमारी ठीक हो जाएगी।"

चमक कर मैं पानी से उठ खड़ा हुआ और मंदिर से पश्चिम की ओर चलने लगा। और चलता ही रहा। यहां गांव के पास ही मुझे होश आया। किसी व्यक्ति से आपका पता पूछा। उसने ही आपका घर दिखलाया।

"आहा कितनी बड़ी भूल किया। छोटे - बड़े का ज्ञान नहीं रखा और कर्म फल के अनुसार फल भी भोगा।" - दादी ने कहा।

हुक्का पीते हुए दादाजी दीवार से टिककर बैठ गए।उनकी आंखें बंद थी।वह क्या अपनी बंद आंखों से अपने पूर्वजन्म के बारे में सोच रहे थे ? पूर्व जन्म के अपने इस बदमाश बेटे को खोज रहे थे ?

दादा के बगीचे से लौट आने पर दादी ने कहा - सुना ? तुम्हारे पिता पूर्व जन्म में इस युवक के पिता थे।इस युवक ने क्रोध में आकर अपने पिता के पेट में लात मारी जिसके कारण पूर्व जन्म में उनके प्राण पखेरू हो गए।अब पेट की बीमारी से आक्रांत हो चंद्नेश्वर महादेव पीठ में पड़ा हुआ था। स्वप्न में आदेश हुआ कि लंगलेश्वर गांव को जाओ। अपने पूर्व जन्म के पिता की सेवा करो। वह अगर हृदय से तुम्हें क्षमा कर दे, तो तुम्हारी बीमारी ठीक हो जाएगी।"

नीचे की ओर मुंह कर आलेख नाम के उस २२ - २३ वर्ष के युवक को चाचा ने अपनी तिक्ष्ण दृष्टि से देखा। कहा - अच्छी कहानी गढ़ी है। घूम - घूम कर भीख मांग कर खाओगे तो खाओ। मगर महादेव को इसमें क्यों घसीटते हो ? वह क्या तुम्हारे मित्र हैं ? जरा दिखाना तुम्हारी थैली में क्या-क्या है ? कहां से आए हो पता नहीं ?

आलेख ने अपनी थैली के अंदर हाथ घुसा कर जो भी था सब सामने रख दिया। एक गमछा, आठ - दस दिन पहले का रखें हुआ बेलपत्र के अलावा अंदर कुछ भी ना था। वह रुवासा सा दिखाई दे रहा था।

"कमर में क्या दबाये हुए हो, रुपया या छुरी ?

वह उठकर खड़ा हो गया।छाती तक अपनी बंडी उठाकर कहा - देख लीजिए बाबू मेरे पास कुछ भी नहीं है।"

"अपना पता बताना जरा। हमारे आदमी को बोलकर तुम्हारे बारे में पता लगाऊंगा।" उसने अपने पिता का नाम, गांव, पोस्ट ऑफिस तथा थाने का नाम बताया।

"ठीक है खा तो लिया, अब जाकर कोठार से घास उखाड़ो। मैं दुकान जा रहा हूं। आने से तुम्हारी बात समझी जाएगी। ऐसे भी हमें एक हल चलाने वाले की आवश्यकता है। तुम यही रुकना। चाचा को रोकते हुए दादी ने कहा - "ब्राह्मण का बच्चा है। तुम उसे ऐसा क्यों कह रहे हो ?"

जब धोखा खाओगी तब तुम्हारा मन मानेगा। आजकल जमाना खराब है। तुम कैसे जान पाओगी। समाचार पत्र में कितनी ही बातें रोज छपती हैं।

"तुम अपना समाचार पत्र अपने पास ही रखो। उस समाचार पत्र ने ही इस देश को खा लिया। लोग छल - कपट सीख गए हैं।झूठ बोलने लगे हैं।अब किसी पर विश्वास नहीं रहा। सभी को एक ही नजर से नहीं देखना चाहिए।लोग अच्छी बातें तो सीखेंगे नहीं, खराब बातें ही सीखेंगे। दादा ने चीढ़ते हुए कहा।

शीघ्र ही पूरे गांव में बात फैल गई। गांव के लोग दल बना कर दादा के पूर्व जन्म के पुत्र को देखने आने लगे। कितनी ही बातें पूछते। नील बड़ी मां ने अपने साथ आए युवा पुत्र को संबोधित कर कहा -" पूर्व जन्म में पिता को मारा था।इसलिए इस जन्म में प्रायश्चित कर रहा है। तुम बात - बात पर पिता पर हाथ उठाते हो। जब आत्मा रोती है, तब मनुष्य अभिशाप देता है याद रखना।

गांव के वार्ड मेंबर ने कहा - कहीं यह आदमी डकैतों का गुप्तचर तो नहीं ? पता नहीं खोज - खबर लेने आया हो।"

सभी बातें, आरोप -प्रत्यारोप सुनने के बाद भी आलेख ने कोई प्रतिक्रिया नहीं दी।

शाम तक लोगों की भीड़ लगी रही। नाना प्रकार के लोग, नाना प्रकार की बातें कहते रहे।

शाम को आलेख ने दादी से तेल मांगा। दादी ने सोचा इतनी दूर चल कर आया है शायद अपने पैर में लगाने के लिए मांग रहा हो। चलते-चलते थक गया होगा।

दादी से तेल लेकर आलेख दादा के पास गए गया और उनके पैरों की मालिश करने बैठ गया।

"अरे ….अरे…. तुम ब्राह्मण बालक हो यह क्या कर रहे हो। मैं किसान हूं। मुझे पाप लगेगा बेटे। मेरे बारे में इतना सोच वही बहुत है। मैंने तुम्हें क्षमा दान दिया। कल सुबह अपने घर को लौट जाओ।तुम्हारे माता-पिता तुम्हारी प्रतीक्षा में बैठे होंगे।

इतनी बातें मुझे समझ नहीं आती।मुझे ईश्वर ने जो आदेश दिया है वही मेरा कर्तव्य है। आप आयु में मुझसे बड़े हैं। मेरे गुरुजन है। मैं आपके बेटे सामान हूं। मैं जाति-पाती नहीं मानता। बीमारी जाति देखकर नहीं आती।यह २ वर्ष मैं कैसे बिताई हैं, वह मैं ही जानता हूं या मेरी मां जानती है। कम से कम वही सोचकर मुझ पर दया कीजिए।"

दादाजी ने उससे और कुछ नहीं कहा - आलेख ने शाम को पद सेवा की। रात को दादाजी जैसे खाकर उठे वह जाकर उसी झूठी थाली में बैठकर खाना खाया। सुबह नित्य कर्म खत्म कर समाप्त कर दादाजी के साथ खेत गया। दोपहर को जब भोजन करने आया तब दादा जी के झूठे थाली धोने बैठ गया।

एक दिन, दो दिन, तीन, चार करते-करते ८ दिन बीत गए। बीच-बीच में दादाजी उसे घर को लौटाने को कहते। मगर वह उस ओर ध्यान ही नहीं देता था। दादाजी को हुक्का बनाकर देता। सुबह दातुन, पानी और लोटा भर पानी रखता। दादाजी के नहा लेने पर उनके कपड़े धोता, बिस्तर बिछाता और पैर दबाता। दादाजी को यह सब अच्छा नहीं लगता था। शायद यह सब करने से उसका कष्ट दूर हो जाए सोचकर कुछ नहीं कहते।

चाचा जी के मजाक, गांव के लोगों का संदेह सब कुछ दरकिनार कर वह अपना काम करता जाता। शाम होते ही हम सभी बच्चे उसे घेर कर कहानी सुनने बैठ जाते। शिव मंदिर में उसने कैसे अकेले रातें काटी। भूत-प्रेत इत्यादि उसने देखे या नहीं। शिव महाप्रभु देखने में कैसे हैं? क्या उनके गले में सच में सांप रहता है? जैसा हमने चित्र में देखा है, क्या वह वैसे ही दिखते हैं?

इत्यादि प्रश्न हम उनसे पूछते।कितनी तरह की बातें वह कहताहमारा समयआनंदपूर्वक बीत जाताहम उसे आलेख भाई का कर पुकारते थे।

रात खत्म होते ही वे अपने गांव को चले जाएंगे। हम सभी बहुत दुखी थे।

दादी ने मंडा पिठा (एक प्रकार का पकवान) तैयार किया। तालाब से बड़ी मछली पकड़ी गई।पिताजी ने आलेख भाई के लिए नयी धोती और बनियान लाया।दादाजी ने आशीर्वाद दिया साथ ही ? १० का एक नोट उनके हाथ मेंपकड़ा दिया। हमारे चाचा जी थोड़े नाराज से हुए।

"बेटे मैं पूर्व जन्म की बातें नहीं जानता मगर इस जन्म में मैंने तुम्हें अपना बेटा माना। इस घर के दरवाजे तुम्हारे लिए हमेशा खुले हैंतुम्हारा जब मन हो तब चले आना दादाजी ने कहा।

शाम का समय हम बच्चे खेल रहे थेआलेख भाईपौधों को पानी दे रहा थाहमारे दरवाजे परएक बैलगाड़ी आकर रुकी।हमारी बड़ी बुआआई थीभूतपूर्व जमींदार घराने मेंकीबहु होने के नाते वह कभी पालकी में तो कभी बैलगाड़ी में घर आई।

"बुआ आ गई।" यह कहते हुए हम सब बच्चे खेल छोड़कर उनकी ओर दौड़े। साफ सुथरा धोती कुर्ता पहन एक भद्र पुरुष बैलगाड़ी से उतरे। उनके पीछे-पीछे आई एक अत्यधिक सुंदर स्त्री, नाक में पत्थरों जड़ी नथनी, हाथ में कंगन, बाजूबंद, वटफल, गले में सोने की चंपा कड़ी, गले में लंबा हार, कमर में करधन पहने हुए। अपरिचित लोगों को देखकर हम थोड़ा किनारे हो गए। गाड़ी वान ने बहुत सी चीजें उठाकर हमारे बरामदे में रख दी। आलेख भाई ने उनके चरण स्पर्श किए। बरामदे में चटाई बिछाकर उनके बैठने की व्यवस्था कर दी गई।

मुझसे कहा -"चंडी, भीतर जाकर अपने पिता को बुलाना जरा। कहना मेहमान आए हैं।"

घर के अंदर दौड़कर गई और दादा जी से कहा - "चलो देखना कोई दो मेहमान आए हुए हैं। बाप रे बाप ! बहुत बड़े लोग हैं। बैलगाड़ी में भर - भर कर चीज लाये हैं।

दादाजी लालटेन पड़कर बरामदे में आए और पलंग के ऊपर लालटेन रख दिया।

"अरे पानी भर लोटा लाना, पीढ़ा और गमछा लाओ। घर में मेहमान आ गए। चंडी ! बहु को घर के अंदर ले जाओ पैर धुलवा देना।

मैं उन सुंदर स्त्री को रास्ते के किनारे-किनारे घर के अंदर ले गई। पैर धुलवाना, शरबत दिया। तभी वहाँ चाचा जी आ गए।घर में मेहमान आए हैं ऐसा सुनकर गांव के भागवत घर से पिताजी भी लौट आए। पिता जी, दादा से और चाचा,

दादी से पूछ रहे थे। मां चाची को अलग ले जाकर पूछ रही थी - तेरे मायके तरफ के कोई रिश्तेदार होंगे। अच्छे से पहचानो।

दादा ने कहा -मेरी आंखें कमजोर है मुझे तो अच्छे से दिखता नहीं है। ध्यान से देखो तो कहीं छोटे बेटे के मामा ससुर तो नहीं ?

हो सकता है किसी दूसरे का घर समझकर भूल से हमारे घर आ गए हो। लेकिन कोई पूछने का साहस नहीं कर रहा था। कहीं अतिथि का मन दुख इतना हो जाए।

लेकिन घर में अतिथि सत्कार के सारे सरंजाम बड़े घूमधाम से हो रहे थे। पेट्रोमैक्स लाइट जलाए गए। एक तो आलेख भाई के विदाई के उपलक्ष्य में पकवान बनाए गए थे। साथ ही साथ इन विशिष्ठ लोगों के सत्कार में भी विभिन्न प्रकार के पकवान बना जा रहे थे।

बरामदे में बातचीत का पिटारा खुल गया था। फसल की बात, फसल काटने की बात, जलवायु से लेकर देश दुनिया में होने वाली विभिन्न घटनाओं तक सभी प्रकार के मुद्दे पर आलोचना हो रही थी।

ठीक उसी समय अलेख भाई को बुलाया गया।

आलोक किधर गया ? - दादा ने पूछा

आलेख किधर गया ? - पिताजी ने पूछा।

अलेख और कहां जाएगा, बच्चों को कहानी सुना रहा होगा।

अलेख को पुकारा गया।

अलेख कहां है ? किसी ने कहा - अभी यहां था। किसी ने कहा - खेत की तरफ गया।

अलेख कहां है ? मेहमानों ने भी खोजा अलेख कहां है ?

चाचा जी ने कहा - मैंने कहा था ना मौका और सुविधा देखकर वह आप लोगों को धोखा देगा। मैं सब जानता हूं। उस लड़के को देखने से ही पता चलता था।

अब संभालो। उसका चेहरा देखने से ही पता चलता था।

दादाजी ने जोर से कहा - "क्या कह रहा था यह ? तुम्हारे मुंह से क्या कभी कोई अच्छी बात नहीं निकलती। सभी पर अविश्वास, सभी खराब है, सभी डकैत हैं, यह सब कैसी बात है ? अरे ! विश्वास है तभी तो यह पृथ्वी चल रही है। दिन - रात

हो रहे हैं। तुमने मनुष्य को कितना पहचाना है ? कौन जानता है कि कहीं वह अलेख ही स्वयं शिव हो ? कैसा जमाना आया है क्या पता ? सभी पर अविश्वास, संदेश।"

घर आए अतिथि खड़े हो गए। चिंतित होकर उन्होंने कहा - "बच्चा किधर चला गया ?"

"आप क्यों चिंतित हो रहे हैं ? कृपया आप बैठिए।वह कुछ देर में ही आ जाएगा।" - पिताजी ने कहा।

"चिंतित ना होउं ? २० - २१ दिन का समय कैसे बीता है हम ही जानते हैं।उसकी मां की बात ना कहूं तो ही अच्छा।"

"आप ?"

"मैं अलेख का पिता" विनम्र भाव से उन्होंने कहा।

"आप आलेख के पिता है ?" चाचा जी ने आश्चर्य होकर प्रश्न किया।

"ईश्वर की दया से वह स्वस्थ हुआ है और इस पते पर है कर के अलेख ने हमें चिट्ठी लिखी थी। बच्चे ही तो हमारे सब कुछ है। उनके सुख से हम सुखी।"

उसी समय कोठार से अलेख भाई निकल कर आए। उनके पीछे-पीछे हमारा कुत्ता चीमा था। दादाजी ने कहा -" अलेख इधर आओ।

नीचे मुंह लटकाकर खड़े अलेख से दादाजी ने व्यंग कसते हुये कहा - "क्यों धनी ब्राह्मण के दरिद्र संतान। यजमानी कर, खेत अधिया देकर जो मिलता है उससे दुख - कष्ट से परिवार चलता है। झूठा कहीं का। पिता के सामने झूठ बोलता है।

उस समय मेरा झूठ बोलना क्या जरूरी नहीं था पिताजी ? दादा जी ने उसे स्नेह भरी नजरों से देखा और हंस दिए।

यद्यपि वर्तमान में आलेख भाई बूढ़े हो चुके हैं तथापि हमारे घर के साथ उनका संपर्क बूढ़ा नहीं हुआ है।

विघटन

खुर्दा से स्थानांतरण हो श्री सत्य साइ महिला महाविद्यालय आने की कहानी खूब लंबी है। एक तरफ सरकार और दूसरी तरफ महाविद्यालय ट्रस्ट एवं बीच में मैं। इस अनुष्ठान में किसी भी कर्मचारी का पहले स्थानांतरण नहीं हुआ था। सरकार के आनन-फानन में लागू हुए, इस स्थानांतरण नीति को वे सहज में ग्रहण नहीं कर पा रहे थे। अत: मैंने उसमें भाग न लेकर, प्राय ३ महीने की छुट्टी लेकर घर बैठ गई। ट्रस्ट के सदस्य गण की धारणा थी कि बाहर से आए हुए अध्यापक - अध्यापिका हो सकता है, श्री सत्य साइ बाबा के दर्शन, मनाविय मूल्यों, शिक्षा प्रणाली इत्यादि का अनुकरण न करें। जिससे अनुष्ठान में विभिन्न प्रकार के मतभेद होने की संभावना हो सकती है।

जिनके स्थान पर मेरा स्थानांतरण हुआ था, वह मेरी पारिवारिक मित्र राधा रानी महापात्र थी। उनके साथ मेरा दीर्घकालीन संपर्क था। ट्रस्ट के सदस्य मेरा योगदान ग्रहण कर उनका स्थानांतरण करने के लिए बिल्कुल भी तैयार नहीं थे। बात इतनी पढ़ी की सरकार द्वारा अनुष्ठान को दिए गए सरकारी अनुदान बंद कर देने की चेतावनी दी गई।

सरकार और ट्रस्टके लड़ाई के बीच हम दोनों पीस गए। अंत में डी.पी. आई. के निर्देश को मान हम दोनों ने म्युचुअल स्थानांतरण के लिए निवेदन किया। ६ तारीख दिसंबर १ ९ ९ ३ को वो अपने शहर भद्रक चली गयी और मैंने उनके स्थान पर कार्यभार संभाला।

कॉलेज प्रवेश के साथ ही उनके इच्छा विरुद्ध, मेरी स्थानांतरण नीति के सफल हो जाने के कारण वहां के कर्मचारियों ने मुझे स्वाभाविक रूप से ग्रहण नहीं किया। मेरे कारण उनके प्रिय सहकर्मी का स्थानांतरण अन्यत्र कहीं हो गया था, इसलिए वह मुझसे थोड़ेनाराज थे। मैं उनसे पूरी तरह अलग-थलग हो गई। जैसे कोई

विदेशी प्राणी रास्ता भूल कर उनकी तरफ आ गया हो। वह समझ चुके थे कि अब बदली स्थानांतरण निश्चित है। भुवनेश्वर छोड़कर उन्हें अन्यत्र कहीं जाना ही पड़ेगा। उनके बीच विदेशियों की तरह रहने के लिए मैं मजबूर थी। कक्षाएं ना होने पर मैं वहां के उद्यान में अकेलेअकेले ही घूमती फिरती थी। वृक्ष के नीचे बैठ अपना समय बिताती। शिक्षा अनुष्ठान के कैंपस के भीतर बहुत से कृष्णा चूड़ा राधा चूड़ा (गुलमोहर के प्रजाति के वृक्ष) आम जामुन इत्यादि के वृक्ष थे। जब मैंने पदभार संभाला था उस समय शीत ऋतु था, अत: अवसर पाने पर मैं बाहर आती और आधे धूप और आधे छांव में बैठकर धूप सेंकती थी। सुबह ७:०० बजे कॉलेज लगता था।

अनुष्ठान के प्रवेश द्वार के दोनों ओर विभिन्न प्रकार के पेड़ वृक्ष लगे हुए थे। उन्हें वृक्षों के बीच-बीच में कृष्ण चूड़ा (गुलमोहर) और राधा चूड़ा के वृक्ष भी थे। उद्यान में घुसते ही उसके चारदिवारी के पास ही एक गुलमोहर का पेड़ था। जिसके नीचे प्राय: मैं खड़ी होती। पता नहीं क्यों मेरा मन इस वृक्ष की ओर विशेष आकर्षित होता। एक अपनापन सा अनुभव होता। इस वृक्ष की शाखाएं - प्रशाखाएं फैली हुई और घनी थी जिससे इसकी छाया बहुत गहरी पड़ती और छत का अनुभव देती। इसकी छोटी-छोटी पत्तियां गहरे हरे रंग की और सुंदर थी। इसके नीचे खड़े होने पर इसकी शाखाएं आसानी से पकड़ी जा सकती थी। पहली नजर में ही पता नहीं क्यों मेरा मन में इस वृक्ष के प्रति अधिक आकर्षित था। वृक्ष के प्रति एक अजब अपनापन सा अनुभव किया। जब शिक्षक कक्ष में मुझे बेचैनी सी होती, मैं इस वृक्ष के नीचे आ बैठी। कुछ देर उस वृक्ष के नीचे बैठ जाने पर मेरी सारी अशांति, सारे कष्ट दूर हो जाते थे। उसकी शाखाओं और पत्तों के स्पर्श से ही मेरे अंदर एक संगीत सा बज उठता था। मुझे ऐसा लगता था जैसे वह मेरे साथ चुप-चुप कर हंस रहा है, मेरे कानों में फुसफुसाकर बातें कर रहा है।

उसके पत्तों की सरसराहट की सुमधुर ध्वनी से ऐसा प्रतित होता जैसे वह प्रेम भरी तिरछी निगाहों से मुझे देख मेरे लिये हिन्दी फिल्म का यह गीत गुनगुना रहा हो -

गुलमोहर गर तुम्हारा नाम होता.......

उसकी छोटी-छोटी और घनी पत्तियों के बीच से गिरती नर्म धूप की किरणें जब मुझ पर पड़ती तब मेरे सारे देह पर धूप और छांव मिलकर एक सुंदर अल्पना की सृष्टि करते।

शीत ऋतु समाप्त होने को थी। उसकी छोटी-छोटी पत्तियां झड़कर पतझड़ के आगमन का संदेश दे रही थी। ऐसा लग रहा था मानो वह पत्रों के वस्त्र -आभूषण उतार फाल्गुन महीने के नरम धूप का मजा ले रहा हो। क्रमश: समय व्यतीत हो रहा था। महाविद्यालय के दृश्यों का वह चुपचाप खड़ा हो निरीक्षण करता रहता। अपने - अपने घोसलों में लौटते पक्षियों के कोलाहल के बीच उसकी शामें बितती और रातें, चांद - तारों के साथ बातें करते कटती। रात में टिप - टिप कर ओस की ठंडी-ठंडी बुंदे उसके नग्न देह पर पड़ती। वह उस ठंडी ओस के सिहरन से सिहर उठता था। पास ही खडे आम पेड़ की घनी शाखाओं के बीच से कोयल के कुकने मात्र से वह समझ जाता कि ऋतुओं के राजा वसंत का आगमन हो गया। अब ऋतुराज बसंत के स्वागत में फूलों के उत्सव मनाए जाएंगे। उसके नस-नस में मीठा सा दर्द अनुभव होगा। उनके स्वागत में झिलमिल रोशनी से उसकी नग्न शाखाओं - प्रशाखाओं को सजाने निकल आएंगे असंख्य कलियों के गुच्छे और साथ ही छोटे-छोटे कोमल पत्तियों के साज। यह देख वह आश्चर्यचकित हो जाएगा और देह पर दक्षिण पवन के स्पर्श से चमक पड़ेगा।

उसके बाद....

उसके बाद फूल और सिर्फ फूल। पूरा पेड़ लद जाता था सूर्खलाल फूलों के गुच्छों से। अनन्य मनमोहक दिखाई देता था, मेरा वह गुलमोहर का पेड़। अपने खाली समय में मैं उसके छांव में अपना समय व्यतीत करती। हाथ बढ़ाकर उसकी फूलों भरी डालियों को स्पर्श करती। यदि मेरे बारे में कोई पूछता तो सहकर्मी कहते - कृष्णाचूड़ा पेड़ के तले देखिये। केवल कृष्ण चूड़ा वृक्ष ही मुझे प्रिय है ऐसी बात नहीं। बचपन से ही मुझे प्रकृति अपनी और आकृष्ट करती है। अपनी दादी मां से मैंने पेड़ पौधोंके विषय में अनेक कथा कहानियां सुनी है। किस पेड़ ने किस समय, किसके लिए गवाही दि है, या किस अभिशापित देवता ने पृथ्वी पर किस वृक्ष रूप मेंजन्म लिया है इत्यादि कहानियाँ। मृत्यु के बाद मनुष्य किसी के काम नहीं आता, मगर एकमात्र वृक्ष ही है जिसके प्रत्येक अंग मृत्यु के बाद भी मानव मात्र के काम में आते हैं।

हमारे गांव के बाहर एक बरगद का पेड़ था। बचपन से ही उस पेड़ ने मुझे खूब आकर्षित किया था। आपको मेरी अनेक कहानियों और उपन्यासों में उस बरगद के पेड़ का वर्णन मिल जायेगा। हमारे बगीचे में नाना प्रकार के पेड़ पौधे थे। उन

वृक्षों में से एक आम का वृक्ष मुझे अति प्रिय था। उस वृक्ष के नीचे बैठकर काम करने में मुझे बहुत आनंद आता था। वृक्ष हरा - भरा और सुंदर था। कभी-कभी मेरा मन कहता कि वह एक श्राप ग्रस्त देवता है। उसकी शाखाओं और पत्तों के स्पर्श करने से मेरा मन भाव विभोर हो नाच उठता था। उसके पत्तों से अद्भुत सुगंध आती थी। उसमें फले आम की तो क्या ही बात। यदि मैंने अमृत चखा होता तो उसकी तुलना इस आम से कर सकती थी। उसकी छांव में ही बैठकर मैं पढ़ाई करती। खाट डालकर उसमें सोई रहती। पूरी गर्मीयों की छुट्टियां उसके ही नीचे बीतती। भाइयों के बंटवारे में वह बीच में आया। बहुत दिनों तक वह वैसा ही दोनो भाइयों के बिच में खड़ा रहा। परंतु समय के साथ बढ़ते विवाद का शिकार हो उसे चाचा जी की कुल्हाड़ी के चोट से अपने प्राणों की बलि देनी पड़ी। आह ! यदि वृक्ष बात करना जानते ? यदि वे दौड़ सकते ? उतना ही नहीं कर पाते, इसलिए दारू ब्रह्म होकर रह जाते है। वृक्षों को लेकर मेरी सोच अद्भुत रही है।

मैं जिस अनुष्ठान में कार्य करती थी वहीं संस्कृत विभाग में कार्यरत सुनामधन्या महिला डॉक्टर शांति त्रिपाठी भी कार्यरत थी। सभ्रांत, ज्ञानी और प्रज्ञावान महिला। चुकी मैं लिखती थी अत: वह मुझसे प्रभावित थी। कभी-कभी मेरी कहानियों पर अपना मत भी रखती थी। पहली बार प्रकाशित अपनी पुस्तक मैंने उन्हें उपहार स्वरूप दी। उस पुस्तक में संकलित कुछ कहानियों में मैंने वृक्ष लताओं का वर्णन किया था। विशेष कर गुलमोहर वृक्ष का नाम बार-बार उल्लेख किया था। मेरी पुस्तक उन्होंने स्वयं तो पढ़ा ही, बाद में अपने पतिदेव श्री रवि त्रिपाठी को भी पढ़ने को दिया। पुस्तक पढ़कर श्री त्रिपाठी ने मुझे एक लंबा पत्र लिखा। उसमें उन्होंने एक वाक्य लिखा था - "रश्मि तुम पिछले जन्म में पेड़ थी। गुलमोहर का पेड़। मैं उनके इस वाक्य से अभिभूत हो गई।

बल्कि मैं स्वयं भी कभी-कभी यह अनुभव करती थी कि पिछले जन्म में मैं जरूर वृक्ष रही होंगी। प्रतिदिन कॉलेज में प्रवेश करते समय गुलमोहर के पेड़ को तिरछी निगाहों से देखती और मन ही मन उससे पूछती कैसे हो ? आज तो बड़े सुंदर लग रहे हो ? दो कालखंड के बाद तुमसे मिलना होगा।

थोड़े समय के लिए ही सही लेकिन मैं प्रतिदिन उसके पास आकर खड़ी होती थी। उसके तने को सराह देती। उसकी शाखाओं को झुकाकर चुंबन देती। ऐसा लगता जैसे मेरा स्नेह वह ग्रहण कर रहा है।

वर्ष पर वर्ष बीतते जा रहे थे। वह धीरे-धीरे बड़ा हो रहा था। अधिक और अधिक घना होता जा रहा था। उसका शरीर पुस्ट हो रहा था। एक वृक्ष अधिकतम जितना अपूर्व हो सकता था, वैसा ही था वह मेरी आंखों में।

फिर से दिसंबर का महीना आ रहा था। एक साथ एक के बाद एक दो कालखंड होते थे मेरे। आधे धूप और आधे छांव में बैठकर पुस्तक पढ़ रही थी। मेरे एक सहकर्मी, आकर मेरे पास बैठ गये। धूप तापते हुए उन्होंने ऊपर की ओर देखा और कहा - अरे वाह ! पिपली के रंगीन छतरी के नीचे बैठने जैसा मालूम हो रहा है। अगर फूल खिले होते तो और भी अच्छा लगता। मगर इस पेड़ पर तो वर्ष में सिर्फ एक बार ही फूल लगते हैं, अप्रैल के महीने में।

कुछ समय मेरे पास बैठकर वह चले गए। उनकी बातें सुनकर पता नहीं क्यों मेरे मन में एक अद्भुत इच्छा ने जन्म लिया। मन ही मन मैंने उस गुलमोहर के पेड़ से कहा - १ दिसंबर को क्या तुम मुझे एक गुच्छा फूल उपहार में दे सकते हो। क्योंकि मेरे इस सहकर्मी की बातों को मैं झूठ प्रमाणित करना चाहती हूं। उसके बाद वृक्ष से की गई है यह बात मैं भूल गई। इसके बाद लगभग सात - आठ दिनों के लिये मैंने किसी व्यक्तिगत काम से छुट्टी ली। छुट्टी से लौट कर फिर से काम पर लग गई। मेरी कक्षाएं खत्म होने पर मैं उस गुलमोहर के पेड़ के नीचे गई। उसके तने से टिक कर बैठ गई। पुस्तक खोलकर पढ़ने बैठी ही थी कि अचानक एक सुर्ख लाल रंग का फूल खुले हुए पृष्ठ पर आ गिरा। उसे उठा कर देखा। स्तब्ध हो गई। संपूर्ण पत्र विहीन शाखा जिस पर था कुछ खिले और कुछ अध खिले कलियों को अपने में समेटे एक बड़े फूलों का गुच्छा। हवा के झोंकों से मंद - मंद झुलता वह शाख मेरी ओर झुक आया। जैसे मैं अपने हाथ बढ़ाकर उसे छू सकूं। मैं रोमांचित हो उठी। मेरे समग्र शरीर में एक सिहरन सी हुई। एक विमुक्त विभोरता ने मुझे पिघला दिया था। मैंने उस फूल के गुच्छे को स्पर्श किया। अकस्मात ही मेरी आंखों से अश्रु धाराएं प्रवाहित होने लगी। उसे सराह कर कहा - आहा ! मेरे लिए तुमने इतना कष्ट किया। वह भी इस ठंड के दिनों में ? मैं तुम्हारी कृतज्ञ हुई।

दुख और आनंद का एक मिश्रण लिए मैं कॉमन रूम को गई। उन अध्यापिका को बुलाया और कहा मैडम आइये मैं आपको एक अपूर्व दृश्य दिखलाती हूं। मेरे पीछे-पीछे उस अद्भुत चीज को देखने वे बाहर को आई। उनके साथ और भी एक दो शिक्षक साथ आए। गुलमोहर के पेड़ के नीचे जाकर मैंने कहा देखिए आप बोल रही

थी न केवल अप्रैल में महीने में ही गुलमोहर का फूल खिलता है, देखिए इस दिसंबर की ठिठुराती ठंड में भी कैसे इस वृक्ष पर फूल खिले हैं। उन्होंने मेरे चेहरे को देखकर मुस्कुराते हुए कहा - "अरे मैंने सोचा आप कुछ आश्चर्यचकित कर देने वाली चीज दिखलाने के लिए बुला रही हो। मैंने सहज भाव से कहा - दिसंबर के महीने में गुलमोहर का खिलना क्या आश्चर्य की बात नहीं? और एक सहकर्मी ने ठहाके लगाकर हंसते हुए कहा - श्रृतु क्रम विघटित होने के कारण केवल गुलमोहर फूल ही क्यों और भी बहुत सारी घटनाएं हो रही हैं। गुलमोहर ही क्यों? असमय ही कितने प्रकार के फूल खिल रहे हैं। आप सभी मौसमों में गेंदे का फूल देखी है कि नहीं? जबकि बचपन में केवल मार्गशिर के महीने में ही गेंदें का फूल खिलता था। केवल शीत ऋतु में फलने वाले टमाटर, बैंगन गोभी साल भर हम खाते हैं कि नहीं?

मुझे तिरछी निगाहों से देखते हुए वह शिक्षिका शिक्षक कक्ष की ओर चली गई। उनके पीछे-पीछे जो दूसरे आए थे वह भी चले। मैं समझ गई इसके बाद एक आलोचना होगी और जोर के हंसी से फट पड़ेगा वह शिक्षक कक्ष। मुझे और मेरे गुलमोहर के फूल को लेकर कितनी ही कहानियां गढ़ी जाएंगी। गुलमोहर का वह पेड़ वैसा ही सीधा खड़ा था आकाश को निहारता। वर्षा, बसंत, वैसाख ऋतुएं आती और जाती रही। उसने मुझे अपने प्रेम में बांध रखा था और मैं उसे देखकर आनंदित रहती थी।

सन् १९९९ के महा तूफान में भुवनेश्वर के असंख्य वृक्ष धराशाई हो गए थे। हमारे महाविद्यालय के चार दिवारी के अंदर के ७०३ वृक्ष जड़ सहित उखड़ गए थे। जिसमें मेरा प्यार गुलमोहर का वह पेड़ भी था।

मैं अनेक दिन उस खाली स्थान पर खड़ी हो अपने प्यारे गुलमोहर से प्रार्थना करती कि अगर पूर्व जन्म होता है तो तुम पुन: वृक्ष होकर ही जन्म लेना, किंतु मनुष्य जन्म ना लेना।

महा तूफान के बाद हरा भरा भुवनेश्वर बिना वृक्षों के खुला - खुला, उजाड, श्री विहिन सा लगने लगा। घने पेड़ों से घिरा घर उजड़ा सा दिखने लगा। हमारे अपार्टमेंट के चारों ओर के कुछ वृक्ष उखड़ गए थे तो कुछ आधे टूटे हुए पड़े थे। उसी समय सामने एक खाली जगह देख मैंने कदंब का एक छोटा पौधा रोप दिया था।

प्रति दिन घर से निकलते समय मैं उस पौधे के पास थोड़ी देर खड़ी होती। उसके छोटे-छोटे पत्तों को सहलाते हुये कहती - "जल्दी-जल्दी बड़े हो जाओ।"

रास्ते किनारे का पेड़ कभी कोई उसकी डाली यूं ही तोड़ देता, तो कभी गाय - बकरी उसके पत्तों को चर जाते। एक दिन आदमी लगाकर मैंने उसको चारों ओर से घेर दिया। एक वर्ष के अंदर ही वह बड़ा होकर घेरे के बाहर झांकने लगा। २ वर्षों में तो उसकी शाखा प्रशाखा निकलने लगी। उसकी शाखाएं झूम - झूम कर अपने अस्तित्व को प्रमाणित करती जैसे मुझसे कह रही हो" देखो मैं बड़ा हो गया हूं।"

देखते ही देखते तीन वर्षों में वह एक अल्हड़ युवती की तरह दिखने लगी। सुंदर और मनोहर। ४ वर्षों मेंपहली बार वह पुष्पवती हुई। मात्र ८ -१० फूल ही हुए मगर कल्पनातीत भाव से खूब बड़े और सुगंधित।मेरी नजरमें हुए फूल असाधारण थेइस कदम के पेड़ के साथ मेरा अपना पन बढ़ने लगा। बाहर आते -जाते उसे बड़े ध्यान से देखती और उससे बातें करती। उसके नीचे बैठकर पढ़ने का सुयोग न था। जिस समाज में मैं रह रही थी वहां रास्ते किनारे लगे पेड़ तले बैठने से लोग मुझे पागल सोचते।

शायद जनवरी महीने का प्रथम सप्ताह था। पारदीप फास्फेट के डायरेक्टर श्री पितवास रावत राय जी ने फोन किया - आपको कैलेंडर देना है। कृपया आप अपने घर का पता बताएं। पहले भी इन महाशय के अनेक लेख पत्र - पत्रिकाओं में मैंने पढ़ा था। फोटो देखा था मगर व्यक्तिगत रूप से परिचय ना था। क्योंकि मैं घर पर नहीं थी, वे वॉचमैन को कैलेंडर दे कर चलें गये।

व्यवहार बस मैंने उन्हें अपने तरफ से फोनबताया कि कैलेंडर मुझे प्राप्त हो गया है। और कुछ बातें की। साहित्य के विषय में कुछ साधारण आलोचना किया।

दो दिनों के बाद उन्होंने अपने द्वारा संपादित दो पुस्तकअनुभव रे श्री जगन्नाथऔर अनुभूति रे श्री जगन्नाथमेरे पास भेजोदोनोंपुस्तक पकड़ मेंखुश हुई।कुछ दिनों बादअपने द्वारा लिखित और प्रकाशित दो पुस्तकें उन्होंने मेरे पास भेजा।

मैंने उन्हें देखा नहीं था। सोचा एक बार जाकर उनसे मिल आऊं। मेरे कॉलेज जाने के रास्ते में था उनका कार्यालय। मेरे द्वारा प्रकाशित पुस्तक तो निश्चय ही दूंगी मगर साथ ही कुछ और देने से अच्छा लगता।फूल दुकान से फूलों का एक गुलदस्ता ले जाऊंगी। पुस्तक और फूलों का गुलदस्ता लेकर, जब उन्हें फोन किया तो पता चला वे उड़ीसा से बाहर गए हुए हैं। उनसे मुलाकात संभव नहीं।

फिर कुछ दिन बीत गए। फरवरी महीना प्रायः समाप्ति की ओर था।"अंतरंग श्री जगन्नाथ" पुस्तक के लिए कुछ लिखकर देने के लिए श्री पितवास जी नेअनुरोध

कर मुझे फोन किया। ठीक उसी समय मैं अपने अपार्टमेंट के नीचे उस कंदब पेड़ के नीचे कार से उतर रही थी। वहां उतरकर और भी कुछ बातें की। मैंने उनसे कहा - अगले सप्ताह अगर वह उड़ीसा में हो तो मेरी उनसे निश्चित ही मुलाकात होगी।

मैंने उसके शाखों और पत्तों को देखा। थोड़ा हंसकर मन ही मन कहा - तुम कितने बड़े हो गए !अब तो तुम्हें देखने के लिए गर्दन पीछे की ओर झुकानी पड़ती है। ऐसे ही बढ़ते रहो। अपना सर स्वाभिमान से उठा आकाश की ओर बढ़ते बढ़ते रहो।

अचानक मेरे मन में पहले की तरह ही एक इच्छा जागृत हुई। मैंने बिना कुछ सोचे कॉलेज के गुलमोहर पेड़ से कही गई बातें दोहराई - तुम मुझे दो फूल दोगे, एक भले मानस को देना है।

इस बात पर स्वयं विश्वास करते हुए अपने आप को रोका। यह तो ग्रीष्म ऋतु है और मैं कंदब फूल की आशा कर रही हूं। जुलाई में कंदब में फूल खिलते है।उसमें तो अभी बहुत देर है।

चार-पांच दिन के बादमैं निश्चित किया कि आज कॉलेज से लौटते समय मैं श्री पित्त वास बाबू सेनिश्चित ही मिलेगीमैं नीचे गई। ड्राइवर ने कदंब पेड़ के नीचे गाड़ी रखा था। प्रतिदिन गाड़ी में बैठने के पहले मैं कदंब के पेड़ को देखती और कहती - ठीक है आती हूं।

उसके बाद गाड़ी का दरवाजा खोल उसमें बैठ जाती।

मैं पेड़ को देखा। मार्च महीने के सुबह का नरम धूप उसके पत्तों पर पड़ने से पत्ते झिलमिला रहे थे।उसके सबसे नीचे की दाल चार दिवारी के ऊपर झुक गई थीक्या हुआकिसी नेदीवार पर चढ़करउसकी डालियोंको खींच दिया क्याध्यान से देखाउसके पत्तों के बीच तीन सुंदर फूल हंस-हंसकरमुझे इशारे कर रहे थे।

मैंने मुझे विश्वास नहीं हो रहा थाफिर से एक बार ध्यान से देखाकहीं यहपीले पत्ते तो नहींनिश्चित निश्चित हुईऔर खुशी से भाव विभोर हो गईगदगद होकर कहा मेरे लिएमेरा गला रूड गयाऐसा लगा जैसे पेड़ नेसर हालत हिला करमुझसे कहा - "एक भले मानस के लिए।"

दीवार पर चढ़कर पत्तों सहित उन तीन फूलों को तोड़ने के लिए ड्राइवर को निर्देश दिया।

उस दिन उन तीन फूलों को लेकर श्री पीत वास राउत राय को दिया। उन्होंने उन कदंब के फूलों को श्री जगन्नाथ के पास चढ़ा दिया। इस मार्च महीने की गर्मी में

कदंब के फूल ! वर्षा के दिनों में फूलने वाला कदंब का यह फूल गर्मी के दिनों में ? आश्चर्यचकित होकर उन्होंने अपने सहकर्मियों को बुलाकर वह फूल दिखलाया और खूब प्रसन्न हुए। मैंने उन्हें अपने फूलों की कहानी सुनाई। उनकी आंखें भर आईं।

शाखा - प्रशाखाओं से भरपूर वह कदंब का पेड़ अभी भी मेरे घर के सामने विद्यमान है। वर्षा के दिनों में वह फूलों से लद जाता है। मार्च की धूं - धूं करती गर्मी में उसने बस वही तीन फूल दिए। आप इसे असंतुलित श्रृतुक्रम का विघटन कह सकते हैं अथवा कुछ और।

नवजीवन

सन १९९३, जुलाई का महीना।

रविवार सुबह ९:०० बजे। बादल से आच्छादित आकाश। टिप-टिप होती वर्षा।

एक मित्र को लेने में स्टेशन जाने वाली थी। ट्रेन आने का समय हो चुका था। ठीक उसी समय फोन की घंटी बजी। चिढ़कर मैंने फोन उठाया।

"बालेश्वर से मैं विदुर बोले रहा हूं।"

विदुर मेरे पड़ोसी गौरी बड़े पिताजी का बेटा। जो गांव में ही रहता था।

"क्या हुआ?"

"कल रात को राजू को मैं बालेश्वर दवा खाने ले आया हूं।"

मैंने चिंतित होकर पूछा - "क्या हुआ उसे?"

दोपहर का खाना खाकर वह मजदूरों के साथ खेत गया था। काम खत्म कर शाम को वापस आया। सब कुछ ठीक-ठाक था। रात के १०:०० बजे होंगे उसके पैर लड़खड़ाने लगे। धीरे-धीरे हाथ और पैर अचल हो गए। दो दिनों से वह बारिश में भीग रहा था, शायद ठंड से ऐसा हो रहा हो यह सोचकर गर्म तेल से उसकी मालिश की गई।

एक दो बार उल्टियां भी हुई। लंगलेश्वर डॉक्टर खाना की बात तो तुम जानती हो आधे से अधिक दिन डॉक्टर रहते ही नहीं। कंपाउंड ही सर्वसर्वा है। उसे बुला कर लाया। उसने कहा इन्हें तुरंत बालेश्वर लेकर जाओ।

"अब वह कैसा है?"

" मेडिसिन स्पेशलिस्ट डॉक्टर साहू को दिखलाया है। वह क्या कह रहे हैं? मुझे कुछ समझ नहीं आ रहा है। बड़े भैया को फोन किया था। भाभी ने फोन उठाया। कार्यालय के काम से वह महीने भर के लिए इंग्लैंड गए हुए हैं। छोटे भाई का फोन

खराब है शायद। रिंग तो हो रहा है मगर कोई फोन नहीं उठा रहा है। चाची जी के रोने धोने से उसे लेकर मैं बालेश्वरआ गया हूं। आप यहां आ जाओ दीदी। उसकी हालत ठीक नहीं।

"कौन से नंबर बेड पर है।"

"बेड नंबर ७८।"

"ठीक है चिंता ना करो मैं शीघ्र ही पहुंचती हूं।

मात्र १ मिनट मैंने अपनी आंखें बंद की और स्थिर बैठी रही। मुझे कुछ भी दिखाई नहीं दे रहा था। मेरा घर संसार, मेरी बेटी, मेरा पति, स्टेशन में आने वाले मेरे मित्र कुछ भी नहीं।२५ - २६ वर्ष का ६ फुट २ इंच का स्वस्थ युवक अचानक डॉक्टर खाने में ७८ नंबर बेड पर पड़ा हुआ है। अभी ३ महीने पहले ही उसका विवाह हुआ है। १८ वर्ष की उसकी नव विवाहिता पत्नी घर में है। अब उस नई बहू का क्या होगा ? उसकी बूढी मां का क्या होगा ? जो उस पर आश्रित है। मेरा दिमाग घूम सा गया। कुछ समझ नहीं आ रहा था। किसके साथ परामर्श किया जाए ! मेरे दोनों भाइयों के साथ मेरे रिश्ते सही नहीं चल रहे थे। कारण था उनका आत्म केंद्रित होना। जो भी करना है मुझे ही करना होगा।

राजू मेरा छोटा भाई है। वह गांव में मेरी मां के पास था। पिता की मृत्यु के समय वह १३ वर्ष का था।आठवीं कक्षा में पढ़ता था। उस समय हमारे खेलने खाने के दिन थे। बड़े भाई को छोड़कर हम में से किसी का भविष्य तय नहीं हुआ था। राजू का बचपन से ही पढ़ाई - लिखाई की ओर ध्यान नहीं था। पढ़ाई से वह धीरे-धीरे दूर होता गया और खेत खलिहान गाय, बैल, घर के काम इत्यादि में शामिल हो गया। हम सभी ने भी सोचा चलो ठीक ही है पिता के बाद गांव में किसी का मां के पास रहना जरूरी था। मां की चिंता से निश्चिंत हम सभी शहर में रहकर नौकरी कर जीवन यापन करने लगे।

सब कुछ ठीक-ठाक चल रहा था।

जमीन -जायदाद, खेती - बाड़ी, गाय - बैल, गांव में सुख दुख के बीच राजू अच्छे से था। मई के महीने में ही उसकी शादी हुई थी।हम सभी ने गांव में एकत्र होकर खूब धूमधाम से उसकी शादी संपन्न करवायी थी। विवाहोपरांत खुशी - उल्लास से सभी अपने - अपने घर संसार में लौट आए।

और जुलाई २५ तारीख की यह घटना।

मैं खड़ी हुई १० मिनट में ही निर्णय लेकर सुधा से कहा -”मुझे पीएमजी चौक में छोड़कर आप स्टेशन नीरू को रिसीव करने चले जाना।” उस समय सारी बसें पीएनजी चौक होकर जाती थी।मुझे रास्ते में छोड़कर सुधा स्टेशन गए। मैं बस की प्रतीक्षा में खड़ी रही।

असमय में, बिना उपचार पिताजी चले गए थे। उस समय उनकी आयु मात्र ५२ वर्ष थी। तो क्या छोटा भाई भी वैसे ही अल्प आयु में चला जाएगा ? मन को दृढ़ किया और बस की प्रतीक्षा करने लगी। मगर बस कहां है ? १ घंटे के बाद भी बस नहीं आयी ? रविवार के दिन अधिकांश बस नहीं चलती। दुखित मन से खड़े होकर इधर-उधर की बातें सोच कर चिंतित होती रही। देखा सुधा स्टेशन से अकेले ही चले आ रहे हैं। कहा -प्लेटफार्म में खड़े होते ही ट्रेन आ गई १० मिनट खड़ी रही। मगर ए -४ सीट नंबर १८ में तुम्हारी सहेली नीरू नहीं थी। ऐसा लगता है किसी कारणवश वह नहीं आ पाई। कहीं दूसरे रास्ते में उतर गई होगी ऐसा सोचकर मैं उनकी खोज खबर भी ली।

मन ही मन मैंने सोचा अच्छा हुआ नीरू नहीं आई।

१०:३० बजे निलांचल है। चलो तुमको स्टेशन में छोड़ देता हूं।बस कितने बजे आएगी कोई ठिकाना नहीं। बिना कारण समय नष्ट करने का कोई लाभ नहीं। - सुधा ने कहा।

“पहले ही स्टेशन चले जाने से अच्छा होता।बस का इंतजार कर समय नष्ट किया।”

“क्या फायदा होता है ? वहां पर भी प्रतीक्षा ही करती। उसे समय कोई ट्रेन ही नहीं थी।”

जब हम स्टेशन पहुंचे ट्रेन के आने का समय हो चुका था।ट्रेन का टिकट देकर, मुझे ट्रेन में चढ़ाते हुए सुधा ने कहा - आवश्यकता पड़ने पर राजू को कटक ले आना।

ट्रेन से ४ घंटों का वह रास्ता मुझे चार युगों सा प्रतीत हो रहा था। कितनी ही बातें आंखों के सामने चलचित्र के दृश्य की तरह चल रही थी। पिता के बाद दो छोटे भाई अवहेलित हो गए। ग्रामीण इलाका। चीर रोगीणी मां। बाढ़ और सूखे के बिच संघर्ष करता मनुष्य। विच्छेदित होते विराट संयुक्त परिवार, बंटवारे में मिले, कुछ कमरे, कुछ जमीन, गाय - बैल, तालाब और कुछ रसोई के समान।उसी से जीवन

यापन करती मेरी विधवा मां। कुटुंब के लोगों से मिला असहयोग, अनादर। एक १३ वर्ष और एक ८ वर्ष के बच्चे को लेकर चुपचाप गांव में अपना समय काटती मेरी मां। उस समय हम बड़े भाई - बहन दूर शहर में स्वाभिमान के साथ खड़े होने के लिए मिट्टी की खोज में थे। दुख और अभाव में समय बीत रहा था।समय के प्रभाव से १३ वर्ष का किशोर राजू २६ वर्ष के युवक में परिणत हो गया था।दुख का घना बादलछठ गया थागांव की व्यवस्था उसने खूब अच्छे से संभाल रखी थीव्यवसाय करता थाविवाह कर एक सुंदर स्त्री भी घर ले आया थामन खुश थीहम भी उसकी खुशी से खुश थे और अचानक ऐसी घटना।

अभी मां कैसी होगी ?

उसका दुर्बल देह यह खबर सुनकर और भी दुर्बल हो गया होगा। स्वयं के आंसू पीकर, नयी आई बहु को ढाढ़स बंधा रही होगी।

३ : ० ० मैं बालेश्वर शहर के अस्पताल के सामने खड़ी थी।धीरे-धीरे कदम बढ़ा कर मैं ७८ नंबर बिस्तर के पास पहुंची। बिस्तर के ऊपर निस्तेज भाव से राजू सोया हुआ था। उसे सलाइन लगा हुआ था।के स्टॉल पर बैठा था विदुर। ऐसा लगा जैसे राजू नहीं पिताजी ही सोए हुए हैं। मेरी आंखों में आंसू आ गए। अपने आंसू रोकने के लिए राजू की तरफ से मैंने अपना चेहरा घूमा लिया। और आंसू भरे हुए आंखों से बाहर के दृश्य देखने लगी। अचानक मेरी आंखों के सामने से सारे दृश्य उड़ गए। मैंने राजू के चेहरे को देखा। उसका समग्र शरीर अचानक ही स्थिर पड़ गया। प्रबल यंत्रणा से भर गया वह। उसकी आंखों के कोर से आंसू बहने लगे।उसके आंसू पोंछ कर मैंने उसके माथे पर हाथ रखा। आंखें खोलकर उसने मुझे देखा। उसकी वह निगाहें अजीब सी थी। आज इतने वर्ष बाद भी उसकी वह निगाहें मुझे याद है। मेरी आंखों के सामने है। मानवआंखों में इतनी करूणा, इतनी लाचारी हो सकती है भला ?

उसके शक्ति विहिन शीतल हाथ को अपने हाथ में रख मैंने मन ही मन कहा - "पिताजी की तरह तुम्हें अकाल मृत्यु के मुंह में जाने नहीं दूंगी।तुम निश्चय ही अच्छे हो जाओगे।"

उसकी चिकित्सा कर रहे डॉक्टर साहू से मिलकर मैंने अपना परिचय दिया और ७८ नंबर बिस्तर के रोगी और उसके रोग के संपर्क में बातचीत की। डॉक्टर साहू ने कहा - रोगी की अवस्था उद्वेगजनक है। हो सकता है बहुत जल्दी ही संपूर्ण

कोमा में चला जाए। मूत्र निष्कासित ना होने के कारण रक्त में यूरिया, पोटेशियम और सोडियम की मात्रा अधिक हो गई है। उनकी बातचीत क्रमश: अस्पष्ट होती जा रही है। उसकी दृष्टि कमजोर हो रही है। नर्वस सिस्टम स्थिर हो गया है। रोगी टर्मिनल स्टेज पर है। किस समय क्या हो जाए कह नहीं सकते।आप अगर चाहे तो उन्हें कटक मेडिकल ले जा सकते हैं।

डॉक्टर साहू ने इतना कहकर अपना दायित्व पूरा किया।

मैंने डॉक्टर साहू के चेहरे को देखा। भाव विहीन चेहरा था। एक डॉक्टर होने के कारण कितने सहज भाव से उन्होंने मृत्यु से संघर्ष करते रोगी के बारे में अपना मंतव्य इतने सहज भाव से मेरे सामने रख दिया। हो सकता है ऐसा इसलिए क्योंकि यह संघर्ष का खेल उनके प्रतिदिन के काम में शामिल था। कुछ समय शांत रहकर मैंने कहा - डॉक्टर साहू आपने डॉक्टर के रूप में अपना मत मंतव्य रखा और एक बात कहने की कृपा करें। वह जीवित तो रहेगा ना ? इस बार डॉक्टर साहू ने मेरी आंखों में देखा जैसे कुछ सोच रहे हो। उसके बाद कहा - आप ईश्वर पर विश्वास करती हैं ? यदि करती हैं तो सब कुछ उन्ही पर छोड़ दें।

डॉक्टर साहू ने डिस्चार्ज फॉर्म भरा।

छोटे शहर का सरकारी चिकित्सालय।कुछ विशेष सुविधाएं न थी। राजू को कटक लाने की व्यवस्था करने में मैं लग गई। लगातार बारिश हो रही थी। शाम हो गई। चिकित्सालय के वातावरण ने मुझे बेचैन कर दिया। बरामदे के एक किनारे पर शव रखा हुआ था। उस व्यक्ति की सड़क दुर्घटना में मृत्यु हुई थी। पुलिस खड़ी हुई थी। उसके घर वाले नहीं पहुंच पाए थे। ३०-३२ वर्ष का युवक। वह किसी का बेटा, किसी का भाई, किसी का पति होगा। घर से निकलते समय क्या वह जानता था कि उसकी मृत्यु आने वाली है ?

शाम खत्म होने को थी। बाहर बारिश की गति बढ़ रही थी।मेरे मित्र लेखक निवारण जेना और लक्ष्मीकांत त्रिपाठी खबर पाते ही चिकित्सालय पहुंचे। उन्हें देखकर मुझे थोड़ी राहत पहुंची। उनकी सहायता से सेवा नर्सिंग होम के सौजन्य से एंबुलेंस की व्यवस्था हो गई। ७८ नंबर बिस्तर से राजू को उठाकर एंबुलेंस में रखते समय सोचा - यह लड़ाई मेरी अपनी है।विदुर को गांव भेजा और कहा - मां को कहना बिल्कुल भी चिंतित ना हो। राजू के साथ मैं हूं। राजू स्वस्थ होकर उसके पास लौट आएगा।

आज सोचने से भी आश्चर्य लगता है। कितने विश्वास के साथ मैंने यह बात उससे कही थी। पता नहीं क्यों मुझे एक विश्वास था कि राजू मरेगा नहीं।

एम्बुलेंसराष्ट्रीय राजमार्ग पर थी।बारिश से भरा आकाश। एक नर्स को साथ ले कटक की ओर मेरी यात्रा आरंभ हुई।एंबुलेंस के कांच से बाहर देखा बारिश थमने का नाम नहीं ले रही थी।लघुचाप के कारण लगातार बारिश हो रही थी।बालेश्वर छोड़ने से पहले मैंने पब्लिक बूथ से कटक इनकम टैक्स ऑफिस में कार्यरत मेरे छोटे भाई रंजन और एक दो मित्रों को फोनकर जानकारी दी और कहा कि वह कटक मेडिकल में इंतजार करें।

रास्ता खत्म ही नहीं होता था। अंतहीन रास्ते की तरह ही मेरी भावनाओं का भी अंत न था। मूसलाधार बारिश के कारण एम्बुलेंस -एक निश्चित वेग से ही आगे बढ़ने को मजबूर था।लेकिन मेरी भावनाओं की गति प्रकाश की गति से भी अधिक शीघ्र थी।मैंइतनी दूर होकर भीमां को देख रही थी। विदेश गए बड़े भाईऔर उनके परिवार को देख रही थी। छोटे भाई को अपने संसार में मगन देख रही थी। सभी अपने-अपनी दुनिया में मस्त थे।मां अपनी समस्याओं के बारे मेंकिसी से भी कुछ नहीं कहती थी। सब कुछ जानते हुए भी अंजान सी रहती। किसी की कोई शिकायत नहीं करती। शिकायत करती भी तो किससे ?

अभी मन गांव में कैसे रह रही होगी। हल्के हल्के रोशनी में गाल पर हाथ रखकर मां मौन बैठी होगी। क्या वह रो रही होगी।भगवान के सामने बैठ हाथ जोड़कर आंसू बहा रही होगी या बिस्तर पर दुखी होकर पड़ी होगीपता नहीं

रात्रि प्राय: १२:०० बजे एम्बुलेंस कटक पहुंचा और रात्रि १२:०० के बाद कटक के बड़े चिकित्सालय।आपातकालीन विभाग के सामने सुधा, छोटा भाई रंजन और उसके दो ऑफिस के मित्र, हमारे पारिवारिक मित्र शरद इत्यादि मेरी प्रतीक्षा में खड़े थे।

सरकारी चिकित्सालय में भर्ती ना कर किसी अच्छे नर्सिंग होम ले जाने के बारे में उन्होंने अपना मन बना रखा था।हम राजू कोशांति हॉस्पिटल एवं रिसर्च सेंटर ले गए।उस समयरात्रि के१:१५ हुए थे।नर्सिंग होम के काउंटर मैं कर रख सो चुके कर्मचारियों को नींद से उठाया। बाहर लगातार बारिश हो रही थी।डॉक्टर श्रीजय पटनायक नींद से उठकर आए।राजूको देखा और दवाइयों की व्यवस्था की।

प्रतिदिन सुबह नोटिस बोर्ड पर लिखे डॉक्टर के नंबर परमैंने मैंने स्वयं उनके

साथबातचीत की थीडॉक्टर गंधर्व रायडॉ रवि साहू और डॉक्टर दास ने मुझे जवाब दिया और सुबह ९:०० बजे नर्सिंग होम आकर डॉक्टर पटनायक के साथ शामिल हुए। रोगी को देखने के बाद विभिन्न पर प्रकार के परीक्षण निरीक्षण आरंभ किए गए। आपातकालीन केस होने के कारण रिपोर्ट जल्द ही आ गए और निवारण हेतु दवाइयों की व्यवस्था भी हो गई।

नाड़ी में गिरावट हो जाने के कारण सलाइन सहजता से नहीं दिया जा सका। स्पाइनल कॉर्ड से फ्लूइड लिया गया। उसका फ्लूइड एकदम गाढ़ा हो चुका था। उस फ्लूइड को मद्रास स्थित अपोलो एवं बेंगलुरु टेस्ट के लिए भेजा गया। सलाइन के साथ ही अनेक प्रकार की दवाइयां भी दी गई। किंतु रोगी के स्वास्थ्य में जरा भी सुधार नहीं हुआ। रोग का पता ही नहीं चल पा रहा था। बार-बार दवाइयां बदली जा रही थी। अन्य विशेषज्ञों से भी परामर्श लिए जा रहे थे। साथ ही साथ विभिन्न प्रकार के परीक्षण चल रहे थे। राजू की अवस्था क्रमश: सोचनीय होती जा रही थी। कुछ डॉक्टरों ने कहा कैंसर का लास्ट स्टेज है, तो कुछ ने कहा एड्स है। स्कैनिंग किया गया। ब्रेन में बड़े-बड़े ब्लॉक देखे गए। तीन दिन बीत चुके थे। एक दिन शाम को डॉक्टर पटनायक ने मुझे अपने केबिन में बुलाया और रोगी को नर्सिंग होम से कटक चिकित्सालय स्थानांतरित करने का परामर्श दिया। मैंने सर झुका कर डॉक्टर पटनायक की बातें सुनी। पराजय का आभास हुआ।

सच में क्या मैं हार जाऊंगी ?

अपने हाथ उठाकर पराजय का वरण कर लूंगी ?

कुछ ना कह कर मैं बाहर निकल आई। देखा नर्सिंग होम के कर्मचारी रेत से भरे बोरे सामने जमा कर रहे हैं। लघु चाप जनित बारिश होने के कारण आस - पास बाढ़ का पानी क्रमश: बढ़ता जा रहा था। नर्सिंग होम के परिसर में भी पानी भर गया था। देखते ही देखते नीचे के कमरों में घुटने तक पानी भर गया और रोगियों को ऊपर की मंजिल में स्थानांतरित किया गया।

निरुपाय होकर मैं अंतिम रास्ता खोजा। छोटा भाई रंजन के कार्यालय कटक स्थित आयकर विभाग के कमिश्नर थे, श्री के के त्रिपाठी। उनसे अनुरोध किया गया डॉक्टर पटनायक से बात करने के लिए। इस असमय में हम में से कोई भी राजू को कहीं अन्यत्र ले जाने को तैयार नहीं था। जो भी होना है यही हो।

निरुपाय हो मैंने एक बार और डॉक्टर राय और डॉक्टर साहू के साथ

बातचीत की। उस समय एक नई दवाई निकली थी। रोगियों पर ज्यादा प्रयोग नहीं किए गए थे। उन्होंने उस दवाई का प्रयोग राजू पर करने की सलाह दी और मैं राजी भी हो गई।आर पार की स्थिति थी। रोगी को वह दवाई देने से पहले मुझसे कागज पर हस्ताक्षर लिए गए।

कमरा नंबर दो में राजू शब की मानिंद पड़ा हुआ था। मैं पूरी तरह मौन हो गई थी। मन और व्याकुल न था। स्वयं से ही प्रश्न करती - क्या सब कुछ समाप्त हो जाएगा ? उसके शेष परिणीति का मन ही मन प्रति क्षण प्रतीक्षा कर रही थी।

ठंडी पवन चल रही थी।शाम बीत कर रात्रि हो चुकी थी। चारों तरफ पानी ही पानी था। पानी इतनी तेज गति से बढ़ रहा था कि ऐसा लग रहा था कुछ ही समय में हमारे कमरे में भी पानी भर जाएगा। यह असंभव बात न थी।

रात - रात भर अनिद्रा रहने के कारण रंजन कुछ ही देर में सो गया। हम कमरे का दरवाजा बंद नहीं करते थे। बीच-बीच में नर्स आकर दवाइयां दे जाती थी। हाथ में वेन प्लग लगा हुआ था। बगल में सलाइन लटका हुआ था। पास ही ऑक्सीजन सिलेंडर रखा हुआ था। मेज पर दवाइयों का अंबार था। मैं कुछ देर तक उसे अपलक निहारती रही। जी भर के रोयी। इस बीच चार दिन बीत चुके थे। कल क्या हो, कुछ पता नहीं ? भयाक्रांत हो मैं सोच में पड़ी थी। लगातार रो रही थी और अपने को असहाय पा कर भगवान को कोस रही थी।

वैसे ही बैठे-बैठे कब नींद लग गई पता नहीं।मैं राजू के बिस्तर पर ही माथा टेक सो गई। अचानक लगा जैसे किसी ने हल्के से दरवाजा खोल कमरे के अंदर प्रवेश किया। मैंने सोचा शायद नर्स होगी अब लाइट जला कर राजू का तापमान लेगी और दवाइयां देगी। फिर लाइट बुझा कर, दरवाजा हल्के से लगाकर बाहर चल देगी।कुछ समय बीत गया। मैं वैसे ही आंखें बंद कर पड़ी रही। मगर कुछ देर बाद भी किसी ने लाइट नहीं चलाया, ना ही कोई बाहर गया।

मुझे लगा जैसे कोई मेरे सर को बड़े ही स्नेह से सहला रहा है। मुझे वह स्पर्श मां के स्पर्श की तरह लगा। पढ़ाई करते-करते सो जाने पर मां ऐसे ही चुपचाप आकर सर को सहलाती और आंख खोलने तक वह दरवाजे के पार होती थी।

एक अपूर्व स्वर झंकार खूब मीठा, विश्वास से ओत-प्रोत वह स्वर। कैसा था उन शब्दों का उच्चारण ? आज तक उन शब्दों के उच्चारण के तुलना में मैंने कोई दूसरा नहीं पाया।

मैं जो हूं तुम्हारे साथ, फिर तुम चिंतित क्यों होती हो। सब ठीक हो जाएगा। मैं जो हूं..... मैं हूं। इस एक वाक्य ने मेरे रोंगटे खड़े कर दिए। सुंदर नाद ने मेरे अंतर स्थल को स्पर्श किया। मैं भाव विभोर हो, पिघल सी गई। उस आधे जागरण में भी उसे मूर्ति के स्पर्श को स्पष्ट भाव से अनुभव किया। धीरे-धीरे आवेश कम होता गया और मैंने सर उठा कर देखा। क्या मैं सपने देख रही हूं? मैं समझ नहीं पा रही थी। बाहर बरामदे में जल रहे लाइट से घर के अंदर एक हल्की रोशनी वाली परिवेश की सृष्टि हो रही थी। कुत्ते करुण स्वर में भौंक रहे थे। अंदर एक अस्वस्थ परिवेश और बाहर मूसलाधार बारिश और गहराती रात मेरे सामने थी। भय, आशंका और अत्यंत व्याकुलता से मैंने राजू को देखा। उसका अस्वस्थ और मलिन चेहरा खूब उज्जवल और शांत दिखाई दे रहा था।ऐसा लग रहा था मानो एक पुकार से ही नींद से उठकर बैठ जाएगा। मैंने उसके माथे को सहला दिया। आह ! मेरा सबसे छोटा भाई।

सबेरे तक वैसे ही मैं उसके सर के पास बैठी रही।

सुबह चारों ओर पानी ही पानी था किंतु आकाश एकदम साफ था। सूर्य ने उदय हो कर आकाश में एक नया परिक्रमा आरंभ किया।

९:०० बजे पानी हटाते हुए डॉक्टर राय, डॉक्टर साहू और डॉक्टर श्री जय पटनायक पहुंचे। नया दवाई देना आरंभ हुआ। रात की घटना के बाद से ही मेरा मन खूब शांत था। मेरे कानों में बार-बार वही शब्द प्रतिध्वनि हो रहे थे।मधुमक्खी की तरह कानों में गुनगुन करते हुए कोई कह रहा था - मैं हूं ...... मैं हूं.......।

उसके दूसरे दिन पुन: एक बार उसके स्पाइनल कॉर्ड से फ्लूइड लिया गया। पिछली बार की तुलना में इस बार उसके मेरुदंड का रस अपेक्षाकृत स्वच्छ और अधिक परिष्कार था। डॉ साहू ने मेरे सामने ही सीरींज तोड़ते हुए कहा - देखिये। फर्क जान पा रही है तो ?

दो-तीन दिन बाद उसके अवस्था में परिवर्तन परिलक्षित हुआ। उसने हाथ पैर में हलचल हुई।अगस्त ६ तारीख को उसने बातें की।

राजू लौट आया। किंतु महिनों तक उसकी चिकित्सा जारी रही। दवाइयों के प्रभाव से उसकी त्वचा जल सी गई थी। सर के बाल झड़ गए थे। किडनी पर बुरा असर पड़ा था। विभिन्न प्रकार की असुविधाएं लगी रहती थी। मल - मूत्र पर से उसका नियंत्रण जाता रहा था। उसको लेकर मद्रास के अपोलो हॉस्पिटल जाना

पड़ा। उस समय नेफ्रोलॉजी के डॉक्टर एस दुरई स्वामी ने चिकित्सा का दायित्व लिया। अपोलो में प्राय ६ महीने चिकित्सा प्राप्त कर वह स्वस्थ हो गया।

संपूर्ण रूप से स्वस्थ होने के लिए उसे ३ वर्ष लगे। सन् १९९३ जुलाई २५ तारीख से १९९६ जुलाई ३० तारिख तक संपूर्ण ३ वर्ष।

यह तीन वर्ष मेरे जीवन के करुणतम अध्याय थे।इस कालखंड में संसार से अनेक बातें, अनेक व्यथा, अनेक मानव चरित्र के बारे में जानने का सुयोग मिला।मेरे अंतरंग मित्र मुझसे दूर हो गए थे डर था कि इस विपदा की घड़ी में कहीं मैं उनसे कुछ सहायता ना मांग लूं। इसी समय मेरा स्थानांतरण बाणपुर के गोदावरीश महाविद्यालय में हो गया। राजू के चिकित्सा में अपर्याप्त धन खर्च हो रहा था और मेरे पास कुछ भी ना था। रात - रात भर मैं सो नहीं पाती थी। खूप को असहाय पाकर बाथरूम बंद कर रोती। इसके साथ-साथ ही मेरे स्वयं के जीवन में अभाव असुविधा लगातार बना रहा।

वर्तमान में राजू अपने परिवार के साथ गांव में रहता है।मां का स्वर्गवास हो चुका है।राजू ने अपना जीवन रोगी सेवा में समर्पित कर दिया है।आसपास के १५ - २० गांव में कोई भी बीमार होने पर वह सबसे पहले पहुंचता है और आवश्यकता पड़ने पर रोगी के साथ चिकित्सा हेतुकटक अथवा बाहर के शहरों में भी जाता है।

कभी-कभी कटक के शांति नर्सिंग होम का दो नंबर का वह कमरा याद पड़ता है। याद आते हैं डॉक्टर श्री जय पटनायक, डॉक्टर गंधर्व राय और डॉक्टर रवि साहू। मेरे उस असहाय मुहूर्त में वे लोग भगवान बनकर मेरे जीवन में आये। याद आती है, वह बारिश की रात। उस विदेह आत्मा मेरा प्रणाम। जिन्होंने मुझे और मेरे जिद को साकार करने में हमेशा मेरी सहायता की है।

■

अदृश्य चेतावनी

मैं खुर्दा में नौकरी करती थी मगर भुवनेश्वर, रविंद्र मंडल के पीछे के पोस्टल कॉलोनी के १०४ नंबर आवास पर रहती थी। प्रतिदिन बस से खुर्दा जाना आना करती थी।उस समय इंदिरा पार्क के मैदान में बस स्टैंड था। राज भवन, श्रीपुर, गंडमुंडा, खंडगिरि चौक होकर बस खुर्दा जाती थी। कॉलोनी से बस स्टैंड महिना बंधे हुए रिक्शे से जाती थी और वहां से बस पकड़ कर खुर्दा।

स्नातक की परीक्षाएं खत्म हो चुकी थी। साधारणत: उत्तर पुस्तिकाओं का मूल्यांकन कर हम प्रश्न और उत्तर के संपर्क में छात्रों के साथ आलोचना करते थे।उसके बाद उन्हें उत्तर पुस्तिकाएं देखने को दी जाती थी। फल स्वरुप बच्चे अपनी त्रुटियों के प्रति सचेतन हो जाते थे। घर में आराम से उत्तर पुस्तिकाएं देखूंगी सोचकर मैं सभी उत्तर पुस्तिकाएं घर ले आई और उत्तर पुस्तिका देखकर एक बैग में भर्ती कर रख दिया। अगले दिन कॉलेज ले जाने के लिए। रिक्शे वाले ने आकर प्रतिदिन की तरह घंटी बजाई। मैं रिक्शे में बैठकर चली गई। इंद्रावती बस में मैं बैठ गई, जो ९:१५ मि. मैं छुड़ती थी।

कंडक्टर रवि ने हंसते हुए मुझे नमस्कार किया।बस में प्रतिदिन सफर करने वाले यात्रियों को वह पहचानता था और देखने मात्र से ही हंस कर नमस्कार करता था। हमारे बैठने की भी व्यवस्था वह करता था। हम प्राय: बाणपुर, कंटीलो, इंद्रावती, आस्का, पद्मावती, भंजनगर की ओर जाने वाली बसों में बैठते थे।

बस समय से छूटी।

अचानक याद आया मैंने अपना बैग घर में ही छोड़ दिया है।परेशान हो गई। पिछली कक्षा में मैंने बच्चों को उत्तर पुस्तिका दिखाने का वादा किया था। सोचा बस रोक कर उतर जाऊं। फिर सोचा रहने दो कल दिखा दूंगी।बच्चों को समझा देने से वह समझ जाएंगे।

ठीक से बैठ गई और बाहर की ओर देखने लगीफिर से मन में उत्तर पुस्तिका की बात आ गई। उत्तर पुस्तिका घर में छोड़कर आने का अफसोस होने लगा। एक अजब सी परेशानी ने मुझे घेर लिया। अचानक ही मन खराब सा लगने लगा। बस ए जी चौक की ओर बढ़ने लगा।मैंने अपने पास ही बैठे एक यात्री को देखा। १७ - १८ वर्ष का ग्रामीण बालक। काले रंग का चमकता चेहरा।पूरे शरीर में इतना तेल लगाए हुए था कि लग रहा था जैसे तेल चूँ पड़ेगा।सर पर घने घुंघराले बाल। उसकी ओर से नजरे हटाकर बाहर की ओर देखा। अचानक लगा जैसे किसी ने कानों में कहा - "उतर जा...... उतर जा।"

कौन किसे बुला रहा है ?

मैंने खिड़की से झुक कर पिछे की ओर देखा। बस के पीछे पीछे कोई दौड़ रहा है क्या ? किसी का कोई अपना भूल से बस में बैठ गया क्या ?

बस राजभवन चौक में रुकी।

दो -तीन नियमित यात्री बस में चढ़े। जाओं नीचे, उतर जाओ।

मैंने सोचा शायद मेरे पीछे कोई किसी को उतर जाने को कह रहा है।

मैंने गर्दन मोड़कर पीछे की ओर देखा। दो लोग गप्पे हांक रहे थे। बगल में बैठे बालक को देखा और पूछा - तुमने कुछ कहा क्या ? उसने मुझे बड़ी ही निरीह दृष्टि से देखकर नहीं में अपना सिर हिला दिया।

पुन: मेरे कानों के पास वही फुसफुसाहट भरी आवाज आई - जाओं नीचे उतर जाओ। मैंने कहा ना उतर जाओ। सुनाई नहीं दे रहा है क्या ? इस बार उस आवाज में एक धमकी सी थी।

किसने कहा ? यह जानने के लिए मैंने चारों ओर नजरें दौड़ाई। बस चल पड़ी।

मुझे जैसे किसी ने जबरदस्ती उठा दिया। दरवाजे के पास खड़े होकर क्लीनर को जोर से कहा -अरे नरी थोड़ा बस रोको। मैं एक बहुत जरूरी सामान घर में छोड़ आई हूं।

नरी ने सीटी बजाकर बस को रोका।

पीछे टिकट काटते हुए रवि चिल्लाया - क्यों रे ? तुमने बस क्यों रोका ? मैडम कुछ घर में छोड़ आई हैं। वह उतरेंगी। न री ने कहा।

"ठीक है, ठीक है।"

मैं नीचे उतर गई।

सामने ही एक रिक्शे वाले को रोका। और मैं सीधे राजमहल चौक से पावर हाउस चौक होते हुए घर को लौटी। बैग लाकर उसी रिक्शे में बैठ कर राजमहल चौक को लौट आई। मेरे क्लास का समय हुआ जा रहा था।शायद ९:४५ की बस मिल जाए। सच में बाणपुर जाने वाली बस आई और मैं उसमें चढ़ गई।

शिरीपुर चौक से यात्रियों को उठाकर बस खंडगिरि चौक पहुंची।मैंने एक पुस्तक निकालकर पढ़ने में ध्यान दिया। बस आगे की ओर बढ़ती चली जा रही थी।मैं पुस्तक पढ़ने में मगन थी।

पात्रपड़ा होते हुए तमांडो की तरफ बस बढ़ी तो देखा सामने गाड़ी मोटर की लंबी लाइन लगी हुई है। लोग रास्ता रोके हुए खड़े हैं।

क्या हुआ?

पता नहीं क्या हुआ है?

दुर्घटना..... पता नहीं।

बस के साथ कर की? मोटरसाइकिल के साथ कार की? साइकिल वाले को ट्रक ने मारा? बस के अंदर बातचीत होने लगी। बस में बैठे यात्री खिड़की से सर निकाल कर देखने की कोशिश कर रहे थे कि आखिर हुआ क्या?

फिर भिड़ -भाड़ से थोड़ी दूरी पर बस रुकी।यात्री बस से नीचे उतर पड़े।मैं भी।सुनने में आया सामने से आ रही ट्रक ने बस को धक्का दिया है।बहुत से यात्री मारे गए।बहुत से दुर्घटनाग्रस्त हुए हैं। ड्राइवर की मृत्यु हो गई है।पुलिस को फोन किया गया है।एंबुलेंस आ रही है। भीड़ को चीरते हुए थोड़ा आगे बढ़ी। किसी ने कहा इंद्रावती बस दुर्घटनाग्रस्त हो गई है। मैं स्तब्ध रह गई। इंद्रवती...... इंद्रावती बस की दुर्घटना। हे भगवान! मेरा सर घूम गया और कुछ सोच नहीं पा रही थी।भीड़ के छटने तक खुर्दा जाने की संभावना न थी। अत: हम कुछ लोग मिलकर भुवनेश्वर लौट जाने की कोशिश करने लगे।

लोग इधर-उधर दौड़ रहे थे। नाना प्रकार की बातें कर रहे थे। उतने में ही सायरन बजाते हुई एंबुलेंस और पुलिस की गाड़ी आई। यात्रियों में से पांच लोगों की वहीं दुर्घटना स्थल पर ही मृत्यु हो गई। ड्राइवर की मृत्यु हो गई। नरी की हालत गंभीर थी। अनेक यात्रियों के हाथ - पैर टूट गए थे, चमड़ी छिल गई थी। उन्हें चिकित्सालय ले जाया जा रहा था। बाद में और दो यात्रियों की भी चिकित्सालय में मृत्यु हो गई।

कंडक्टर सीट पर मेरे पास बैठे उस बालक की बात मुझे याद आई। उसका क्या हुआ होगा ? वह कैसा होगा ?

दुर्घटना के लगभग ७ दिन बाद तक मैं कॉलेज जाने के लिए मानसिक रूप से तैयार नहीं थी। एक अजीब प्रकार के डर ने मुझे घेर रखा था।

आज तक मैं नहीं समझ पाई वह आवाज किसकी थी ? किसकी थी वह चेतावनी ? आज भी यह बात मेरे लिए एक पहेली बनी हुई है।

■

चमत्कार

केवल टेलीफोन से बातचीत होती थी।

बहुत दिनों तक मिलने का सौभाग्य प्राप्त नहीं हुआ था। जब पहली बार देखा तो लगा जैसे मेरे ही घर के कोई सदस्य हैं। कोई मेरे अति अपने से।

हमेशा एक ही बात होती थी।जिस दिन, जिस समय मैं उन्हें याद करती अगले ही पल टेलीफोन की घंटी बज उठती और वही परिचित आवाज मेरे कानों में गूंज उठती -"और खबर क्या है? सब ठिक है तो?" उसके बाद घर के सभी सदस्यों के बारे में पूछते। मेरे स्वास्थ्य से लेकर जान पहचान के लोगों के बारे में बात करते करते बातें लंबी हो जाती थी। मैं बिना संकोच सभी बातें कहती चली जाती थी। उसके बाद जो बातें सुनाई देती वह थी -"ठीक है बिल्कुल भी चिंतित ना होना।कल सब कुछ ठीक हो जाएगा।" उसके बाद एक आश्वासन भरी आवाज सुनाई देती - मैं जो हूं तुम्हारे साथ ..... मैं जो हूं। क्यों चिंतित होती हो।

बस।

मन से सभी दुख छूँ हो जायेंगे।

शरीर से ज्वर उतर जाएगा।

सभी आशंकाएं, सभी भय क्षण भर में ही गायब हो जाएंगे। ऐसा लगेगा जैसे मेरे पास कोई खड़ा हुआ है। चाहने से मैं उसे स्पर्श कर पाऊंगी। एक स्नेह भरा हाथ धीरे से मेरे बोझिल मन को मां की तरह सहला रहा है।

मेरी आंखों में मलिन दिख रही पृथ्वी उज्जवल हो उठेगी। दे ह और मन से नकारात्मक भावनाएं क्षण भर में गायब हो जाएंगी। मेरे मन की घड़ी में मंद पड़ चुकी घंटे और मिनट की सुइयाँ फिर से दौड़ना आरंभ कर देंगी।

आज के मनुष्य ने ऐसे समय में पदार्पण किया है जहाँ विपत्ति, आपदा, सुख-दुख में हाथ बढ़ाने वाले लोग सहज में नहीं मिलते। संकीर्णता, स्वार्थपरता, संदेह,

संशय की भावना ने मनुष्य को विवेकहीन और आत्म केंद्रित कर दिया है। तथापि इस स्वार्थी दुनिया में भी कुछ पुण्य आत्मा है जिन्हें देखने के लिए पारखी नजरों की आवश्यकता है। आवश्यकता है सच्चे मन और विश्वास की।

भले मानस को निश्चित भाव से स्वाभाविक जीवन धारा के प्रवाह के भीतर लाभ प्राप्त करने का सौभाग्य केवल प्रारब्ध जनित पुण्य कर्म के फल कहे जा सकते हैं। यह मेरे किस जन्म का पुण्य है?

हो सकता है मेरी यह स्वीकारोक्ति किसी के मन में अन्य प्रकार की भावना सृष्टि कर सकती है। जो सच है मैं केवल वही कहा है।कभी-कभी जो अच्छा लगता है उसके विषय में जितनी भी बातें कहने पर जबान थकती नहीं। मैं अनेक प्रकार से उस मनुष्य के प्रति कृतज्ञ हूं।

नव भाई से मुलाकात होने से पूर्व उन्होंने मुझे उनके द्वारा लिखित और अनुवादित कुछ पुस्तकें उपहार स्वरूप दी थी। उन पुस्तकों को पढ़ कर जाना कि वे सदगुरु ओमकार बाबा के भक्त हैं।उनके द्वारा लिखित "ईश्वर अल्लाह तेरो नाम" "प्रेम न जाने कोई" "श्री गुरु चरण सरोज रज" आदि पुस्तकें पढ़ने के बाद नव भाई को और साथ ही ओंकार बाबा को देखने की प्रबल इच्छा जागृत हुई।

"सदगुरु शरणम्" पुस्तक पढ़कर मैंने जाना कि बाबा शारीरिक रूप से अब हमारे बीच नहीं है। सन् २००४ में नव भाई के घर जाने का सौभाग्य प्राप्त हुआ जहाँ पहली बार दरबार में बाबा के प्रतिकृति के दर्शन किए। पुस्तक के ऊपर के आवरण पृष्ठ पर मैंने पहले भी ओंकार बाबा की छवि देखी थी। वे एक अति साधारण मनुष्य किंतु असाधारण ब्रह्मदर्शी साधक थे।

उड़ीसा राज्य के सीमांत जिला कोरापुट का जयपुर शहर।शहर के विक्रमनगर अंचल में स्थित है ओमकार बाबा का पीठ। जिसे परमेश्वर का दरबार भी कहा जाता है। यद्यदि बाबा एक गृहस्थ व्यक्ति थे तथापि गृहस्थ होते हुये भी मोह माया से निर्लिप्त सन्यासी थे।सभी देवी देवताओं, सभी धर्म, सभी मतों की सीमाओं को पार कर वह निराकार ब्रह्म की साधना करते थे।हिंदू, मुस्लिम, सिख, इसाई सभी संप्रदाय यहां आकर एकाकार हो जाते थे।सभी के लिए यह दरबार खुला था। दुखी, गरीब, रोगी सभी यहां समान थे।खान पान एक जैसा था।छोटे - बड़े, ऊंच -नीचे कुछ भी नहीं था।

स्वयं जाकर दरबार के दर्शन करने की इच्छा मन में बहुत दिनों से थी।मगर मन मेंएक जिद सी थीकी कोई मुझेवहां बुलाए, जयपुर जाने के लिए आग्रह करें।

सन् २००८ अक्टूबर का महीना।जैसे ही नाव भाई के घर के अंदर प्रवेश कियाउन्होंने कहा - "इस बार तुम दोनों दिसंबर महीने में जयपुर चलो।

मैंने खुश होकर तुरंत स्वीकृति दिया।

१० दिसंबर।

जाने की पूरी तैयारी हो चुकी थी।जयपुर जाने वालों में २० - २२ लोग शामिल थे।ट्रेन टिकट से लेकर होटल बुकिंग तक कोई भी जिम्मेदारी न थी। कोई भी कमी ना थी।सब कुछ व्यवस्थित था।आनंद में यात्रा थीमैं प्रथमबार जयपुर जा रही थी।विजयनगरम में हम उतर गए। होटल में भोजन कर टैक्सी से जयपुर की ओर चले।

दिसंबर का महीना।दोपहर का समय।आनंद और गपशप के साथ यात्रा जारी थी। पहाड़ पर्वत से घिरा वन भूमि, पक्षियों का कलरव, समतल और उबड़ खाबड़ भूमि।जंगली सुषमा से सुशोभित रास्ते जो कभी अगम्य रहे होंगे। बीच-बीच में मानव बस्ती, दुकान, बाजार, आदिवासी गांव और घाटियां थी ।

नवभाई भाई द्वारा लिखित एक उपन्यास में इन पर्वत श्रृंखलाओं और घाटियों का अद्भुत वर्णन किया गया है। उनके उपन्यास में वर्णित चरित्रो से मुलाकात की । शर्मा जी की चाय दुकान में चाय पीने का पर्व समाप्त कर फिर से यात्रा आरंभ की।

दिसंबर की कोहरे से भरी शाम। पर्वतके माथे पर झूल रहा था खंडित चांद।पर्वत शिखर पर फैला कोहरा ऐसे दिख रहा था जैसे ठंड से बचने पर्वत ने चादर ओढ़ ली है। उस पर हल्की चांदनी पड़ रही थी।ऐसा लग रहा था जैसे आकाश और पृथ्वी के बीच एक सुंदर सेतु का निर्माण हुआ हो। उस सेतू से आकाश की परियाँ उतर कर पृथ्वी पर आ रही हो। एक भावमय दुनिया, जिसे केवल अनुभव किया जा सकता है, वर्णन नहीं।

जयपुर में हम होटल में रुके। बिल्कुल भी ठंड न थी।हमारे सामने के रूम में रुकी थी जूली (नवभाई की बिटिया) अपनी चुलबुली बिटिया के साथ। नव भाई, भवानी बाबू और देव बाबू के साथ ऊपर की मंजिल में रुके थे।बार-बार अपनी बेटी जूली को चितला रहे थे - "मौसी तुम्हारे पास रूकी है। उनका ख्याल रखना।"

दूसरे दिन। दिसंबर ११ तारीख।

मार्गशीर्ष महिना शुक्ल पंचमी। यही वह दिन था जब ओमकार बाबा ने इस धरती पर अंतिम सांस लिया।

११ तारीख सुबह हम पांचियागुड़ा गांव पहुंचे। जहां बाबा ने समाधि ली थी।

यह स्थान जयपुर शहर से लगभग ३ किलोमीटर दूर था।शहर से दूर एक शांत परिवेश में बाबा चिर निद्रा में सोए हुए थे।

पास ही में केले के खेत थे और कुछ कृषक परिवार के घर। बीच में एक बहुत प्राचीन आम का पेड़ था।एकदम शांत परिवेश था।वहां पर उत्सव अनुष्ठित किए जाते थे। भाव गंभीर परिवेश था।भजन कीर्तन हो रहे थे।साधारण से दिखने वाले लड़के - लड़की सुंदर भाव से उच्च कोटि के भजन प्रस्तुत कर परिवेश को और भी भाव विभोर बना रहे थे।

बाबा के समाधि पीठ में भक्तों की भीड़ के बीच सभी विधि - विधान एक के बाद एक संपन्न हो रहे थे। जूली विभिन्न दिशाओं से फोटो खींच रही थी।अचानक मेरी भी इच्छा हुई फोटो खींचने की। मैं बाहर जाकर अपने सामान से कैमरा ले आई और फोटो खींचने के लिए तैयार हुई।दरवाजे के पास से ही फोटो खींची मगर कैमरे ने काम नहीं किया।बैटरी ठीक से लगा है या नहीं, चेक किया।आते समय ही मैंने उसमें नयी बैटरी डाली थी।

सब कुछ सही था।फिर से कोशिश की मगर कैमरा नहीं चला।फोटो भी नहीं खींची।रास्ते में आते समय मैंने २ -४ फोटो लिए थे।मगर अब क्या हुआ ? कैमरा खराब हो गया क्या ?मैंने फिर से बैटरी खोल कर इधर-उधर देखा। जूली ने मुझसे पूछा - क्या हुआ मौसी ?

मैंने कहा - "फोटो नहीं आ रही। कैमरा काम नहीं कर रहा है।"

मुझे देखकर जूली हंसी।उसने कहा - फोटो खींचने से पहले क्या आपने बाबा से पूछा था ? उनकी अनुमति ली थी ? बिना अनुमति लिए क्या किसी की फोटो खींची जाती है ? कुछ देर बाद मैंने मन ही मन कहा - बाबा क्या जीवित है जो उनसे पूछती ? उनकी अनुमति लेती ?

फिर से कोशिश की मगर व्यर्थ।

उसके बाद जूली की बातों को परखते हुए कहा - "बाबा भूल हो गई।मैं आपकी फोटो लेना चाहती हूं।कृपया मुझे अनुमति दें।"

५ - ६ बार कोशिश करके असफल हुई थी। मगर अबकी बार कैमरा ऑन करते ही फोटो खींच गई।हर कोने से मैंने अनेकों फोटो खींचे। जूली से कुछ भी नहीं कहा। अनेक दिनों तक मैं यह बात सोचती रही।यह घटना मेरे लिए एक चमत्कार के समान ही था।

१२ तारीख की सुबह।होटल में नित्य कर्म समाप्त कर निकट ही स्थित बाबा के दरबार गई थी।जब ध्यान लगाने बैठी तो मुझे बड़ी बेचैनी हुई। ऐसा लगा जैसे कुछ घटने वाला है। ध्यान में मेरा मन बिल्कुल भी नहीं लगा। बेचैन होकर होटल लौट आई। रास्ते में ही मोबाइल बज उठा।खबर मिली हमारे कुटुंब में किसी की मृत्यु हो गई है।

१२ तारीख शाम को हमने जयपुर छोड़ दिया। ऐसा लग रहा था जैसे हम अपने वश में ही नहीं हैं। भुवनेश्वर लौटने पर मेरी तबीयत खराब हो गई।मेरे साथ साथ जूली की बेटी की भी तबीयत खराब हो गई।नव भाई ने कहा - "अगली बार तुम दोनों जयपुर नहीं जाओगे।" छुट्टी लेकर दिसंबर १३ तारीख तक मैं घर में ही रही। बुखार था कि उतरने का नाम ही नहीं ले रहा था। २५ तारीख से बड़े दिन की छुट्टी थी अत: मैंने २४ तारीख को महाविद्यालय जाने का सोचा। काम खत्म कर घर भी लौट आई।

ठीक दोपहर ३:०० बजे कॉलेज से फोन आया कि मेरा स्थानांतरण हो गया है और मुझे कार्य मुक्त भी कर दिया गया है। मेरे स्थान पर जो भद्र महिला आई थी उनके लिए यहां पोस्ट भी खाली नहीं था और उच्च न्यायालय तथा ट्रिब्यूनल में केस चल रहा था। उच्च शिक्षा विभाग ने भी स्पष्ट कर दिया था कि उनके लिये यहाँ स्थान नहीं है। मगर एक प्रभावशाली मंत्री से संबंधित होने के कारण वे ऐसा करने में सक्षम हुई। यह सब बातें मात्र एक दिन में ही तय की गई थी। यद्यपि मैं ३ वर्षों से अन्यत्र कहीं स्थानांतरण के लिए चेष्टा कर रही थी। तब भी मेरा मन क्षुब्ध हुआ। अचानक ऐसा घटित होने पर मैं उसे सहज में ग्रहण नहीं कर पा रही थी।

मेरा स्थानांतरण भद्रक हुआ था।जहां जाने की मेरी इच्छा न थी।छुट्टी लेकर मैं घर बैठ गई।अभिमान से बाबा को कहा - "मुझे आपसे २४ तारीख को बड़े दिन का उपहार चाहिए।" मंत्रिमंडल भंग हो गया। ६ महीने तक मैं छुट्टी लेकर घर पर ही बैठी रही। साथ ही स्वास्थ्य संबंधी परेशानियां लगी रही। साथ ही लगी रही मानसिक अशांति। यदि मैंने अपने स्थानांतरण को सहर्ष स्वीकार कर लिया होता तो शायद मुझे इतना दुख नहीं हुआ होता। मगर मैं मन से इसे स्वीकारने में असमर्थ थी।

ठीक इसी समय प्रतिदिन मुझे फोन आता और एक आत्मीय स्वर सुनाई देती - "सब ठीक हो जाएगा, चिंता मत करो।"

नवभाई ने मेरे लिए रिप्रेजेंटेशन लिख दिया।बाबा के पास निवेदन किया।उन्होंने

मुझे मेरे ऊपर के कर्मचारियों से मिलने को कहा और कहा - "तुम किस कॉलेज में जाना चाहती हो, यह बात प्रार्थना पत्र में लिख दो।"

मैंने अपने हाथों से पत्र लिखा। बारंग कॉलेज में एक अध्यापक २२ वर्षों से कार्यरत है। उनके स्थान पर मुझे पोस्टिंग दी जाए। उनके नाम का भी उल्लेख मैंने पत्र में किया था।

स्थानांतरण के आदेश निकल गए। मेरा स्थानांतरण बारंग कॉलेज में हो जाएगा, मुझे ऐसा लग रहा था। मगर मेरा अंदाजा गलत प्रमाणित हुआ और एकाम्र कॉलेज, भुवनेश्वर में मुझे पोस्टिंग दी गई। सब कुछ ठीक हो गया। मुझे रज पर्व का उपहार मिला। जो सचमुच में मेरे लिए चमत्कार से कम ना था।

■

सवेरे का मुँह

भुवनेश्वर से निकलते समय आकाश पूरी तरह मेघ से आच्छादित था।

ऐसा लग रहा था जैसे अभी ही बादल फट पड़ेंगे। सुबह के ५ : १ ० मिनट हुए थे।रात भर बारिश हुई थी। मौसम भीगा - भीगा सा था।मंद - मंद ठंडी हवा बह रही थी।रास्ते के दोनों किनारों पर पेड़ -पौधे नहा धोकर खड़े हुए थे। बारिश में धुलकर उनके पत्ते साफ, गहरे हरे रंग के और चिकने दिखाई दे रहे थे।ऐसा लग रहा था जैसे किसी सुमधुर संगीत के ताल से ताल मिला अपने सर हिला रहे हो। गड्ढे पानी से लबालब भर गए थे।मेंढक बस्ती के बच्चों की तरह कूदा -फांदी कर रहे थे।पानी के ऊपर अपने पेट निकाल कर खुशी के गीत गा रहे थे। पूरा रास्ता निर्जन था। बीच-बीच में एक -दो गाड़ीयाँ हमें पीछे छोड़ते हुए आगे चली जा रही थी। उसके बाद फिर से वही निरवता और केवल गाड़ी चलने की आवाज। यह यांत्रिक आवाज भी सुबह के मेघ से धुले परिवेश में मधुर सुनाई दे रहा था। कार के अंदर से ही, दूर गांव, धान के खेत और क्रमश: सजे हुए पर्वत श्रेणियां दिखाई दे रहीं थीं। अनेक दिनों प्रचंड गर्मी से तपने के पश्चात, क्रमागत होती बारिश पृथ्वी को शांत और शीतल कर रही थी।

बादल सूर्य को आच्छादित कर एक रमणीय वातावरण की सृष्टि कर रहा था। चुपचाप बैठे-बैठे ही मैं भोर के इस प्रशांत भाव को स्वयं में समाहित कर रही थी। मन भारी होने के बावजूद भी कुछ हल्का लग रहा था। राष्ट्रीय राजपथ पर गाड़ी आगे की ओर बढ़ रही थी।

"सर आपका फोन बज रहा है।" ड्राइवर सनातन ने कहा।मैं अपने सोच से बाहर निकल आई। मोबाइल ऑन किया और ड्राइवर को गाड़ी सड़क किनारे रखने को कहा।

टावर नहीं मिल रहा था।बातें सुनाई नहीं दे रही थी।फोन कट गया।

मैं पुन: अपनी भावनाओं की दुनिया में क्रमश: प्रवेश करने लगी।व्यवस्थित

हो कर बैठ गई। मेरे अंदर थोड़ी सी भी अस्थिरता नहीं थी।मैं चुपचाप बैठी रही। बादल से आच्छादित आकाश, पानी भरे धान के खेत। रास्ते के दोनों किनारे पंक्तिबद्ध पेड़, आकाश में उड़े जा रहे पक्षी समूह, मंद - मंद हवा के झोंके, दूर गांव, पहाड़ से गले मिले रहे बादल, सभी हाथ पकड़े मेरे अंदर कमश: प्रवेश कर रहे थे।

खेत पर ध्यान मग्न मुद्रा में बैठे बगुले, हरे-हरे घास के मैदान पर बरसती बारिश की बूंदे। टेलीफोन के तार पर बैठे पक्षी दल।आकाश पर चक्कर काटते सौ-सौ कबूतर। गाय घास चल रही थी और पास ही छउ नृत्य (ओड़िशा का एक लोकनृत्य) करते उनके छोटे-छोटे छौने। कज्जलपाती पक्षी उड़ -उड़कर झिंगुर खा रहे थे। नाव रूपी बादल सुदूर दिग्वलय को स्पर्श कर रहे थे।रास्ते के किनारे घरों में हलचल आरंभ हो गई थी।सहजन के पेड़ पर बैठा कौआ उसके तने पर अपनी चोंच घिस रहा था। घाघर, मैना इत्यादि चहचहा रहे थे। ऐसा दृश्य देखे मुझे जमाना हुआ था।

इसीलिए ठीक से रास्तों को पहचान नहीं पा रही थी।

सनातन से पूछा "और कितनी दूर ?"

पानी कोइली चौक से और १० -१५ मिनट का रास्ता है। पुन: फोन बज उठा।

"पहुंच गयी क्या ?" शिप्रा ने पूछा।

"हां, और १० - १५ मिनट का रास्ता है। पहुंचने के बाद तुम्हें फोन करूंगी।"

"बारिश हो रही है क्या ?"

"हां, बीच-बीच में थोड़ी बूंदा-बांदी हो रही है। मगर अभी बंद है।"

सभी बातें खुलकर कहना और समाधान भी पूछना।

ठीक है। रखती हूं। कहकर मैंने फोन काट दिया।

आगे पानी कोइली (शहर का नाम)था। सनातन ओवरब्रिज के नीचे से गाड़ी ले गया।उबड़ - खाबड़ रास्ता। छोटे-बड़े गड्ढे।पानी जमकर सड़क की अवस्था और भी खराब हो गयी थी।भतीजे स्वप्न दत्त के द्वारा दिए गए नक्शे को पॉकेट से बाहर निकाला। पानी कोइली चौक से दाहिनी ओर सीधे-सीधे २ किलोमीटर ग्रामीण रास्ता था। इधर-उधर कुछ बांस के पेड़ थे। रास्ते के दोनों ओर घर, छोटे-मोटे दुकान और बीच-बीच में खेत थे।

पुन: बारिश आरंभ हो गई।

अपना गांव याद आ गया।ऐसी बारिश में हम छतरी पकड़ कर या कभी-कभी बिना छतरी के ही बारिश में भीगने का आनंद लेते थे।ना कभी हमें सर्दी लगती न ही ज्वर होता। पेड़ -पौधे, गाय -बैल बकरी, कुत्ते, सभी भीगते थे। साथ ही किसान, मजदूर, कौवा, मैना भी। चारों ओर बारिश ही बारिश थी। अंदर भी, बाहर भी। ऐसा लग रहा था मानो वर्षा रानी हमारे साथ बिल्ला खेल रही हो।

पानी की धारा बह रही थी। मन उस कीचड़ भरे पानी में लोट रहा था। मेघ उच्चाट, मन उच्चाट।

पैरों के नीचे पानी लगाना मना है क्योंकि इसमें नाना प्रकार के जीवाणु होते है जिनसे इंफेक्शन हो सकते हैं। खिड़की के पर्दों से यदा कदा मेघ भरे आकाश दिख जाते थे।मगर उन खिड़कियों से झर झर कर गिरते पानी को छू नहीं सकते थे। परेशानी बढ़ती उम्र की नहीं थी, परेशानी थी, समस्याओं की। जिन्होंने मेरे मन को चारों ओर से घेर रखा था। एक चमत्कारी कांच के चार दिवारी के भीतर रखा हुआ एक जीवन। जिसे ना ही बारिश ने स्पर्श किया है ना ही ग्रीष्म के ताप ने। मैं कार के कांच भी नीचे नहीं कर पाऊंगी।बारिश को हाथ बढ़ाकर छू भी नहीं पाऊंगी। सनातन क्या सोचेगा ? दूसरे लोग क्या बोलेंगे ?

सनातन से कहा - "पूछना जरा नारायण त्रिपाठी का घर कहां है ?"

एक घर के सामने गाड़ी रोक कर बाहर बैठ कर बीड़ी पीते हुए एक व्यक्ति से उसने पूछा।

व्यक्ति ने उसकी ओर देखा और बारिश में भीगते हुए कार तक आया और कहा - वह जो घर दिख रहा है ना, वही है जिसके आगे बांस की झाड़ियां हैं। सामने खुला मैदान है, जिसमें गाड़ी रखी हुई है वही घर है उनका।

रास्ते के किनारे एक बहुत पुराना छप्पर वाला घर था। सामने बांस की झाड़ियां थी। रास्ते से नीचे उतरने पर एक बड़ा मैदान था जिसके पास नया तैयार हुआ एक मंजिल का पक्का घर था। मैदान में रखी गाड़ियाँ बारिश में भीग रही थीं।

लगता है, यही घर है। सनातन ने रास्ते के किनारे कार को ले जाकर रखा। मैं दरवाजा खोल कर बाहर आई। बाहर हल्की-हल्की धुएँ जैसी बारिश हो रही थी। बरामदे में पैर रखते ही देखा पास ही दो कुत्ते सो रहे थे। उनमें से एक ने सर उठाकर देखा और फिर से सो गया। दूसरा अपने आलस को त्यागते हुए उठ खड़ा हुआ।और

पास ही पड़े पांव पोंछ को खींचकर सुंघने लगा और फिर से उसके ऊपर सो गया। पास ही में एक बकरी पत्ते चगुलाने में व्यस्त थी।उस भीगे बरामदे पर खड़े होकर मैं अंदर की ओर देखा।

अंदर एक लकड़ी का बेंच था। वहां पर दो पुरुष और एक कम उम्र की स्त्री बैठी हुई थी। जमीन पर चटाई बिछी हुई थी।जिस पर एक बुढ़ी स्त्री बैठकर ऊँघ रही थी।दीवार को टेककर एक स्त्री बैठी हुई थी। उसके पास एक थैली और पानी की बोतल रखी हुई थी। लगता है वह भी दूर गांव से आए हुए थे।

मैंने जैसे ही पीछे मुड़कर देखा सनातन मेरे पीछे खड़ा हुआ था। उसने कहा - "मारुति जेन के अंदर बैठे हुए महंती बाबू लिस्ट तैयार कर रहे थे। आपका नाम लिखवा दिया है। आपका नंबर ९ है।और दो लोग पिछले दिन से ही है अगर वे दोनों नहीं आए तो आपका नंबर सात हो जायेगा।"

मैंने कहा - "इस खराब मौसम में दिन को ९ : ० ० बजे से पहले इतने लोग, अगर मौसम अच्छा होता तो पता नहीं कितने होते ?"

"देख नहीं रहीं हैं इस भीड़ के कारण ही यह दो दुकान चलती हैं। निश्चय ही खूब भीड़ होती होगी।"

तभी एक दुबले पतले युवक ने दरवाजा खोलते हुए कहा - आप लोग अंदर आकर बैठे। मौसा जी पूजा कर थोड़े ही समय में आएंगे।

लड़के की बात सुन गाड़ी में बैठे लोग उतर आए। महंती बाबू ने उस लिस्ट को उस युवक को पकड़ाते हुए कहा - "रमेश इस पर्ची के क्रमानुसार तुम लोगों को अंदर भेजना।"

रमेश नाम के इस युवक ने ही पास स्थित कमरे के दरवाजे भी खोले। खिड़की के पास एक मेज रखी हुई थी। मेज पर अनेक प्रकार की चीजें जैसे मुरमुरे, प्लास्टिक के बैग इत्यादि रखी हुई थीं । जैसे रास्ते के किनारे जड़ी-बूटियों की खुली दुकान होती हैं ठीक वैसे ही । मेज के नीचे बहुत सारी चीज़ें फैली हुई थी। जैसे खाली बोतल, चीजों से भरी थैली, कागज, फटे बैग और भी कितनी ही चीजें। एक तरफ प्लास्टिक की दो चटाई बिछी हुई थी। उसमें ६ - ७ लोग बैठे हुए थे। मैं भी बैठने के लिए इधर-उधर देख रही थी। महंती बाबू थोड़ा खिसक कर मेरे लिए चटाई पर बैठने की व्यवस्था की। बैठने के बाद उन्होंने पूछा - "आप पहले कभी यहां आई हैं?"

"नहीं कभी नहीं आई।" मैंने कहा।

"आप किससे सुनकर यहां आई हैं ?"

"मेरा भतीजा एक बार आया था। उसने ही मुझे यहां के बारे में बताया।"

मुझे शांत देखकर उन्होंने धीमे स्वर में कहा -"मैं पहले भी यहां आ चुका हूं।उस समय मेरी हालत खराब थी। त्रिपाठी बाबू उसे समय यहां नहीं रहते थे।वह यहां से लगभग १ ६ - १ ७ किलोमीटर दूर अपने गांव में रहते थे। रास्ता खराब था। पैदल चलकर जाना पड़ता था। कुछ लोग साइकिल अथवा मोटरसाइकिल से जाते थे। अभी कुछ ही वर्ष हुए गांव से आकर यहां घर बनाया है। इस समय आने से पहले बातचीत करके आया हूं। नहीं तो इतनी परेशानी आती है क्या कहूं ?

मैंने पूछा - क्या हुआ ?

मैं और मेरा साला दोनों मोटरसाइकिल में उनका गांव खोजते-खोजते गए। हमें केवल गांव का नाम ही पता था। रास्ता नहीं पता था। हम पता पूछते - पूछते जा रहे थे कि तगर पेड़ से फूल तोड़ते हुए एक व्यक्ति से मुलाकात हुई। नारायण त्रिपाठी का घर कौन सा है ? पूछने पर उन्होंने हमें अंदर बुलाया। हमने सोचा शायद वही घर है।

क्या तुम पर किसी ने जादू टोना किया है। यही पूछने आए हो ना ? फूल तोड़ने वाले व्यक्ति ने बिना किसी भूमिका के, सीधे-सीधे पूछा।

मैंने उनके चेहरे की ओर देखा। वह श्यामल वर्ण और छोटे कद - काठी का व्यक्ति था।उसकी दोनों आंखें लाल रंग की थी।

उन्होंने मेरी ओर हाथ बढ़ाया। उनके हाथों में एक तगर का फूल था। फुल देते हुये उन्होंने कहा - "पकड़ो। "

मैंने उनके हाथों से फूल ले लिया। दाहिने हाथ के तर्जनी और अंगूठे के टिप में फूल को पकड़ा।

"देखो।" उनकी आवाज आदेशात्मक जान पड़ती थी।

"क्या हुआ ?" जिज्ञासवश मैंने पूछा।

मेरी दो उंगलियों के बीच दबे होने पर भी फूल गोल-गोल घूम रहा था। मैं मूर्खों के जैसे उसे एकटक देख रहा था।

"तुम्हारे ससुर ने तुम पर जादू टोना किया है। एक ऐतिहासिक राय देने के भाव से उस व्यक्ति ने कहा।

तब तक मेरे साले ने गुस्से से कोहनी के ऊपर शर्ट उठा लिया था।

उसे पीछे की ओर धकेल कर, मैंने फिर से उनसे पूछा - "आपने क्या कहा।

तुम्हारे ससुर ने तुम पर जादू टोना करवाया है। उनके साथ हमारा संपर्क बहुत अच्छा है।उनकी केवल एक ही लड़की है। वह मुझ पर जादू टोना क्यों करवाएंगे।

"अरे बाबू ! आप बहुत पैसा रोजगार कर रहे हैं। आपके पैसों पर उनकी नजर है। वह बूढ़ा पैसों का लोभी है।"

तब तक मेरा साला गुस्से से लाल पीला होने लगा। गर्जन करते हुए कहा - "जानते हो मैं कौन हूं?"

"अरे ! तू तो इसका साला है। तू क्या इन सब बातों से अनजान है ? जो मुझसे पूछ रहा है।"

उस समय मेरा दिमाग खराब हो गया। मेरे ससुर का मेरे प्रति आदर, स्नेह, श्रद्धा, प्रेम, सब क्षण भर में धुआं हो कर उड़ गया। मुझे ऐसा प्रतीत हुआ जैसे एक धारदार सींघ वाला जानवर मुझे सींघ मारने को तैयार खड़ा है ।मेरे ससुराल के सारे रिश्तेदार मुझे राक्षस जैसे लगने लगे। यहां तक कि मेरी धर्मपत्नी भी खून चूसने वाली टोनही सी लगने लगी।

उन्होंने मेरे मुंह की और चेहरे की और देखकर कहाऔषधि दे रहा हूं और साथ ही में बांधने के लिए ताबीज भी है। आज के बाद तुम अपने ससुराल नहीं जाना।स्त्री को भी वश में करने के लिए अभिमंत्रित फूल दे रहा हूं। जितने भी रिस्ट है सारे कट जाएंगे।

तब तकचटाई में बैठेऔर भी लोग थोड़ा-थोड़ापास आकर उसे व्यक्ति की बात सुनाने लगे।

एक ने पूछा - उन्होंने दवाइयां दी।

हां, मैंने दवाइयां ली।उन्होंने मुझे ? ३०० लिए। जैसा उन्होंने बताया मैंने वैसा ही किया।पहले मन भारी रहता था। काम करने में दिल नहीं लगता था। हाथ में ताबीज बांधने के बाद से मन की अशांति, चिड़चिड़ापन सभी जाता रहा। व्यवसाय में मेरा मन लगने लगा और फिर ससुराल की ओर कभी मुँह नहीं किया, ना ही पत्नी को ही जाने दिया। लेकिन मैं तब आश्चर्यचकित हो गया - जबमेरे साले ने समाचार दिया कि हम जिसके घर गए थे वह नारायण त्रिपाठी नहीं

थे और कोई थे। सुलझ चुके धागों में फिर से गांठे पड़ गई। मुझे और कुछ भी अच्छा नहीं लगा रहा था। मनुष्य जाति पर से मेरा विश्वास उठने लगा था। फिर से मानसिक अस्थिरता ने मुझे घेर लिया। व्यवसाय में मेरे प्रतिद्वंदी मुझे आगे निकल गए। मुझे कुछ भी करना अच्छा नहीं लगता था।मैं हार चुका। पागलों की तरह मैं इधर-उधर घूमने लगा। किसी ने मुझसे कहा, काकटपुर में एक साधु सभी बातें बता देते हैं। अगर कोई समस्या हो तो उसका प्रतिकार भी कहते हैं। एक बार वहां जरूर जाना चाहिए। मैं वहां गया।उन्होंने देखा और अनेक बातें कहीं। पूजन किया और मोटा दक्षिणा भी लिया।

मैंने फिर से काम में अपना मन लगाया। जैसे ही मामला थोड़ा सुलझने को हुआ वैसे ही अजब-अजब घटनाएं घटित होने लगी।

"ऐसा क्या हुआ ?" मैंने आश्चर्य से पूछा।

जैसे मूसलाधार बारिश हो रही हो और मैं गाड़ी लेकर कहीं बाहर निकला हूं। रास्ता पूरा खाली। दूर-दूर तक कोई नहीं।अचानक ही गाड़ी के सामने से कोई काले रंग का चमचम करता सूअर गाड़ी के सामने से गुजर गया और मैं दुर्घटना से बाल - बाल बच गया। और कभी-कभी यूँ ही चलते - चलते रास्ते पर जोरो से गिर पड़ा, जिससे पूरा शरीर खरोचों से लहू लुहान हो गया। कभी अचानक गाड़ी के पूर्जे काम करना बंद कर देते और गाड़ी कहीं पर जाकर टकरा जाती। मैं मुंह फाड़े देखता रह जाता। हाथ पैर में चोट लगती। ८ -१० दिन सोता ही रहा फिर झाड़ - फूंक करने के बाद उठा।दो-तीन वर्षों से ऐसा ही होता आ रहा हैचार-पांच दिन पहले अचानक मुझे नारायण त्रिपाठी की याद आई।सोचा एक बार देखकर आऊं।कल भी आया था।इतनी भीड़ थी कि, मेरी बारी ही नहीं आई।आज पुन: सुबह से आकर बैठा हूं। देखा जाए क्या कहते हैं? अपनी बात समाप्त कर, वे दीवार से टेक कर बैठ गए।

मैं बाहर की ओर देखा बारिश और तेज हो गई थी।

घड़ी अच्छी ९ बज चुका था।वहां उपस्थित लोग धीरे-धीरे बातचीत करने में मगन थे।रमेश आकर दरवाजे पर खड़ा हो गया कहा- मौसा अंदर आइये।

सभी चुप हो गए और आग्रह से उस ओर देखा।

इस समय मध्यम ऊंचाई के गौर वर्ण के वयस्क व्यक्ति ने प्रवेश किया और

बंद दरवाजा का एक कपाट खोलकर अंदर चले गए। मैं जान गई कि यही महाशय ही श्री नारायण त्रिपाठी हैं।

रमेश ने पुकारा -"रविंद्र मोहंती।"

पास ही बैठे मोहंती बाबू उठ खड़े हुए। हल्के से मुस्कुरा कर मुझसे कहा -"मेरी चीज आपके पास रखी है जरा नजर रखेंगे।"

दरवाजा खोल कर महंती बाबू अंदर गए। रमेश ने फिर से दरवाजा बंद कर दिया। द्वारा बंध के इस तरफ हम लोग बैठे हुए थे।अच्छा हुआ थोड़ी तो प्राइवेसी रहनी ही चाहिए। कितनों को कुछ अंतरंग प्रश्न भी पूछने होते हैं। अत: प्राइवेसी जरूरी है।

मेरे समीप बैठे एक व्यक्ति ने अपने थैले से एक बिस्कुट का पैकेट निकला और उसे खोलकर मेरी ओर बढ़ा दिया।मेरे मना करने पर उसने और एक -दो लोगों से भी आग्रह किया। जब किसी ने नहीं लिया तो स्वयं खाने में लग गया।साधारण सा व्यक्ति था।वेशभूषा से पता चलता था शायद गांव से आया हुआ है।

मैंने उनसे पूछा -" आप पहले भी आए थे।"

"हां, दो बार।इस बार को मिलाकर तीसरी बार।"

मैंने आग्रह से पूछा -"कुछ उपकार हुआ क्या ?"

क्या बताऊं ? कितना हैरान हो रहा हूं।किस अवस्था में हूं यह भगवान ही जानता है। काकटपुर मंगला मां ही जन्मदात्री है।आज को ७ वर्ष हो गए। अपना दुख क्या बताऊं ?

"क्या हुआ है ?बीमार है क्या ?"

"बीमार होने से तो डॉक्टर के पास गया होता और औषधि खाकर अच्छे हो गए होते।"

"तो ?"

चुपचाप बैठा रहता। दो-चार बार बुलाने से भी नहीं सुनता था। जोर से बुलाने पर चमक पड़ता। उसके बाद परेशान सा हो उठता। ऐसा लगता जैसे कोई बात उसे खा जा रही है। हमेशा मन मार कर बैठा रहता। किसी के साथ भी बातचीत नहीं करता था। जैसे नहाना - धोना, खाना- पीना सब कुछ भूल ही गयी था।कोई जोर से बात कर दे या लड़ाई झगड़ा हो जाए तब तो पूछो ही मत।अपने सिर के बाल नोचते हुए इधर से उधर चिल्लाते हुए दौड़ती। डॉक्टर को दिखाया। दवाईयां भी दि किंतु कोई परिणाम नहीं निकला।गांव में जिसने जो कहा वह मैंने किया। ठाकुर पूजा, शनी

मेला, झाड़ फूंक, सब कुछ। किसी के घर रेडियो बजने या टीवी चलने पर अपने सर को दीवार पर मारती और परेशान होकर कहती - "देखो वे लोग मेरे बारे में ही बात कर रहे हैं।देखो मेरे ऊपर कैसे हंस रहे हैं।" हे भगवान !उसके बाद पागलों की तरह कान को पकड़ कर स्वयं को कमरे में बंद कर लेती।

गांवतुम ही कहो गांव में लोग अपने-अपने घर में स्वतंत्रता से रहेंगे या नहींया मेरी मां के लिए कोई भी रेडियो टीवी नहीं चलाएगा। अगर विवाह आदि उत्सवों पर माइक लगाया गया, तब तो उसे संभालना ही मुश्किल हो जाता है।दो बार उसने तालाब में डूब कर जान देने की कोशिश की।कई बार फांसी लगाने का भी प्रयास किया। एक बार तो फांसी लगाकर लटक पड़ी थी। मेरे छोटे बेटे ने देखा तो लोग दौड़ कर आए। रस्सी काटकर उसे नीचे उतारा गया। गले मेंरस्सी इतनी कस गई थी कि उसके नाक मुंह से रक्त निकलने लगा था।

पूर्ण रूप से स्वस्थ होने के लिए दो महीने लग गए। एक दिन जबमेरी पत्नी रसोई बना रही थी, मेरी मां चूल्हे के पास ही बैठी थी। मेरी पत्नी के थोड़ा अनमयस्क होते ही मेरी मां ने चूल्हे में अपना सर रख दिया। पैर खींचकर चूल्हे से हटाया गया। तब तक उसका चेहरा, उसके माथे के बाल और पलकों के बाल जल चुके थे।दिन - रात कितनी देखभाल की जाए ? गांव के लोग कितने प्रकार की बातें कहते हैं। कोई कहता है पागल खाने में छोड़ आओ, कोई कहता है चैन से बांधकर रखो, कोई -कोई तो जानबूझकर मजा लेने के लिये जोर से रेडियो चला देता है।इन ७ वर्षों में मैंने उसे कैसे संभाल कर रखा है यह बात भगवान ही जानता है।"

यह बात बताते - बताते उनकी आंखें भर आईं। उन्होंने फिर से कहा -"इस स्थान के बारे में कहीं से सुना।"उस समय त्रिपाठी बाबू अपने गांव में रहते थे।पानी कोइली में बस से उतर कर पूछते - पूछते उनके गांव गया था।बहुत भीड़ थी।एक प्रहर प्रतीक्षा करने के बाद मेरी बारी आयो। मुझे देखते ही उन्होंने कहा -"किसी रिश्तेदार ने टोना -टोटका किया है। उनकी मृत्यु हो जाएगी तुरंत दवाई लेकर मां को दो।"

"आपके बिना कुछ कहे ही उन्होंने अपने मन से यह सब बातें कहीं ?"

"हां। "

"मां को दवाई देकर कुछ फायदा हुआ ?" मैंने जिज्ञासावश पूछा।

"आवाजों को सुनकर पहले वह जो प्रतिक्रिया देती। जैसे परेशान होकर

इधर-उधर भागने लगती थी, चिल्लाती थी, अब कुछ मात्रा में शांत है। दवाई देने के ३ महीने बाद मुझे फिर से आने को कहा गया था।"

"इस बीच और कोई दुर्घटना घटित नहीं हुई ?"

"हां, एक बार तालाब में कूद गई थी।पानी कम होने के कारण बच गई एक बार और अपने साड़ी में आग लगा लिया था। गनीमत मेरी स्त्री ने देख लिया।"

"आप फिर से ३ महीने बाद आए ?"

नहीं, ३ महीने बाद नहीं आ पाया। घर में लाखों काम है। मैं अकेली जान, किधर - किधर करूँ। दूसरी बार आने में ६ महीने लग गए।एक पवित्र धागा दिया और कुछ विधि विधान के साथ माँ दुर्गा की पूजा करने को कहा गया।

मैंने पूछा - "मां अच्छी हो गई ?"

मेरे प्रश्न को सुनकर वे थोड़ी देर चुप बैठे रहे जैसे कुछ सोच रहे हो। उदास भाव से खिड़की के बाहर देखते हुए कहा - "क्या बोलूं ? मां चुपचाप बैठी रहती थी। बीच-बीच में अड़ोस-पड़ोस में हल्ला होने से चिल्लाती थी। स्वयं को मारने का प्रयत्न करती थी। जैसा था चल रहा था।मगर अब नींद रात बकर - बकर होती है।कोई सुने या ना सुने। कोई न मिलें तो बिल्ली, कुत्तों, यहां तक कि पेड़-पौधों, दीवारों से भी बातें करती रहती है। अजब -अजब घटनाएं।मैं समझ नहीं पाता। रात में सोते से अचानक उठ पड़ती। उसके बाद बातें आरंभ। हम सभी हैरान -परेशान हो गए हैं। खाना -पीना भूलकर वह दिन -रात ऐसे ही बातें करते-करते मुँह से झाग निकलने लगता।और क्या बोलूं ?बुढ़ी मां को इस उम्र में कहां फैंक दूं ?" थोड़ा रुक कर उन्होंने फिर से कहा -"देखो आज क्या बोलते हैं। पांचवे नंबर में मेरी बारी है।कल से आया हुआ हूं।"

मैंने बाहर की ओर देखा। बारिश बंद हो गई थी।उसी समय रमेश दरवाजा खोलकर झांका और माहंती बाबू बाहर निकल आए। चेहरे में खुशी झलक रही थी। मैं उठकर खड़ी हुई। वह अपनी चीजें लेकर बाहर को चले गए।

आपकी समस्याएं दूर हो जाएगी तो ? जाते-जाते मैंने उनसे पूछा।

"मेरा ससुर ही असली शैतान है। इस बार बूढ़ा सही रास्ते में आएगा, नहीं तो जाएगा कहां ? नहीं तो अंतिम वाक्य सुना दूंगा कि तुम अपनी लड़की को अपने साथ ले जाओ।मेरा तो व्यापार -व्यवसाय सब कुछ डूब गया। मैं बचे रहने से ही तुम्हारे तुम्हारी बेटी का भला होगा।" नमस्कार करते हुए वह अपनी गाड़ी में बैठ गए।

"आपका भला हो।" प्रति नमस्कार करते हुए मैंने कहा।

चलते-चलते मैं गाड़ी के पास तक गई। सनातन निश्चिंत होकर सो रहा था।

लौट कर आई तो देखा, बेंच पर बैठे हुए लोग नहीं थे। शायद पास ही के दुकान में चाय पीने चले गए थे। नीचे चटाई में बैठने पर कष्ट हो रहा था सो मैं उसी बेंच पर बैठ गई। तभी रमेश ने तीसरे नंबर के व्यक्ति का नाम पुकारा। वह उपस्थित नहीं थे अत: चतुर्थ नंबर के व्यक्ति अंदर बुलाया।

और पांच लोग ......! मैंने मन ही मन हिसाब लगाया, मेरी बारी को आने में और कितने देर लगेगी ? चाय पीने गए हुए लोगों में से एक भद्र व्यक्ति लौट आए और मेरे पास ही बैठ गए। अत्यधिक भद्र एवं संभ्रांत चेहरे वाले। स्वच्छ कुर्ता पैजामा पहने हुए। हंसते हुए उन्होंने कहा - "मैं स्वागत मिश्र, भुवनेश्वर से आया हूं।बापूजी नगर में मेरा घर है किंतु वर्तमान में हैदराबाद में रहता हूं।आप कहां से आई हैं ?उन्होंने प्रश्न किया।

"मैं भी भुवनेश्वर से ही आई हूं।शहीद नगर में रहती हूं।उड़ीसा प्रशासन विभाग में नौकरी करती हूं।"

"आप यहां पहले भी कभी आये हैं क्या ?" मैंने स्वागत बाबू से पूछा।

"नहीं, मगर मैं पहले इन सब चीजों में बिल्कुल भी विश्वास नहीं करता था। पूजा - पाठ, झाड़- फूंक, मंत्र- तंत्र के प्रति मेरे मन में एक भय सा था। लेकिन वर्तमान में देख रहा हूं, मेरे मन में इन सब चीजों के प्रति थोड़ी आस्था की सृष्टि हो रही है। मुझे ऐसा लग रहा है कि, इन सब पर विश्वास करने के अलावा और कोई चारा नहीं है।" यह सब बातें कहने के बाद उन्होंने मेरे चेहरे की ओर देखा।

हां, कितने ही व्यक्तिगत अनुभव इन सब चीजों के प्रति हमारे मन में एक विश्वास पैदा करते हैं। यह बात भी सच है कि हमारे मन को आघात लगने से शरीरअस्वस्थ हो जाता है।दूसरों से धोखा खाने पर परम मित्र के विश्वास घात करने पर, संतानों के द्वारा अवहेलना होने पर, खराब समय आने पर, जब सहनशक्ति जवाब दे देती है तब हम एक आश्रय खोजते हैं। हमें एक सहारे की आवश्यकता होती है। कोई पूजा पाठ करता है, कोई ईश्वर की शरण में जाता है, कोई ज्योतिष के पास जाता है तो कोई मंत्र - तंत्र का सहारा लेता है और कोई अपने दुखों को भूलाने के लिए जानबूझकर शराब, जुआ इत्यादि का सहारा लेता है। उस समय वास्तविकता का सामना करने की क्षमता उसमें नहीं होती। उन दुख के क्षण को वह मिथ्या कल्पना में रहकर भूलने में आनंद पाता है। और स्वयं को जानबूझकर प्रताड़ित

करता है। वह अपने टूटे हुए मन को जोड़ने के लिए एक मिथ्या चमत्कार की आशा करता है। निष्ठुर वास्तविकता को भूल जाने का प्रयत्न करता है। चाहे वह क्षण भर के लिये क्यों ना हो।"

"सही बात है।आप तो सब कुछ जानतीं हैं। फिर यहां क्यों आयीं हैं?"

उनके प्रश्न का क्या जवाब दूं? मुझे कुछ समझ नहीं आया आ रहा था? मेरी बातें जो सुनेगा वह मुझे पागल समझेगा। मुझे शांत देख उन्होंने फिर से कहा - लगता है अत्यंत व्यक्तिगत मामला है। ठीक है हम दूसरे प्रसंगों पर बात करेंगे। क्या आप मेरी आपबीती सुनना चाहेंगी?

मैंने कहा - "नहीं नहीं, आप जैसा सोच रहे हैं, वैसा कुछ भी नहीं है। सोच रही हूं कैसे कहूं? कहां से आरंभ करूं?आप मेरी बातों पर सहज ही विश्वास नहीं कर पाएंगे।"

मैं हैदराबाद में की एक बड़े कंपनी में कार्यरत हूं।कुछ दिन बाद सेवानिवृत्ति लूंगा। कुछ व्यक्तिगत समस्या आन पड़ने के कारण, मेरी मां ने यहां आने पर मुझे बाध्य किया। मेरी मां का इन सब के प्रति बहुत विश्वास है। मगर मुझे इतना विश्वास नहीं। तथापि कुछ बातों के प्रति विश्वास और आस्था रखना सही है। उससे नुकसान भी क्या है? मैं नारायण त्रिपाठी को पहचानता तक नहीं। तभी भी उन पर विश्वास रखकर इतनी दूर उनसे मिलने आया हूं। हैदराबाद से उड़ीसा, उड़ीसा के पानी कोइली के पास के गांव, उस गांव का एक इंसान। हम जैसे जो भी यहां आते हैं, एक विश्वास लेकर आते हैं कि हमारे समस्याओं का सहज समाधान मिल जाएगा।अब रही आपकी बात, तो मैं विश्वास क्यों नहीं करूंगा? कृपया बताइए। इसी बहाने कुछ समय कट जाएगा।

स्वागत बाबूमेरी बातों को सुनने के लिए आराम से बैठ गए।

"नौकरी में इधर-उधर घूम-घूम कर अंत में मैंने सोचा भुवनेश्वर में घर बनाऊंगा और सेवानिवृत्ति लूंगा।लगभग ४ वर्षों पहले मैंने अपने पसंद का घर तैयार किया। घर के चारों ओर पेड़ -पौधे और बड़े-बड़े वृक्ष थे।चारों ओर पेड़ पौधों के होने से घर अपेक्षाकृत शीतल लगता था।बेटा नौकरी करता है और बाहर रहता है। बेटी हॉस्टल में रहकर पढ़ाई कर रही है।घर में मेरी पत्नी और घर के कामों में सहायता करने के लिए एक १ ३ -१ ४ वर्ष का बच्चा बिशु है। छुट्टी होने से बेटा - बेटी घर आती है । मैं भुवनेश्वर से कटक जाना - आना करता हूं।

रविवार के दोपहर की बात है।बालकोनी में बैठकर मैं चाय पीते पीते पेपर पढ़ रहा था। आया और मेज से कुछ उठा कर चला गया। मेरे मुंह के सामने पेपर होने के कारण उसके पद चाप से मैंने जाना। आधे घंटे के बाद वह फिर से आया। मुझे ऐसा लगा जैसे मेरे पास खड़े होकर वह रास्ते को देख रहा है। मैंने उससे और एक कप चाय लाने को कहा, मगर उसने उत्तर नहीं दिया।

क्यों रे खड़ा क्यों है ? जाता क्यों नहीं ? मैंने विशु से कहा।अंदर से ही प्रिया ने पूछा - किसके साथ बातें कर रहे हो ?

"विशु को कह रहा था और एक कप चाय लाने के लिए।"

"मगर वह तो एक घंटे से बाजार गया हुआ है।"

"अरे ! वह तो अभी ही मेरे पास खड़ा था।"

"लौट आया क्या ?"पत्नी ने विधु को पुकारा। प्राय: आधे घंटे के बाद विशु बाजार से लौट कर आया। मैंने उससे पूछताछ की।"

उसके बाद मैंने ध्यान दिया कि कुछ अजीब अजीब सी घटनाएं घट रही हैं।

जब मन लगाकर कोई काम कर रहा हूँ जैसे पुस्तक पढ़ रहा हूं या छत के ऊपर घूम रहा हूं तब अचानक ही मुझे लगता है विशु मेरे पास खड़ा हुआ है।पीछे-पीछे चल रहा है। मैं उसके पद चाप सुन सकता था। कभी-कभी ऐसा होता वह मुझे स्पष्ट स्वर से "पिता" कह कर बुलाता। मैं जैसे ही पीछे मुड़ कर देखता वहां पर कोई नहीं होता। पहले भी इस प्रकार का अनुभव मुझे बार-बार हुआ है। मैं उन बातों पर ज्यादा ध्यान नहीं दिया था।

मेरा एक अंतरंग मित्र जो कि डॉक्टर हैं उनसे भी सारी बातें कहीं।मेरी बातें सुनकर वे हंसने लगे। कहा इस बीमारी का नाम है अकेलापन। निर्जनता का भी एक चेहरा होता है।कभी किसी खुले स्थान, नदी के किनारे, पहाड़ के नीचे अकेले जा रहे हो तो ऐसा लगता है किसी ने पुकारा। ठीक तुम्हारे ही नाम जैसा कुछ। किंतु वहां आसपास कोई भी ना होगा। पीछे - पीछे पदचाप स्पष्ट भी सुनाई देती होगी और कभी-कभी ऐसा लगेगा कि कोई तुम्हें देख रहा है।किसी खंबे के पीछे खड़ा हुआ है, या किसी पेड़ के पीछे खड़ा होकर तुम्हारे ऊपर नजर रख रहा है।

उनकी बातें सुनकर सोचा - हो सकता है ऐसा ही हो।

दो दिन के बाद प्रिया ने कहा - "आप रसोई घर में आए थे क्या ?"

"कितने समय ?"

"अभी-अभी।"

"नहीं, मैं तो आधे घंटे से बिटिया से बात कर रहा हूं।मैं कितने समय गया। विशु गया होगा।"

"वह तो १ घंटे से दूध लाने गया हुआ है।"

कुछ सोचते हुए प्रिया लौट गई।

धीरे-धीरे प्रिया को भी मेरे जैसा अनुभव होने लगा। जैसे कोई उसके पीछे खड़ा है। कोई उसको छूता हुआ चला गयाकिसी ने उसके कानों के पास मां कह कर पुकारा हो। एक दिन प्रिया ने कहा -और इस घर में नहीं रहेंगे।

क्या हुआ ?

दोपहर को मैं सोई हुई थी।ऐसा लगा कोई पूरे घर में घूम रहा हो। पहले सोच विशु आकर कुछ खोज रहा होगा। बहुत समय तक मैं वैसे ही पड़ी रही। मुझे ऐसा लगा जैसे कोई मेरे सर के पास खड़े होकर एकटक मुझे निहार रहा है। मेरी आंखें खुल गई। धीरे से चारों ओर छाया फैल गया। मैं तुरंत बिस्तर से उठकर बाहर आ गई। देखा बैठक कमरे में विशु सोया हुआ है। मैंने देखा प्रिया की अवस्था भी मेरे ही जैसे है। क्या हम दोनों ही अकेलेपन की शिकार हुए जा रहे हैं ? पता ही नहीं क्यों हम दोनों को ही यह अनुभव हुआ जैसे हमारे अलावा भी इस घर में कोई रह रहा है। वह हमारे साथ-साथ ही चल रहा है। हमारे पास ही है। हमारा यह विश्वास तब और दृढ़ हो गया जब मैंने दो-दो बार दुर्घटना से रक्षा पाई।

मैं सोया हुआ था। तभी मुझे लगा किसी ने मुझे उठाया। मैं जैसे ही उठा, वैसे ही धड़ाम से फैन नीचे गिर गया। करंट लगते लगते बचा। स्विच को जैसे ही हाथ लगाने को हुआ, किसी ने मुझे धक्का देकर धकेल दिया।

"तब तो अच्छी बात है। कोई उपकारी आत्मा घर आई हुई है।वह आपका भला चाहती है।

स्वागत बाबू ने कहा -"हमारे तक बात सही है। मगर यह बात जब बेटा-बेटी जानेंगे तब वे डर जाएंगे। आपके बेटा बेटी की बात कर रही हूं। जिसे आपने जन्म दिया है, पढ़ाया लिखाया, संस्कार दिए मनुष्य बनाया। बेटा नौकरी कर रहा है।बेटी भी पढ़ाई के बाद नौकरी करेगी, शादी करेगी वे अपने संसार में मगन हो जाएंगे।जैसे कभी आप हुए थे ठीक वैसे ही।

फिर तो वह मेहमानों के जैसे घर आएंगे। चार दिन रहकर लौट जाएंगे।आपके

दुख सुख सुनने के लिए उनके पास समय नहीं होगा। बल्कि मैं तो आपको भाग्यवान कहती हूं। कोई तो है जो आपके पीछे खड़ा है।आपको देख रहा है।आपके ऊपर नजर रखे हुए है। विपत्ति से रक्षाकर रहा है। "पिता" कहकर पुकार रहा है।इससे अच्छी बात पृथ्वी में और क्या हो सकती है ? वह जिस उद्देश्य से आया है वह काम पूरा करके चला जाएगा। उसकी उपस्थिति को स्वीकार कर लीजिए।जैसे ईश्वर को ना देखने के बाद भी हम उन पर विश्वास करते हैं। दरवाजे के अंदर से गणेश ने अपना मुंह निकाला और पुकारा स्वागत मिश्र।

वह खड़े हो गए कहा - "बुलावा आ गया। कभी भुवनेश्वर में मिलना होगा।" जल्दबाजी में अपने पॉकेट से एक कार्ड निकाल कर मेरे हाथों में थमा दिया और अंदर चले गए।

उनके जाने से अचानक मैंने अपने को अकेला पाया। मुझे लगा कि तुरंत घर को लौट जाना चाहिए। वहां कोई मेरी प्रतीक्षा कर रहा होगा।

(सत्य घटना पर आधारित)

अमृत मुहुर्त

गहरी नींद में सोई हुई थी।अचानक मोबाइल बजने से हड़बड़ी में बिस्तर से उठ पड़ी।आंखों में अभी भी नींद भरी हुई थी। चिढ़ कर नंबर देखा। चश्मा नहीं होने के कारण अक्षर धुंधले दिखे। समय ३:१५ मिनट। इतनी रात को किसने मुझे फोन किया ? देश से बाहर का नंबर था क्या ? कभी-कभी तो पता नहीं कहां-कहां से फोन आते हैं।अगर उठा लिया तो सेकंड के हिसाब से पैसे कटते हैं। और जो सुनना पड़ता है, उससे केवल अर्थ दंड ही नहीं मानसिक दंड भी मिलता है। चश्मा खोजते-खोजते फोन बजना बंद हो गया। फिर से फोन बज उठा। फोन उठाया। फोन के दूसरे तरफ कोई खूब व्याकुल होकर रो रहा था। स्त्री नहीं, किसी पुरुष के रोने की आवाज थी। सिसकियों के साथ अत्यधिक करुण क्रंदन की आवाज। मैं उड़ीसा से बाहर अपनी बेटी के पास थी। मैं चिंतित हो उठी। घर में किसी को कुछ हुआ क्या ? चिंतित होकर मैंने पूछा - क्या हुआ ? कौन है ? कौन रो रहा है ? क्या हुआ है ? बड़े भैया आप है क्या ...... ?अरुण..... ?सत्य या और कोई.. ? क्या हुआ ? अरे ! कुछ बोलोगे भी क्या हुआ ..... ?

मगर दूसरी तरफ से कोई जवाब नहीं आया। केवल रोने की आवाज लगातार बढी चली जा रही थी। कुछ समय तक अधीर होकर मैंने रोना सुना, किंतु उस रोने की आवाज को पहचान नहीं पाई। मैं जितनी चिंतित हुई, उतनी ही गुस्सा भी हुई। फोन करने वाला व्यक्ति कौन है ? और इतनी रात वह फोन कर, रो क्यों रहा है।मैं समझ नहीं पा रही थी।सब कुछ हार कर छाती को चीर देने वाला क्रंदन। मैंने थोड़ा गुस्सा होते हुए कहा - "आप अगर अपनी समस्या कहेंगे नहीं, तो मैं सहायता कैसे कर पाऊंगी ? बिना कुछ कहे आधी रात को फोन पर ऐसे रोने से क्या लाभ ? कृपा करके अपना परिचय बताएं। क्या समस्या है, बताएं ?"

इस बार भी कोई उत्तर नहीं मिला।मैं क्या इतनी रात को फोन पर इस

व्यक्ति का रोना सुनने के लिए बैठी हुई हूं ? चिढ़कर कहा - "अब मैं फोन रख रही हूं। आप पहले रो ले बाद में फोन करें।" इतना कहकर मैंने फोन काट दिया।

फोन काट देने के बाद मुझे बहुत खराब लगा। वह व्यक्ति किस अवस्था में होगा ? किस लिए इतना विकल होकर रो रहा था ? मुझसे किस प्रकार की सहायता की अपेक्षा कर रहा था ? मेरे मन में नाना प्रकार के विचार आने लगे। लाइट जलाकर फोन में नंबर देखा।कोई अनजाना नंबर था।फिर मुझे नींद नहीं आई। सोचा उस नंबर में एक बार फोन करके देखूं क्या ? वह आदमी जरूर कोई पहचान वाला होगा, नहीं तो मेरा फोन नंबर कैसे जानता।अगर कोई अनजान होता तो इतनी रात को मुझे फोन कर रोता क्यों ? वह आदमी जरूर मुझे जानता है। ५ मिनट के बाद मैंने उस नंबर पर फोन लगाया।

दूसरे तरफ से रोने जैसी आवाज में किसी ने कहा -" हेलो।" रोना रुक जाने के बाद भी आवाज रुँआसा सी थी। चिंतित होते हुए मैंने कहा - "दया करके आप अपना परिचय दे और इतनी रात्रि को आप ऐसे रो क्यों रहे हैं ? मुझे बताएं। आप मेरे से किस प्रकार की सहायता की अपेक्षा करते हैं ?"

"मैं विनायक दास।आपको सभी बातें बताऊंगा।अभी आप आराम कीजिए। इतनी रात को आपको हैरान किया, उसके लिए क्षमा प्रार्थी हूं।और थोड़ा शांत हो जाने पर मैं आपको फोन करूंगा और सभी बातें भी बताऊंगा।" उसके बाद फोन कट गया।

कौन है यह विनायक दास ? मैं क्या उसे जानती हूं ? मेरा क्या कभी उससे मिलना हुआ है ? क्या कोई लेखक है ? या मेरे कोई अज्ञात प्रशंसक हैं ?उन्हें याद करने की बहुत कोशिश की मगर कुछ भी याद नहीं आया। सोचते सोचते सुबह हो गई, किंतु कोई भी सुराग नहीं मिला।

यह इंतजार एक और दंड हुआ। यह विनायक दास नामक व्यक्ति कितने समय फोन करेगा पता नहीं ?अब मुझे उसके फोन कॉल की प्रतिक्षा करनी पड़ेंगी। दुनिया में प्रतिक्षा से बढ़कर कोई दंड है भला ? किसी के आने की प्रतीक्षा बस, ट्रेन की प्रतीक्षा और अब इस व्यक्ति के फोन कॉल की प्रतीक्षा करनी होगी। सुबह इसी सोच में निकल गई। मगर फोन नहीं आया। मैंने पेपर पढ़ा, टीवी देखा। मन को दूसरे कामों में लगाने की चेष्टा की। कहानियां पढ़ी। मगर मस्तिष्क में उठते नाना प्रकार के प्रश्नों के ज्वार, मुझे परेशान कर रहे थे।

जैसे-जैसे समय बीत रहा था वैसे-वैसे मेरी चिंता भी बढ़ती जा रही थी।

फोन रिंग होते ही मन में आता, शायद उसका ही फोन हो। पूरा दिन मेरा इसी प्रतीक्षा में बीत गया।शाम को विनायक दास का फोन आया।तब तक मैं प्रतीक्षा करते-करते थक चुकी थी। तथापि स्वर को सामान्य कर पूछा - "विनायक बाबू आप अभी स्वस्थ हैं तो ?

"जी इसीलिए तो इतनी देर लगी।" - नम्र भाव से उन्होंने उत्तर दिया।

माफ किजिए, आप मुझे बिल्कुल भी याद नहीं आ रहे हैं। आपसे मेरी मुलाकात कब हुई थी ? क्या मैं आपको पहचानती हूं ?

"नहीं - नहीं, आप मुझे नहीं पहचानती। मैंने भी आपको कभी नहीं देखा है। कल रात को ही आपके बारे में जाना। आश्चर्य होकर मैंने पूछा - "कैसे ? टीवी में देखा था क्या ? क्या मेरा कोई प्रोग्राम प्रसारित हो रहा था ?"

"नहीं-नहीं, सभी बातें बताऊंगा। पहले मैं अपना परिचय दे दूं। हमारा घर बालेश्वर से प्रयास ३० किलोमीटर दूर गांव में है। गांव में जमीन बाड़ी, पैतृक घर और मदन मोहन का मंदिर है। दादा और एक विधवा बुआ गांव में रहते हैं।हम राउरकेला में रहते हैं। मेरे पिता स्टील प्लांट में नौकरी करते हैं।

हम तीन भाई बहन हैं। मैं सबसे बड़ा हूं। आईआईटी खड़कपुर से पढ़ कर बेंगलुरु में नौकरी कर रहा हूं। नामी कंपनी है। तनख्वाह भी अच्छी खासी है।"

"वह तो ठीक है, आप उच्च शिक्षित हैं, अच्छी खासी तनख्वाह पाते हैं। माता-पिता के बड़ी संतान हैं। लेकिन आप कल रात मुझे फोन कर इतना रो क्यों रहे थे ?"

कल रात को मैंने आत्महत्या करने की कोशिश की लेकिन, चरम मुहूर्त में आपने मुझे बचा लिया।

"मैंने ? मैंने बचा लिया। कैसे ? मैं तो आपको जानती भी नहीं। क्या आप मुझे जानते हैं ?

"नहीं, मैं आपको जानता नहीं यहाँ तक की कभी देखा भी नहीं। मगर आज मैं आपके कारण ही जीवित हूं। सच में आप ने मुझे बचा लिया मैडम।"

"आश्चर्य।"

आप विश्वास करें या ना करें लेकिन यही सत्य है। मेरी बातें आपको ही नहीं किसी को भी अविश्वसनी लगेगी। मैं स्वयं भी कम आश्चर्यचकित नहीं।

"अच्छा आप अभी कहां पर हैं।"

"बेंगलुरु में।"

"तब तो अच्छा है। मैं भी बेंगलुरु में ही हूं।अपनी बेटी के पास आई हुई हूं। अपना पता दे रही हूं।अपनी सुविधा अनुसार मिलने आइये।"

"बहुत अच्छा हुआ।मैं भी छुट्टी लेकर घर पर ही हूं।आप मुझे अपना पता दीजिए। कल तक पहुंचूंगा।"

"कल क्यों ? आज आइये, रात का खाना साथ खाते हैं।कृष्णराजपुरम से आप कितनी दूर पर रहते हैं।"

"ज्यादा भीड़ न होने पर आधे घंटे का रास्ता है।आप अपना पता दीजिए। घर मिलने में असुविधा होने पर आपको फोन करूंगा।"

"बैठे-बैठे मैंने सोचा। ताज्जुब है, एक व्यक्ति जिसे मैं जानती नहीं, पहचानती नहीं, ना ही कभी देखा, फिर भी वह कह रहा है कि मेरे कारण जीवित है। यह आश्चर्य नहीं तो और क्या है ?

लगभग ४० मिनट के बाद किसी ने कॉलिंग बेल बजाया।

दरवाजा खोलने पर सामने २३ - २४ वर्ष का युवक खड़ा था। झुक कर उसने मेरे पैर छुए।

"मैं विनायक - विनु।"

इतना अल्पवय युवक - मैंने तो सोचा था कोई वयस्क होगा। घर - संसार, नौकरी के जंजाल से परेशान कोई वयस्क पुरुष होगा।

उसे अंदर बुलाया। कुर्सी पर बैठने को कहा।

हम आमने-सामने बैठ गए। इधर-उधर देखते हुए थोड़ा संकोच से विनायक ने प्रश्न किया - "आपकी बेटी ?"

"ऑफिस के काम से २ दिन के लिए हैदराबाद गई है। कल लौटेगी।"

माहौल को थोड़ा सहज करते हुए मैंने कहा - आपके घर में कौन-कौन है ? आप बेंगलुरु में कब से हैं ? तुम आयु में मेरी बेटी से भी छोटे होगे। तुम कहने से बुरा तो नहीं मानोगे ?"

"नहीं-नहीं, तुम क्यों ? तू कहने से मुझे अधिक खुशी होगी।

घर कहने से गांव में मेरे दादाजी रहते हैं। जमीन, खेती, मंदिर, पूजा इत्यादि सारी बातें वही देखते हैं। राउलकेला में मेरे माता-पिता है।हम सभी राउलकेला में ही पले - बढे हैं। पढ़ाई भी वही की है। मेरे से छोटा एक भाई है वह अभी-अभी पढ़ाई

खत्म कर नोएडा में नौकरी कर रहा है। उससे छोटी बहन है। वह भुवनेश्वर में हॉस्टल में रहकर पढ़ाई करती है। मन ही मन सोचा - एक आदर्श परिवार का चित्रण करने वाला यह सलौना सा मासूम युवक आत्महत्या क्यों करना चाह रहा था ? किस दुख में ?

मैं उसके चेहरे को अनवरत देखती रही।उसने अपना सर नीचे कर कहा - बेंगलुरु में प्राय: तीन वर्ष हो गए।पहले हम दो मित्र साथ रहते थे।अब मैंने अकेले फ्लैट में रहता हूं। क्योंकि बीच-बीच में माता-पिता, भाई-बहन आते जाते रहते हैं।

माहौल को और सहज बनाने के लिए मैंने अंदर से कुछ खाने की चीजें लाकर उसके सामने रख दी। उसे खाने को कह कर, मैं स्वयं भी खाने लगी।

मेरा जन्म माता-पिता के विवाह के ८ वर्षों के बाद हुआ। मुझे पाने के लिए मेरी मां ने बहुत पूजा - पाठ, व्रत -उपवास किये है। मेरा जन्म गणेश पूजा के दिन हुआ इसलिए मेरा नाम विनायक रखा गया। मुझे वें अपने प्राणों से भी अधिक प्यार करते हैं।

इसीलिए आत्महत्या कर रहे थे ? अचानक मेरे मुंह से यह शब्द निकल पड़े।

उज्जवल आंखें, चौड़ा मस्तक, नुकीली नाक वाले विनायक नाम के उस युवक ने मेरी ओर देखकर धीरे से कहा - "और क्या करता ? मुझे मृत्यु हमेशा अपनी ओर आकर्षित करती थी। पता नहीं क्यों, हर समय मुझे एक अकेलापन सा घेरे रहता।मन अशांत और उदास सा होता। मन में एक खालीपन सा था।हृदय संपूर्ण शून्यता से भर जाता था। भूख, नींद सब गायब। इस अकेलेपन ने मुझे बहुत कष्ट दिए। मुझे ऐसा लगता जैसे इस संसार में मैं अकेला हूं और मेरा कोई नहीं। खेत में बिचोबिच मैं अकेला खड़ा हुआ हूं। कभी-कभी लगता मुझसे कोई प्यार नहीं करता। मेरी किसी को आवश्यकता नहीं।अति विचित्र इस अनुभव से मैं परेशान हो उठाता। कोई मुझसे प्यार ना करें ? माता-पिता, भाई-बहन, सहकर्मी कोई भी नहीं। एक परिपूर्ण जीवन एक सुंदर आरंभ सब कुछ मेरे सामने था। किंतु मनुष्यों की यह कोलाहल, उनके विचित्र आपसी रिश्ते, जन्म और मृत्यु के बीच अनेक प्रकार की जटिलता, अपमान, दुख, प्राप्ति, अभाव इन सब से बहुत दूर जाने का मन होता था। मुझे ऐसा लगता कि मुझसे कोई कह रहा हो इस जीवन को खत्म कर दो। मृत्यु से मधुर इस दुनिया में कुछ भी नही।

एक अकेलापन, नितांत अकेलापन, अशांतिपूर्ण विक्षिप्त जीवन। इस

अकेलेपन से निपटने के लिए मैंने जो संघर्ष किया है उसे बारे में क्या ही कहूं ? छुट्टी लेकर अपने घर जाता। सोचता शायद अकेले रहने के कारण ऐसा लग रहा है। कुछ दिन तक अच्छा लगता।उसके बाद फिर वही अकेलापन। पुस्तक पढ़ने से १ घंटे तक कुछ अच्छा लगता फिर वही अशांति, फिर पढ़ने से मन उचाट हो जाता। घूमने, मित्रों के साथ समय व्यतीत करने, टीवी देखने से भी वही अवस्था। अपना हाल किसी से कहा नहीं जाता था। मेरी मां मेरी अवस्था का अनुमान कर पा रही थी। कभी-कभी मजाक से कहती शादी हो जाने से सब ठीक हो जाएगा। एक डॉक्टर से भी परामर्श किया। उन्होंने मुझे एंटी डिप्रेशन की दवाई खाने को दिया। परिणाम उल्टा हुआ। रातों की नींद गायब हो गयी। हल्की -हल्की आती थी। और नींद टूटने पर भीषण अकेलापन लगता। मन दुर्बल होने लगता था।

कानों के पास आकर कोई कहता - मुक्ति चाहते हो ? मृत्यु से सुंदर और कुछ भी नहीं है।आओ खुद को समाप्त कर दो।

ऑफिस भी जाने का मन नहीं करता। घंटो एक जगह पर चुपचाप बैठा रहता। किसी से बात करने की भी इच्छा नहीं होती। खाना खाने से अरूचि सी हो गई थी ।रात को सोना भी संभव नहीं था। सर भारी-भारी लगता। ऐसा लगता है जैसा यह जीवन एक बोझ है। पागलपन सी अवस्था थी।

विनायक की बातें सुनते-सुनते मैंने उसे बीच में ही टोका और कहा - "एक बात बोलूं खराब मत सोचना। क्या तुम किसी से प्यार करते थे ?"

प्रेम करने से तो बच जाता ना मैडम। आत्महत्या करने की क्यों सोचता ? काश प्रेम करने की बात एक बार भी मेरे दिमाग में आई होती। यह सुनकर मैं जीवित हो उठता।

सच कहूं तो मुझे मृत्यु से भय नहीं लगता था, बल्कि मुझे भय था, जीवन से। सोचता था मर जाने से इस अकेलेपन से मुक्ति मिल जाएगी मगर आत्महत्या कर लेने से मुक्ति नहीं मिलती। यह बात मैंने अब समझा है। यह जीवन शरीर से बंधा हुआ है। तथापि शरीर का अंत क्या है ? एक जगह रहते हुए भी चेतना के द्वारा दूर-दूर तक जाया जा सकता है। यह क्या सत्य नहीं है ? एक दरवाजे पर जीवन और दूसरे पर मृत्यु, जीवन के आगे भी मृत्यु है और मृत्यु के बाद भी जीवन। यह बात समझने में मुझे इतना समय लगा और यह केवल हो संभव हो पाया है आपकी वजह से।"

"मेरी वजह से ?" आश्चर्य होते हुए मैंने पूछा।

"हां, आपकी वजह से ही क्योंकि कल तक मैं एक अशांत, विक्षिप्त जीवन व्यतीत कर रहा था। मृत्यु ही सही समाधान है, ऐसा सोच रहा था। लेकिन आज मैं आपके सामने बैठा हुआ हूं। मन के अंदर जीवित रहने के लिए, जीवन के प्रति असीम श्रद्धा लिए। यह कैसे संभव हुआ आप जानती हैं?"

कितने दिनों से मैं ऑफिस नहीं जा रहा था।मन अस्थिर था, नकारात्मक था और विक्षिप्त सा जीवन था। पागल के जैसे घर में इधर से उधर होता रहता। कल रात ही मृत्यु को गले लगाने की मेरी प्रबल इच्छा हुई। ऐसा लगा जैसे मृत्यु के लिए यही रात ही सर्वश्रेष्ठ रात है। मृत्यु का दिन निश्चित हो चुका है।

मन को स्थिर किया और आत्महत्या की तैयारी में लग गया। जिनके साथ भी संपर्क था उनसे फोन पर बात किया।छोटे भाई - बहन, माता-पिता, सबके साथ सामान्य भाव से बातचीत की।सर पर जो बोझ था, वह उतर गया। अचानक ही मुझे खूब हल्का सा अनुभव हुआ। मृत्यु का वरण करने से पहले टीवी देखते-देखते मां के हाथों से तैयार किया गया सत्तू खाया। हाथ मुंह धोने के लिए बेसिन के पास जाकर खड़ा हुआ और दर्पण में अपने चेहरे को देखा। पता नहीं क्यों मुझे बहुत रोना आया। नल खोलकर मैं खूब रोया इतना की हिचकियां आने लगी। मेज के पास रखें कुर्सी पर कुछ समय तक बैठा रहा। आसपास बिखरी चीजों को समेटा। इसी वर्ष राउलकेला में लगे पुस्तक मेले से कुछ पुस्तकें खरीद कर लाया था, जो मेज के ऊपर रखे हुए थे। पढ़ने के लिए लाया था किंतु पहला पृष्ठ तक नहीं खोला था। उसके ऊपर जमीं धूल को साफ किया। सोचा कल यह सब कुछ होगा, मेरा शरीर भी होगा, किंतु मैं नहीं रहूंगा। बाहर का दरवाजा खुला ही छोड़ दिया। केवल मेरे शयन कक्ष का दरवाजा बंद कर सुसाइड नोट लिखकर, सारी व्यवस्था करते-करते रात २:०० बज गए। बैठक कमरे में टीवी चल रहा था। खिड़की से अंतिम बार बाहर की दुनिया को देखा।अंधेरे में वृक्ष खड़े हुए ऐस लग रहे थे जैसे कुछ मंत्रणा कर रहे हो। मैंने खिड़कियां बंद कर दी। योजना के अनुसार टेबल के ऊपर खड़े होकर फैन से .रस्सी बांधकर फांसी के लिए फांस लगाया। टेबल को धकेल कर उसकी जगह में रखा। स्टूल पर चढ़कर पंखे से लटकी रस्सी का मुआयना किया।स्टॉल हटाने के बाद पैर नीचे लटक रहा है या नहीं देखा। २ मिनट तक अपनी आंखें बंद कर बैठा रहा। उसके बाद आंखें खोल कर चारों ओर देखा। घर के भीतर ट्यूब लाइट जलने के बावजूद मुझे लग रहा था जैसे सीलिंग से चमगादड़ की तरह झूलते - झूलते अंधकार

मेरी ओर बढ़ा चला आ रहा हैं।पलंग के नीचे, अलमारी के किनारे, पुस्तक खंड के पीछे कोई चोर जैसा खड़ा है।यह वह अंधकार था या मृत्यु की काली परछायी ?

उसके बाद स्टूल पर खड़े मेरे थरथराते पैर।फांसी के फंदे को गले पर डालकर मुझे स्टूल को धकेल देना होगा।आंखें बंदकर अपने दोनों हाथों को जोड़कर किसे प्रणाम किया पता नहीं।जैसे ही पैरों से स्टूल को धकेलना चाहा अचानक मेरी आंखें खुल गई। मेज के ऊपर सजा कर रखी किताब "अंतरंग श्री जगन्नाथ" पुस्तक पर मेरी नजर पड़ी। उस पर बने जगन्नाथ जी के दोनों आंखों से जैसे उज्जवल आलोक निकल रहा था।

मैं स्तब्ध हो विस्मय से उस ओर देखने लगा।मेरे कानों के पास जैसे किसी ने कहा - " मूर्ख ! मर जाने से मुक्ति मिल जाती है ऐसा सोच रहे हो ? किससे ? मनुष्य मरकर दुखों से, प्राप्ति - अप्राप्ति, काम -वासना किसी से भी मुक्ति नहीं पाता । कायर की तरह आत्महत्या कर, सोच रहे हो कि सब कुछ यहीं पर समाप्त हो जाएगा । इस पृथ्वी में कभी भी कुछ समाप्त नहीं होता ।"

गले से रस्सी खोलकर कैसे नीचे आया, टेबल के ऊपर रखे पुस्तक को लेकर छाती से लगा लिया, कितने समय तक बैठा रहा कुछ याद नहीं।अर्ध सुप्त अर्ध जागृत अवस्था। एक अपरूप नील अंधकार में अनेक समय तक डूब कर रहने के बाद मैं तैरने लगा।वह अंधकार आकर्षणीय था।कोई शब्द नहीं, केवल विस्मृति, सीमाहीन आकाश की तरह चारों दिशाओं में केवल शून्यता ही शून्यता। थोड़ी देर के बाद ही उस अंधकार में तैरता - तैरता प्रकाश की ओर आ गया। एक स्वप्न। सुंदर स्वप्निल अवस्था।जैसे कोई मेरा हाथ पकड़ कर उस आलोक की ओर लिए जा रहा है। सामने था एक विशाल सिंहासन। वहीं से स्फूरित हो रहा था एक कमनीय आलोक। इस आलोक में देखा, मेरा हाथ पकड़ कर एक नारी इस आसन की परिक्रमा कर रही है। उसने धीरे से कहा - "मैं तुम्हारी मां हूं।" उनके हाथ को पकड़े हुए ही मेरा वह खराब समय कट गया। मैं सर छिपाकर टेबल के ऊपर सोया रहा।

"अंतरंग श्री जगन्नाथ" मेज के ऊपर ही खुली पड़ी हुई थी। १७३ पृष्ठ "एकाम्र से रत्नवेदी" पर नजर गयी।फोटो देखने पर जाना कि जो नारी मेरा हाथ पकड़े परिक्रमा कर रही थी, वह आप ही थी।

नीचे आपका फोन नंबर और पता भी लिखा था।

BLACK EAGLE BOOKS

www.blackeaglebooks.org
info@blackeaglebooks.org

Black Eagle Books, an independent publisher, was founded as
a nonprofit organization in April, 2019. It is our mission to
connect and engage the Indian diaspora and the world at large
with the best of works of world literature published on a
collaborative platform, with special emphasis on
foregrounding Contemporary Classics and New Writing.